萧 红／著

散文 萧红

山西出版传媒集团　山西人民出版社

**图书在版编目（CIP）数据**

萧红散文 / 萧红著. —太原：山西人民出版社，2022.8

ISBN 978-7-203-12287-6

Ⅰ.①萧… Ⅱ.①萧… Ⅲ.①散文集—中国—现代

Ⅳ.①I266

中国版本图书馆CIP数据核字（2022）第085575号

---

**萧红散文**

著　　者：萧　红
责任编辑：郝文霞
复　　审：刘小玲
终　　审：贺　权
装帧设计：宋双成

---

出 版 者：山西出版传媒集团·山西人民出版社
地　　址：太原市建设南路21号
邮　　编：030012
发行营销：0351—4922220　4955996　4956039　4922127（传真）
天猫官网：https://sxrmcbs.tmall.com 电话：0351—4922159
E-mail：sxskcb@163.com 发行部
　　　　　sxskcb@126.com 总编室
网　　址：www.sxskcb.com

---

经 销 者：山西出版传媒集团·山西人民出版社
承 印 厂：三河市天润建兴印务有限公司

---

开　　本：710mm×1000mm　1/16
印　　张：18
字　　数：230千字
版　　次：2022年9月　第1版
印　　次：2022年9月　第1次印刷
书　　号：ISBN 978-7-203-12287-6
定　　价：36.00元

---

如有印装质量问题请与本社联系调换

目录
CONTENTS

## 第一辑　生死挣扎

## 第二辑　众生皆苦

## 第三辑 爱与温暖

## 第四辑 在日本

## 第五辑 乱世书简

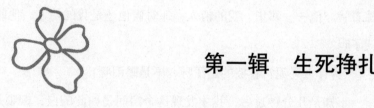

第一辑　生死挣扎

# 欧罗巴旅馆

楼梯是那样长，好像让我顺着一条小道爬上天顶。其实只是三层楼，也实在无力了。手扶着楼栏，努力拔着两条颤颤的，不属于我的腿，升上几步，手也开始和腿一般颤。

等我走进那个房间的时候，和受辱的孩子似的偎上床去，用袖口慢慢擦着脸。他——郎华，我的情人，那时候他还是我的情人，他问我了："你哭了吗？"

"为什么哭呢？我擦的是汗呀，不是眼泪呀！"

不知是几分钟过后，我才发现这个房间是如此的白，棚顶是斜坡的棚顶，除了一张床，地下有一张桌子，一张藤椅。离开床沿用不到两步可以摸到桌子和椅子。开门时，那更方便，一张门扇躺在床上可以打开。住在这白色的小室，我好像住在幔帐中一般。我口渴，我说："我应该喝一点水吧！"

他要为我倒水时，他非常着慌，两条眉毛好像要连接起来，在鼻子的上端扭动了好几下："怎样喝呢？用什么喝？"

桌子上除了一块洁白的桌布，干净得连灰尘都不存在。

我有点昏迷，躺在床上听他和茶房在过道说了些时，又听到门响，他来到床边。我想他一定举着杯子在床边，却不，他的手两面却分张着：

"用什么喝？可以吧？用脸盆来喝吧！"

他去拿藤椅上放着才带来的脸盆时，毛巾下面的刷牙缸被他发现，于是拿着刷牙缸走去。

旅馆的过道是那样寂静，我听他踏着地板来了。

正在喝着水，一只手指抵在白床单上，我用发颤的手指抚来抚去。他说：

"你躺下吧！太累了。"

我躺下也是用手指抚来抚去，床单有突起的花纹，并且白得有些闪我的眼睛，心想：不错的，自己正是没有床单。我心想的话他却说出了！

"我想我们是要睡空床板的，现在连枕头都有。"说着，他拍打我枕在头下的枕头。

"咯咯——"有人打门，进来一个高大的俄国女茶房，身后又进来一个中国茶房：

"也租铺盖吗？"

"租的。"

"五角钱一天。"

"不租。""不租。"我也说不租，郎华也说不租。

那女人动手去收拾：软枕，床单，就连桌布她也从桌子扯下去。床单夹在她的腋下。一切都夹在她的腋下。一秒钟，这洁白的小室跟随她花色的包头巾一同消失去。

我虽然是腿颤，虽然肚子饿得那样空，我也要站起来，打开柳条箱去拿自己的被子。

小室被劫了一样，床上一张肿胀的草褥赤现在那里，破木桌一些黑点和白圈显露出来，大藤椅也好像跟着变了颜色。

晚饭以前，我们就在草褥上吻着抱着过的。

晚饭就在桌子上摆着，黑列巴①和白盐。

晚饭以后，事件就开始了：

_____

① 列巴：以面粉、酒花、食盐等为主要原料制成的一种大面包，能存放较长时间。

开门进来三四个人，黑衣裳，挂着枪，挂着刀。进来先拿住郎华的两臂，他正赤着胸膛在洗脸，两手还是湿着。他们那些人，把箱子弄开，翻扬了一阵。

"旅馆报告你带枪，没带吗？"那个挂刀的人问。随后那人在床下扒得了一个长纸卷，里面卷的是一支剑。他打开，抖着剑柄的红穗头：

"你哪里来的这个？"

停在门口那个去报告的俄国管事，挥着手，急得涨红了脸。

警察要带郎华到局子里去。他也预备跟他们去，嘴里不住地说："为什么单独用这种方式检查我？妨碍我？"

最后警察温和下来，他的两臂被放开，可是他忘记了穿衣裳，他湿水的手也干了。

原因是日间那白俄来取房钱，一日两元，一月六十元。我们只有五元钱。马车钱来时去掉五角。那白俄说：

"你的房钱，给！"他好像知道我们没有钱似的，他好像是很着忙，怕是我们跑走一样。他拿到手中两元票子又说："六十元一月，明天给！"原来包租一月三十元，为了松花江涨水才有这样的房价。如此，他摇手瞪眼地说："你的明天搬走，你的明天走！"

郎华说："不走，不走……"

"不走不行，我是经理。"

郎华从床下取出剑来，指着白俄：

"你快给我走开，不然，我宰了你。"

他慌张着跑出去了，去报告警察，说我们带着凶器，其实剑裹在纸里，那人以为是大枪，而不知是一支剑。

结果警察带剑走了，他说："日本宪兵若是发现你有剑，那你非吃亏不可，了不得的，说你是大刀会。我替你寄存一夜，明天你来取。"

警察走了以后，闭了灯，锁上门，街灯的光亮从小窗口跑下来，凄凄淡淡的，我们睡了。在睡中不住地想：警察是中国人，倒比日本宪兵强得多啊！

天明了，是第二天，从朋友处被逐出来是第二天了。

# 雪 天

我直直是睡了一个整天，这使我不能再睡。小屋子渐渐从灰色变作黑色。

睡得背很痛，肩也很痛，并且也饿了。我下床开了灯，在床沿坐了坐，到椅子上坐了坐，扒一扒头发，揉擦两下眼睛，心中感到悠长和无底，好像把我放下一个煤洞去，并且没有灯笼，使我一个人走沉下去。屋子虽然小，在我觉得和一个荒凉的广场一样，屋子墙壁离我比天还远，那是说一切不和我发生关系；那是说我的肚子太空了！

一切街车街声在小窗外闹着。可是三层楼的过道非常寂静。每走过一个人，我留意他的脚步声，那是非常响亮的，硬底皮鞋踏过去，女人的高跟鞋更响亮而且焦急，有时成群的响声，男男女女穿插着过了一阵。我听遍了过道上一切引诱我的声音，可是不用开门看，我知道郎华还没回来。

小窗那样高，囚犯住的屋子一般。我仰起头来，看见那一些纷飞的雪花从天空忙乱地跌落，有的也打在玻璃窗上，即刻就消融了，变成水珠滚动爬行着，玻璃窗被它画成没有意义、无组织的条纹。

我想：雪花为什么要翩飞呢？多么没有意义！忽然我又想：我不也是和雪花一般没有意义吗？坐在椅子里，两手空着，什么也不做；口张着，可是什么也不吃。我十分和一架完全停止了的机器相像。

过道一响，我的心就非常跳，那该不是郎华的脚步？一种穿软底鞋的声音，嚓嚓来近门口，我仿佛是跳起来，我心害怕：他冻得可怜了吧？他没有带回面包来吧？

开门看时，茶房站在那里：

"包夜饭吗？"

"多少钱？"

"每份六角。包月十五元。"

"……"我一点都不迟疑地摇着头，怕是他把饭送进来强迫我吃似的，怕他强迫向我要钱似的。茶房走出，门又严肃地关起来。一切别的房中的笑声、饭菜的香气都断绝了，就这样用一道门，我与人间隔离着。

一直到郎华回来，他的胶皮底鞋擦在门槛，我才止住幻想：茶房手上的托盘，盛着肉饼、炸黄的蕃薯①、切成大片有弹力的面包……

郎华的夹衣那样湿了，已湿的裤管拖着泥。鞋底通了孔，使得袜也湿了。

他上床暖一暖，脚伸在被子外面，我给他用一张破布擦着脚上冰凉的黑圈。

当他问我时，他和呆人一般，直直的腰也不弯：

"饿了吧？"

我几乎是哭了。我说："不饿。"为了低头，我的脸几乎接触到他冰凉的脚掌。

他的衣服完全湿透，所以我到马路旁去买馒头。就在光身的木桌上，刷牙缸冒着气，刷牙缸伴着我们把馒头吃完。馒头既然吃完，桌上的铜板也要被吃掉似的。他问我：

"够不够？"

我说："够了。"我问他："够不够？"

他也说："够了。"

隔壁的手风琴唱起来，它唱的是生活的痛苦吗？手风琴凄凄凉凉地

①蕃薯：即甘薯。蕃同"番"。

唱呀！

登上桌子，把小窗打开。这小窗是通向人间的孔道：楼顶，烟囱，飞着雪沉重而浓黑的天空，路灯，警察，街车，小贩，乞丐，一切显现在这小孔道，繁繁忙忙的市街发着响。

隔壁的手风琴在我们耳里不存在了。

# 黑列巴和白盐

玻璃窗子又慢慢结起霜来，不管人和狗经过窗前都辨不清楚。

"我们不是新婚吗？"他这话说得很响，他唇下的开水杯起一个小圆波浪。他放下杯子，在黑面包上涂一点白盐送下喉去。大概是面包已不在喉中，他又说：

"这不是正在度蜜月嘛！"

"对的，对的。"我笑了。

他连忙又取一片黑面包涂上一点白盐，他学着电影上那样度蜜月，把涂盐的列巴先送上我的嘴，我咬了一下，而后他才去吃。一定盐太多了，舌尖感到不愉快，他连忙去喝水：

"不行不行，再这样度蜜月把人咸死了。"

盐毕竟不是奶油，带给人的感觉一点也不甜，一点也不香。我坐在旁边笑。

光线完全不能透进屋来，四面是墙，窗子已经无用，封闭了的洞门似的，与外界绝对隔离开。天天就生活在这里边。素食，有时候不食，好像传说上要成仙的人在这地方苦修苦炼。很有成绩，修炼得倒是不错了，脸也黄了，骨头也瘦了。我的眼睛越来越扩大，他的颊骨和木块一样突在腮边，这些功夫都做到，只是还没成仙。

"借钱"，"借钱"，郎华每日出去"借钱"，他借回来的钱总是很少，三角，五角，借到一元都是很稀有的事。

黑列巴和白盐许多日子成了我们唯一的生命线。

# 最末的一块市桦 ①

　　火炉烧起又灭，灭了再弄着，灭到第三次，我恼了！我再不能抑制我的愤怒，我想冻死吧，饿死吧，火也点不着，饭也烧不熟。就是那天早晨，手在铁炉门上烫焦了两条，并且把指甲烧焦了一个缺口。火焰仍是从炉门喷吐，我对着火焰生气，女孩子的娇气毕竟没有脱掉。我向着窗子，心很酸，脚也冻得很痛，打算哭了。但过了好久，眼泪也没有流出，因为已经不是娇子 ②，哭什么？

　　烧晚饭时，只剩一块木桦，一块木桦怎么能生火呢？那样大的炉腔，一块木桦只能占去炉腔的二十分之一。

　　"睡下吧，屋子太冷。什么时候饿，就吃面包。"郎华抖着被子招呼我。

　　脱掉袜子，腿在被子里面团卷着。想要把自己的脚放到自己肚子上面暖一暖，但是不可能，腿生得太长了，实在感到不便，腿实在是无用。在被子里面也要颤抖似的。窗子上的霜，已经挂得那样厚，并且四壁的绿颜色，涂着金边，这一切更使人感到冷。两个人的呼吸像冒着烟一般的。玻璃上的霜好像柳絮落到河面，密结地起着绒毛。夜来时也不知道，天明时也不知道，是个没有明暗的幽室，人住在里面，正像菌类。

　　半夜我就醒来，并不饿，只觉到冷。郎华光着身子跳起来，点起蜡烛，到厨房去喝冷水。

---

① 木桦（bàn）：大块的木柴。
② 娇子：指少女。

"冻着，也不怕受寒！"

"你看这力气！怕冷？"他的性格是这样，逞强给我看。上床，他还在自己肩头上打了两下。我暖着他冰冷的身子颤抖了。都说情人的身子比火还热，到此时，我不能相信这话了。

第二天，仍是一块木桦。他说，借吧！

"向哪里借！"

"向汪家借。"

写了一张纸条，他站在门口喊他的学生汪玉祥。

老厨夫抱了满怀的木桦来叫门。

不到半点钟，我的脸一定也红了，因为郎华的脸红起来。窗子滴着水，水从窗口流到地板上，窗前来回走人也看得清，窗前捕食的小鸡也看得清，黑毛的，红毛的，也有花毛的。

"老师，练武术吗？九点钟啦！"

"等一会儿，吃完饭练武术！"

有了木桦，还没有米，等什么？越等越饿。他教完武术，又跑出去借钱，等他借了钱买了一大块厚饼回来，木桦又只剩了一块。这可怎么办？晚饭又不能吃。

对着这一块木桦，又爱它，又恨它，又可惜它。

# 当　铺

"你去当吧！你去当吧，我不去！"

"好，我去，我就愿意进当铺，进当铺我一点也不怕，理直气壮。"

新做起来的我的棉袍，一次还没有穿，就跟着我进当铺去了！在当铺门口稍微徘徊了一下，想起出门时郎华要的价目——非两元不当。

包袱送到柜台上，我是仰着脸，伸着腰，用脚尖站起来送上去的，真不晓得当铺为什么摆起这么高的柜台！

那戴帽头的人翻着衣裳看，还不等他问，我就说了：

"两块钱。"

他一定觉得我太不合理，不然怎么连看我一眼也没看，就把东西卷起来，他把包袱仿佛要丢在我的头上，他十分不耐烦的样子。

"两块钱不行，那么，多少钱呢？"

"多少钱不要。"他摇摇像长西瓜形的脑袋，小帽头顶尖的红帽球，也跟着摇了摇。

我伸手去接包袱，我一点也不怕，我理直气壮，我明明知道他故意作难，正想把包袱接过来就走。猜得对对的，他并不把包袱真给我。

"五毛钱！这件衣服袖子太瘦，卖不出钱来……"

"不当。"我说。

"那么一块钱……再可不能多了，就是这个数目。"他把腰微微向后弯一点，柜台太高，看不出他突出的肚腩……一根大手指，就比在和他太阳穴一般高低的地方。

带着一元票子和一张当票，我快快地走，走起路来感到很爽快，默认自己是很有钱的人。菜市、米店我都去过，臂上抱了很多东西，感到非常愿意抱这些东西。手冻得很痛，觉得这是应该，对于手一点也不感到可惜，本来手就应该给我服务，好像冻掉了也不可惜。走在一家包子铺门前，又买了十个包子，看一看自己带着这些东西，很骄傲，心血时时激动，至于手冻得怎样痛，一点也不可惜。路旁遇见一个老叫花子，又停下来给他一个大铜板，我想我有饭吃，他也是应该吃啊！然而没有多给，只给一个大铜板，那些我自己还要用呢！又摸一摸当票也没有丢，这才重新走，手痛得什么心思也没有了，快到家吧！快到家吧。但是，背上流了汗，腿觉得很软，眼睛有些刺痛，走到大门口，才想起来从搬家还没有出过一次街，走路腿也无力，太阳光也怕起来。

又摸一摸当票才走进院去。郎华仍躺在床上，和我出来的时候一样，他还不习惯于进当铺。他是在想什么。拿包子给他看，他跳起来：

"我都饿啦，等你也不回来！"

十个包子吃去一大半，他才细问："当多少钱？当铺没欺负你？"

把当票给他，他瞧着那样少的数目：

"才一元，太少。"

虽然说当得的钱少，可是又愿意吃包子，那么结果很满足。他在吃包子的嘴，看起来比包子还大，一个跟着一个，包子消失尽了。

# 买皮帽

破烂市上打起着阴棚①，很大一块地盘全然被阴棚连络起来，不断地摆着摊子：鞋、袜、帽子、面巾，这都是应用的东西。摆出来最多的，是男人的裤子和衬衫。我打量了郎华一下，这裤子他应该买一条。我正想问价钱的时候，忽然又被那些大大小小的皮外套吸引住。仰起头，看那些挂得很高的一排一排的外套，宽大的领子，黑色毛皮的领子，虽是马车夫穿的外套，郎华穿不也很好吗？又正想问价钱，郎华在那边叫我："你来。这个帽子怎么样？"他拳头上顶着一个四个耳朵的帽子，正在转着弯看。我一见那和猫头一样的帽就笑了，我还没有走到他近边，我就说："不行。"

"我小的时候，在家乡尽戴这个样的帽子。"他赶快顶在头上试一试。立刻他就变成个小猫样，"这真暖和。"他又把左右的两个耳朵放下来，立刻我又看他像个小狗——因为小时候爷爷给我买过这样的"叭儿狗帽"，爷爷叫它"叭儿狗帽"。

"这帽子暖和得很！"他又顶在拳头上，转着弯，摇了两下。

脚在阴棚里冻得难忍，在小的人行道跑了几个弯子，许多"飞机帽"，这个那个，他都试过。黑色的比黄色的价钱便宜两角，他喜欢黄色的，同时又喜欢少花两角钱，于是走遍阴棚在寻找。

"你的……什么的要？"出摊子的人这样问着。同是中国人，却把中国人当作日本或是高丽人。

我们不能买他的东西，很快地跑了过去。

---

① 阴棚：凉棚。

郎华戴上"飞机帽"了！两个大皮耳朵上面长两个小耳朵。

"快走啊，快走。"

绕过不少路，才走出阴棚。若不是他喊我，我真被那些衣裳和裤子恋住了，尤其是马车夫们穿的羊皮外套。

重见天日时，我慌忙着跟上郎华去！

"还剩多少钱？"

"五毛。"

走过菜市，从前吃饭那个小饭馆，我想提议进去吃包子，一想到五角钱，只好硬着心肠，背离自己的愿望走过饭馆。五角钱要吃三天，哪能进饭馆子？

街旁许多卖花生、瓜子的。

"有铜板吗？"我拉了他一下。

"没有，一个也没有。"

"没有，就完事。"

"你要买什么？"

"不买什么！"

"要买什么？这不是有票子吗？"他停下来不走。

"我想买点瓜子，没有铜板就不买。"

大概他想：爱人要买几个铜板瓜子的愿望都不能满足！于是慷慨地摸着他的衣袋。这不是给爱人买瓜子的时候，吃饭比瓜子更要紧；饿比爱人更要紧。

风雪吹着，我们走回家来了，手疼，脚疼，我白白地跟着跑了一趟。

# 破落之街

天明了，白白的阳光空空地染了全室。

我们快穿衣服，叠好被子，平结他自己的鞋带，我结我的鞋带。他到外面去打洗脸水，等他回来的时候，我气愤地坐在床沿。他手中的水盆被他忘记了，有水泼到地板上。他问我，我气愤着不语，把鞋子给他看。

鞋带是断成三段了，现在又断了一段。他重新解开他的鞋子，我不知他在做什么，我看他向桌间寻了寻，他是找剪刀，可是没买剪刀，他失望地用手把鞋带弄成两段。

一条鞋带也要分成两段，两个人束着一条鞋带。

他拾起桌上的铜板说：

"就是这些吗？"

"不，我的衣袋里还有哩！"

那仅是半角钱，他皱眉，他不愿意拿这票子。终于下楼了，他说："我们吃什么呢？"

用我的耳朵听他的话，用我的眼睛看我的鞋，一只是白鞋带，另一只是黄鞋带。

秋风是紧了，秋风凄凉，特别在破落之街道上。

苍蝇满集在饭馆的墙壁，一切人忙着吃喝，不闻苍蝇。

"伙计，我来一分钱的辣椒白菜。"

"我来二分钱的豆芽菜。"

别人又喊了，伙计满头是汗。

"我再来一斤饼。"

苍蝇在那里好像是哑静了，我们同别的一些人一样，不讲卫生和体面，我觉得女人必须不应该和一些下流人同桌吃饭，然而我是吃了。

走出饭馆门时，我很痛苦，好像快要哭出来，可是我什么人都不能抱怨。平日他每次吃完饭都要问我："吃饱没有？"

我说："饱了！"其实仍有些不饱。

今天他让我自己上楼："你进屋去吧！我到外面有点事情。"

好像他不是我的爱人似的，转身下楼离我而去了。

在房间里，阳光不落在墙壁上，那是灰色的四面墙，好像匣子，好像笼子，墙壁在逼着我，使我的思想没有用，使我的力量不能与人接触，不能用于世。

我不愿意我的脑浆翻绞，又睡下，拉我的被子，在床上辗转，仿佛是个病人一样。我的肚子叫响，太阳西沉下去，平没有回来。我只吃过一碗玉米粥，那还是清早。

他回来了，只是自己回来，不带馒头或别的充饥的东西回来。

肚子越响了，怕给他听着这肚子的呼唤，我把肚子翻向床，压住这呼唤。

"你肚疼吗？"我说不是，他又问我：

"你有病吗？"

我仍说不是。

"天快黑了，那么我们去吃饭吧！"

他是借到钱了吗？

"五角钱哩！"

泥泞的街道，沿路的屋顶和蜂巢样密挤着，平房屋顶，又生出一层平屋来。那是用板钉成的，看起来像是楼房，也闭着窗子，歇着门。可是生活在楼房里的不像人，是些猪猡①，是污浊的一群。我们往来都看见这样的景致。现在街道是泥泞了，肚子是叫唤了！一心要奔到苍蝇堆里，要吃馒头。桌子的对面那个老头，他唠叨起来了，大概他是个油漆匠，胡子染着白色，不管衣襟或袖口，都有斑驳的颜料，他用有颜料的手吃东西。并没能发现他是不讲卫生，因为我们是一道生活。

他嚷了起来，他看一看没有人理他，他升上木凳好像老旗杆样，人们举目看他。终归他不是造反的领袖，那是私事，他的粥碗里面睡着个苍蝇。

大家都笑了，笑他一定在发神经病。

"我是老头子了，你们拿苍蝇喂我！"他一面说，有点伤心。

一直到掌柜的呼唤伙计再给他换一碗粥来，他才从木凳降落下来。但他寂寞着，他的头摇曳着。

这破落之街我们一年没有到过了，我们的生活技术比他们高，和他们不同，我们是从水泥中向外爬。可是他们永远留在那里，那里淹没着他们的一生，也淹没着他们的子子孙孙，但是这要淹没到什么时候呢？

我们也是一条狗，和别的狗一样没有心肝。我们从水泥中自己向外爬，忘记别人，忘记别人。

---

①猪猡：猪。

# 搬　家

搬家！什么叫搬家？移了一个窝就是啦！

一辆马车，载了两个人，一个条箱，行李也在条箱里。车行在街口了，街车，人行道上的行人，店铺大玻璃窗里的"模特儿"……汽车驰过去了，别人的马车赶过我们急跑，马车上面似乎坐着一对情人，女人的卷发在帽沿外跳舞，男人的长臂没有什么用处一般，只为着一种表示，才遮在女人的背后。马车驰过去了，那一定是一对情人在兜风……只有我们是搬家。天空有水状的和雪融化春冰状的白云，我仰望着白云，风从我的耳边吹过，使我的耳朵鸣响。

到了：商市街××号。

他夹着条箱，我端着脸盆，通过很长的院子，在尽①那头，第一下来拉开门的是郎华，他说："进去吧！"

"家"就这样地搬来，这就是"家"。

一个男孩，穿着一双很大的马靴，跑着跳着喊："妈……我老师搬来啦！"

这就是他教武术的徒弟。

借来的那张铁床，从门也抬不进来，从窗也抬不进来。抬不进来，真的就要睡地板吗？光着身子睡吗？铺什么？

"老师，用斧子打吧。"穿长靴的孩子去找到一柄斧子。

铁床已经站起，塞在门口，正是想抬出去也不能够的时候，郎华就用

---

① 尽：用在表示方位的词前面，表示"最"的意思。

斧子打，铁击打着铁发出震鸣，门顶的玻璃碎了两块，结果床搬进来了，光身子放在地板中央。又向房东借了一张桌子和两把椅子。

郎华走了，说他去买水桶、菜刀、饭碗……

我的肚子因为冷，也许因为累，又在作痛。走到厨房去看，炉中的火快熄了。未搬来之前，也许什么人在烤火，所以炉中尚有木桦在燃。

铁床露着骨，玻璃窗渐渐结上冰来。下午了，阳光失去了暖力，风渐渐卷着泥沙来吹打窗子……用冷水擦着地板，擦着窗台……等到这一切做完，再没有别的事可做的时候，我感到手有点痛，脚也有点痛。

这里不像旅馆那样静，有狗叫，有鸡鸣……有人吵嚷。

把手放在铁炉板上也不能暖了，炉中连一颗火星也灭掉。肚子痛，要上床去躺一躺，哪里是床！冰一样的铁条，怎么敢去接近！

我饿了，冷了，我肚痛，郎华还不回来，有多么不耐烦！连一只表也没有，连时间也不知道。多么无趣，多么寂寞的家呀！我好像落下井的鸭子一般寂寞并且隔绝。肚痛、寒冷和饥饿伴着我……什么家？简直是夜的广场，没有阳光，没有暖。

门扇哐啷哐啷大声地响，是郎华回来了，他打开小水桶的盖子给我看：小刀，筷子，碗，水壶。他把这些都摆出来，纸包里的白米也倒出来。

只要他在我身旁，饿也不难忍了，肚痛也轻了。买回来的草褥放在门外，我还不知道，我问他：

"是买的吗？"

"不是买的，是哪里来的！"

"钱，还剩多少？"

"还剩……怕是不够哩！"

等他买木桦回来，我就开始点火。站在火炉边，居然也和小主妇一样调着晚餐。油菜烧焦了，白米饭是半生就吃了，说它是粥，比粥还硬一点；说它是饭，比饭还黏一点。这是说我做了"妇人"，不做妇人，哪里会烧饭？不做妇人，哪里懂得烧饭？

晚上，房主人来时，大概是取着拜访先生的意义来的！房主人就是穿马靴那个孩子的父亲。

"我三姐来啦！"过一刻，那孩子又打门。

我一点也不能认识她。她说她在学校时每天差不多都看见我，不管在操场或是礼堂。我的名字她还记得很熟。

"也不过三年，就忘得这样厉害……你在哪一班？"我问。

"第九班。"

"第九班，和郭小娴一班吗？郭小娴每天打球，我倒认识她。"

"对啦，我也打篮球。"

但无论如何我也想不起来，坐在我对面的简直是一个从未见过的面孔。

"那个时候，你十几岁呢？"

"十五岁吧！"

"你太小啊，学校是多半不注意小同学的。"我想了一下，我笑了。

她卷皱的头发，挂胭脂的嘴，比我好像还大一点，因为回忆完全把我带回往昔的境地去。其实，我是二十二了，比起她来怕是已经老了。尤其是在蜡烛光里，假若有镜子让我照下，我一定惨败得比三十岁更老。

"三姐！你老师来啦。"

"我去学俄文。"她弟弟在外边一叫她，她就站起来说。

很爽快，完全是少女风度，长身材，细腰，闪出门去。

# 家庭教师

二十元票子，使他做了家庭教师。

这是第一天，他起得很早，并且脸上也像愉悦了些。我欢喜地跑到过道去倒洗脸水。心中埋藏不住这些愉快，使我一面折叠被子，一面嘴里任意唱着什么歌的句子。而后坐到床沿，两腿轻轻地跳动，单衫的衣角在腿下抖荡。我又跑出门外，看了几次那个提篮卖面包的人，我想他应该吃些点心吧。八点钟他要去教书，天寒，衣单，又空着肚子，那是不行的。

但是还不见那提着膨胀的篮子的人来到过道。

郎华做了家庭教师，大概他自己想也应该吃了。当我下楼时，他就自己在买，长形的大提篮已经摆在我们房间的门口。他仿佛是一个大蝎虎①样，贪婪地，为着他的食欲，从篮子里往外捉取着面包、圆形的点心和列巴圈。他强健的两臂，好像要把整个篮子抱到房间里才能满足。最后他会过钱，下了最大的决心，舍弃了篮子，跑回房中来吃。

还不到八点钟，他就走了。九点钟刚过，他就回来。下午太阳快落时，他又去一次，一个钟头又回来。他已经慌慌忙忙像是生活有了意义似的。当他回来时，他带回一个小包袱，他说那是才从当铺取出的从前他当过的两件衣裳。他很有兴致地把一件夹袍从包袱里解出来，还有一件小毛衣。

"你穿我的夹袍，我穿毛衣。"他吩咐着。

于是两个人各自赶快穿上。他的毛衣很合适。唯有我穿着他的夹袍，

---

① 蝎虎：壁虎。

两只脚使我自己看不见，手被袖口吞没去，宽大的袖口，使我忽然感到我的肩膀一边挂着一个口袋，就是这样，我觉得很合适，很满足。

电灯照耀着满城市的人家。钞票带在我的衣袋里，就这样，两个人理直气壮地走在街上，穿过电车道，穿过扰攘着的那条破街。

一扇破碎的玻璃门，上面封了纸片，郎华拉开它，并且回头向我说："很好的小饭馆，洋车夫和一切工人全都在这里吃饭。"

我跟着进去。里面摆着三张大桌子。我有点看不惯，好几部分食客都挤在一张桌上。屋子几乎要转不过来身。我想，让我坐在哪里呢？三张桌子都是满满的人。我在袖口外面捏了一下郎华的手说："一张空桌也没有，怎么吃？"

他说："在这里吃饭是随随便便的，有空就坐。"他比我自然得多，接着，他把帽子挂到墙壁上。堂倌走来，用他拿在手中已经擦满油腻的布巾抹了一下桌角，同时向旁边正在吃的那个人说："借光，借光。"

就这样，郎华坐在长板凳上那个人剩下来的一头。至于我呢，堂倌把掌柜独坐的那个圆板凳搬来，占据着大桌子的一头。我们好像存在也可以，不存在也可以似的。不一会儿，小小的菜碟摆上来。我看到一个小圆木砧①上堆着煮熟的肉，郎华跑过去，向着木砧说了一声："切半角钱的猪头肉。"

那个人把刀在围裙上——在那块脏布上抹了一下，熟练地挥动着刀在切肉。我想：他怎么知道那叫猪头肉呢？很快地我吃到猪头肉了。后来我又看见火炉上煮着一个大锅，我想要知道这锅里到底盛的是什么，然而当时我不敢，不好意思站起来满屋晃荡。

"你去看看吧。"

"那没有什么好吃的。"郎华一面去看，一面说。

---

① 砧（zhēn）：砧板，切菜时垫在底下的木板。

正相反，锅虽然满挂着油腻，里面却是肉丸子。掌柜连忙说："来一碗吧？"

我们没有立刻回答。掌柜又连忙说："味道很好哩。"

我们怕的倒不是味道好不好，既然是肉的，一定要多花钱吧！我们面前摆了五六个小碟子，觉得菜已经够了。他看看我，我看看他。

"这么多菜，还是不要肉丸子吧？"我说。

"肉丸还带汤。"我看他说这话，是愿意了，那么吃吧。一下决心，肉丸子就端上来。

破玻璃门边，来来往往有人进出，戴破皮帽子的，穿破皮袄的，还有满身红绿的油漆匠，长胡子的老油漆匠，十二三岁尖嗓子的小油漆匠。

脚下有点潮湿得难过了。可是门仍不住地开关，人们仍是来来往往。一个岁数大一点的妇人，抱着孩子在门外乞讨，仅仅在人们开门时她说一声："可怜可怜吧！给孩子点吃的吧！"然而她从不动手推门。后来大概她等的时间太长了，就跟着人们进来，停在门口，她还不敢把门关上，表示出她一得到什么东西很快就走的样子。忽然全屋充满了冷空气。郎华拿馒头正要给她，掌柜的摆着手："多得很，给不得。"

靠门的那个食客强关了门，已经把她赶出去了，并且说："真他妈的，冷死人，开着门还行！"

不知哪一个发了这一声："她是个老婆子，你把她推出去。若是个大姑娘，不抱住她，你也得多看她两眼。"

全屋人差不多都笑了，我却听不惯这话，我非常恼怒。

郎华为着猪头肉喝了一小壶酒，我也帮着喝。同桌的那个人只吃咸菜，喝稀饭，他结账时还不到一角钱。接着我们也结账：小菜每碟二分，五碟小菜，半角钱猪头肉，半角钱烧酒，丸子汤八分，外加八个大馒头。

走出饭馆，使人吃惊，冷空气立刻裹紧全身，高空闪烁着繁星。我们奔向有电车经过叮叮响的那条街口。

"吃饱没有？"他问。

"饱了。"我答。

经过街口卖零食的小亭子，我买了两纸包糖，我一块，他一块，一面上楼，一面吮着糖的滋味。

"你真像个大口袋。"他吃饱了以后才向我说。

同时我打量着他，也非常不像样。在楼下大镜子前面，两个人照了好久。他的帽子仅仅扣住前额，后脑勺被忘记似的，离得帽子老远老远地独立着。很大的头，顶个小卷檐帽，最不相宜的就是这个小卷檐帽，在头顶上看起来十分不牢固，好像乌鸦落在房顶，有随时飞走的可能。别人送给他的那身学生服短而且宽。

走进房间，像两个大孩子似的，互相比着舌头，他吃的是红色的糖块，所以是红舌头，我是绿舌头。比完舌头之后，他忧愁起来，指甲在桌面上不住地敲响。

"你看，我当家庭教师有多么不带劲！来来往往冻得和个小叫花子似的。"

当他说话时，在桌上敲着的那只手的袖口，已是破了，拖着线条。我想破了倒不要紧，可是冷怎么受呢？

长久的时间静默着，灯光照在两人脸上，也不跳动一下。我说要给他缝缝袖口，明天要买针线。说到袖口，他警觉一般看一下袖口，脸上立刻浮现着幻想，并且嘴唇微微张开，不太自然似的，又不说什么。

关了灯，月光照在窗外，反映得全室微白。两人扯着一张被子，头下破书当作枕头。隔壁手风琴又咿咿呀呀地在诉说生之苦乐。乐器伴着他，他慢慢打开他幽禁的心灵了：

"敏子……这是敏子姑娘给我缝的。可是过去了，过去了就没有什么意义。我对你说过，那时候我疯狂了。直到最末一次信来，才算结束，结束就是说从那时起她不再给我来信了。这样意外的，相信也不能相信的事情，弄得我昏迷了许多日子……以前许多信都是写着爱我……甚至于说非爱我不可。最末一次信却骂起我来，直到现在我还不相信，可是事实是那样……"

他起来去拿毛衣给我看："你看这桃色的线……是她缝的……敏子缝的……"

又灭了灯，隔壁的手风琴仍不停止。在说话里边他叫那个名字"敏子，敏子"，都是喉头发着水声。

"很好看的，小眼眉很黑……嘴唇很……很红啊！"说到恰好的时候，在被子里边他紧紧捏了我一下手。我想：我又不是她。

"嘴唇通红通红……啊……"他仍说下去。

马蹄打在街石上发出嗒嗒的响声。每个院落在想象中也都睡去。

# 飞 雪

是晚间，正在吃饭的时候，管门人来告诉：

"外面有人找。"

踏着雪，看到铁栅栏外我不认识的一个人，他说他是来找武术教师。那么这人就跟我来到房中，在门口他找擦鞋的东西，可是没有预备那样完备。表示着很对不住的样子，他怕是地板会弄脏的。厨房没有灯，经过厨房时，那人为了脚下的雪差不多没有跌倒。

一个钟头过去了吧！我们的面条在碗中完全凉透，他还没有走，可是他也不说"武术"究竟是学不学，只是在那里用手帕擦一擦嘴，揉一揉眼睛，他是要睡着了！我一面用筷子调一调快凝住的面条，一面看他把外衣的领子轻轻地竖起来，我想这回他一定是要走。然而没有走，或者是他的耳朵怕受冻，用皮领来取一下暖。其实，无论如何在屋里也不会冻耳朵，那么他是想坐在椅子上睡觉吗？这里是睡觉的地方？

结果他也没有说"武术"是学不学，临走时他才说：

"想一想……想一想……"

常常有人跑到这里来想一想，也有人第二次他再来想一想。立刻就决定的人一个也没有，或者是学或者是不学。看样子当面说不学，怕人不好意思；说学，又觉得学费不能再少一点吗？总希望武术教师把学费自动减少一点。

我吃饭时很不安定，替他挑碗面，替自己挑碗面，一会儿又剪一剪灯花，不然蜡烛颤嗦① 得使人很不安。

两个人一句话也不说，对着蜡烛吃着冷面。雪落得很大了！出去倒脏水回来，头发就是湿的。从门口望出去，借了灯光，大雪白茫茫，一刻就要倾满人间似的。

郎华披起才借来的夹外衣，到对面的屋子教武术。他的两只空袖口没进大雪片中去了。我听他开着对面那房子的门。那间客厅光亮起来。我向着窗子，雪片翻飞倒倾着，寂寞并且严肃的夜，围临着我，终于起着咳嗽关了小窗。找到一本书，读不上几页，又打开小窗，雪大了呢，还是小了？人在无聊的时候，风雨，总之一切天象会引起注意来。雪飞得更忙迫，雪片和雪片交织在一起。

很响的鞋底打着大门过道，走在天井里，鞋底就减轻了声音。我知道是汪林回来了。那个旧日的同学，我没能看见她穿的是中国衣裳或是外国衣裳，她停在门外的木阶上在按铃。小使女，也就是小丫环开了门，一面问：

"谁？谁？"

"是我，你还听不出来！谁！谁！"她有点不耐烦，小姐们有了青春更骄傲，可是做丫环的一点也不知道这个。假若不是落雪，一定能看到那女孩是怎样无知地把头缩回去。

又去读读书。又来看看雪。读了很多页了，但什么意思呢？我也不知道。因为我心里只记得：落大雪，天就转寒。那么从此我不能出屋了吧？郎华没有皮帽，他的衣裳没有皮领，耳朵一定要冻伤的吧？

在屋里，只要火炉生着火，我就站在炉边，或者更冷的时候，我还能坐到铁炉板上去把自己煎一煎。若没有木桦，我就披着被坐在床上，一天不离床，一夜不离床，但到外边可怎么能去呢？披着被上街吗？那还可

---

① 颤嗦：颤抖，哆嗦。

以吗?

　　我把两只脚伸到炉腔里去,两腿伸得笔直,就这样在椅子上对着门看书;哪里是在看书,假看,无心看。

　　郎华一进门就说:"你在烤火腿吗?"

　　我问他:"雪大小?"

　　"你看这衣裳!"他用面巾打着外套。

　　雪,带给我不安,带给我恐怖,带给我终夜各种不舒适的梦……一大群小猪沉下雪坑去……麻雀冻死在电线上,麻雀虽然死了,仍挂在电线上。行人在旷野白色的大树里,一排一排地僵直着,还有一些把四肢都冻丢了。

　　这样的梦以后,但总不能知道这是梦,渐渐明白些时,才紧抱住郎华,但总不能相信这不是真事。我说:

　　"为什么要做这样的梦?照迷信来说,这可不知怎样?"

　　"真糊涂,一切要用科学方法来解释,你觉得这梦是一种心理,心理是从哪里来的?是物质的反映。你摸摸你这肩膀,冻得这样凉,你觉到肩膀冷,所以,你做那样的梦!"很快地他又睡去。留下我觉得风从棚顶,从床底都会吹来,冻鼻头,又冻耳朵。

　　夜间,大雪又不知落得怎样了!早晨起来,一定会推不开门吧!记得爷爷说过:大雪的年头,小孩站在雪里露不出头顶……风不住地扫打窗子,狗在房后哽哽地叫……

　　从冻又想到饿,明天没有米了。

# 他的上唇挂霜了

他夜夜出去在寒月的清光下，到五里路远一条僻街上去教两个人读国文课本。这是新找到的职业，不能说是职业，只能说新找到十五元钱。

秃着耳朵，夹外套的领子还不能遮住下巴，就这样夜夜出去，一夜比一夜冷了！听得见人们踏着雪地的响声也更大了。

他带着雪花回来，裤子下口全是白色，鞋也被雪浸了一半。

"又下雪吗？"

他一直没有回答，像是同我生气。把袜子脱下来，雪积满他的袜口，我拿他的袜子在门扇上打着，只有一小部分雪星震落下来，袜子的大部分全是潮湿了的。等我在火炉上烘袜子的时候，一种很难忍的气味满屋散布着。

"明天早晨晚些吃饭，南岗有一个要学武术的。等我回来吃。"他说这话，完全没有声色，把声音弄得很低很低……或者他想要严肃一点，也或者他把这事故意看作平凡的事。总之，我不能猜到了！

他赤了脚。穿上"傻鞋"，去到对门上武术课。

"你等一等，袜子就要烘干了。"

"我不穿。""怎么不穿？汪家有小姐的。"

"有小姐，管什么？"

"不是不好看吗？"

"什么好看不好看！"他光着脚去，也不怕小姐们看，汪家有两个很漂亮的小姐。

他很忙,早晨起来,就跑到南岗去,吃过饭,又要给他的小徒弟上国文课。一切忙完了,又跑出去借钱。晚饭后,又是教武术,又是去教中学课本。

夜间,他睡觉醒也不醒转来,我感到非常孤独了!白昼使我对着一些家具默坐,我虽生着嘴,也不言语;我虽生着腿,也不能走动;我虽生着手,而也没有什么可做,和一个废人一般,有多么寂寞!连视线都被墙壁截止住,连看一看窗前的麻雀也不能够,什么也不能够,玻璃生满厚的和绒毛一般的霜雪。这就是"家",没有阳光,没有暖,没有声,没有色,寂寞的家,穷的家,不生毛草①荒凉的广场。

我站在小过道窗口等郎华,我的肚子很饿。

铁门扇响了一下,我的神经便要震荡一下,铁门响了无数次,来来往往都是和我无关的人。汪林很大的皮领子和她很响的高跟鞋相配称,她摇摇晃晃,满满足足,她的肚子想来很饱很饱,向我笑了笑,滑稽的样子用手指点我一下:

"啊!又在等你的郎华……"她快走到门前的木阶,还说着:"他出去,你天天等他,真是怪好的一对!"

她的声音在冷空气里来得很脆,也许是少女们特有的喉咙。对于她,我立刻把她忘记,也许原来就没把她看见,没把她听见。假若我是个男人,怕是也只有这样。肚子响叫起来。

汪家厨房传出来炒酱的气味,隔得远我也会嗅到,他家吃炸酱面吧!炒酱的铁勺子一响,都像说:炸酱,炸酱面……

在过道站着,脚冻得很痛,鼻子流着鼻涕。我回到屋里,关好二层门,不知是想什么,默坐了好久。

汪林的二姐到冷屋去取食物,我去倒脏水见她,平日不很说话,很生

① 毛草:细小杂乱的茅草。

疏，今天她却说：

"没去看电影吗？这个片子不错，胡蝶主演。"她蓝色的大耳环永远吊荡着不能停止。

"没去看。"我的袍子冷透骨了！

"这个片子很好，煞尾是结了婚，看这片子的人都猜想，假若演下去，那是怎么美满的……"

她热心地来到门缝边，在门缝我也看到她大长的耳环在摆动。

"进来玩玩吧！"

"不进去，要吃饭啦！"

郎华回来了，他的上唇挂霜了！汪二小姐走得很远时，她的耳环和她的话声仍震荡着："和你度蜜月的人回来啦，他来了。"

好寂寞的，好荒凉的家呀！他从口袋取出烧饼来给我吃。他又走了，说有一家招请电影广告员，他要去试试。

"什么时候回来？什么时候回来？"我追赶到门外问他，好像很久捉不到的鸟儿，捉到又飞了！失望和寂寞，虽然吃着烧饼，也好像饿倒下来。

小姐们的耳环，对比着郎华的上唇挂着的霜。对门居住着，他家的女儿看电影，戴耳环；我家呢？我家……

# 广告员的梦想

有一个朋友到一家电影院去画广告，月薪四十元。画广告留给我一个很深的印象，我一面烧早饭一面看报，又有某个电影院招请广告员被我看到，立刻我动心了：我也可以吧？从前在学校时不也学过画画吗？但不知月薪多少。

郎华回来吃饭，我对他说，他很不愿意做这事。他说：

"尽骗人。昨天别的报上登着一段招聘家庭教师的广告，我去接洽，其实去的人太多，招一个人，就要去十个，二十个……"

"去看看怕什么？不成，完事。"

"我不去。"

"你不去，我去。"

"你自己去？"

"我自己去！"

第二天早晨，我又留心那块广告，这回更能满足我的欲望。那文告又改登一次，月薪四十元，明明白白的是四十元。

"看一看去。不然，等着职业，职业会来吗？"我又向他说。

"要去，吃了饭就去，我还有别的事。"这次，他不很坚决了。

走在街上，遇到他的一个朋友。

"到哪里去？"

"接洽广告员的事情。"

"就是《国际协报》登的吗？"

"是的。"

"四十元啊！"这四十元他也注意到。

十字街商店高悬的大表还不到十一点钟，十二点才开始接洽。已经寻找得好疲乏了，已经不耐烦了，代替接洽的那个"商行"才寻到。指明的是石头道街，可是那个"商行"是在石头道街旁的一条顺街尾上，我们的眼睛缭乱起来。走进"商行"去，在一座很大的楼房的二层楼上，刚看到一个长方形的亮铜牌钉在过道，还没看到究竟是什么个"商行"，就有人截住我们："什么事？"

"来接洽广告员的！"

"今天星期日，不办公。"

第二天再去的时候，还是有勇气的。是阴天，飞着清雪。那个"商行"的人说："请到电影院本家去接洽吧。我们这里不替他们接洽了。"

郎华走出来就埋怨我："这都是你的主张，我说他们尽骗人，你不信！"

"怎么又怨我？"我也十分生气。

"不都是想当广告员吗？看你当吧！"

吵起来了。他觉得这是我的过错，我觉得他不应该同我生气。走路时，他在前面总比我快一些，他不愿意和我一起走的样子，好像我对事情没有眼光，使他讨厌的样子。冲突就这样越来越大，当时并不去怨恨那个"商行"，或是那个电影院，只是他生气我，我生气他，真正的目的却丢开了。两个人吵着架回来。

第三天，我再不去了。我再也不提那事，仍是在火炉板上烘着手。他自己出去，戴着他的"飞机帽"。

"南岗那个人的武术不教了。"晚上他告诉我。

我知道，就是那个人不学了。

第二天，他仍戴着他的"飞机帽"走了一天。到夜间，我也并没提起广告员的事。照样，第三天我也并没有提，我已经没有兴致想找那样的职业。可是他自动的，比我更留心，自己到那个电影院去过两次。

"我去过两次，第一回说经理不在，第二回说过几天再来吧。真他妈的！有什么劲儿，只为着四十元钱，就去给他们耍宝！画的什么广告？什么情火啦，艳史啦，甜蜜啦，真是无耻和肉麻！"

他发的议论，我是不回答的。他愤怒起来，好像有人非捉他去做广告员不可。

"你说，我们能干那样无聊的事？去他娘的吧！滚蛋吧！"他竟骂起来，跟着，他就骂起自己来："真是混蛋，不知耻的东西，自私的爬虫！"

直到睡觉时，他还没忘掉这件事，他还向我说："你说，我们不是自私的爬虫是什么？只怕自己饿死，去画广告。画得好一点，不怕肉麻，多招来一些看情史的，使人们羡慕富丽，使人们一步一步地爬上去……就是这样，只怕自己饿死，毒害多少人不管，人是自私的东西……若有人每月给二百元，不是什么都干了吗？我们就是不能够推动历史，也不能站在相反的方面努力败坏历史！"

他讲的使我也感动了，并且声音不自知地越讲越大，他已经开始更细地分析自己……

"你要小点声啊，房东那屋常常有日本朋友来。"我说。

又是一天，我们在中央大街闲荡着，很瘦很高的老秦在他肩上拍了一下。冬天下午三四点钟时，已经快要黄昏了，阳光仅仅留在楼顶，渐渐微弱下来，街路完全在晚风中，就是人行道上，也有被吹起的霜雪扫着人们的腿。

冬天在人行道上遇见朋友，总是不把手套脱下来就握手的。那人的手套大概很凉吧，我见郎华的赤手握了一下就抽回来。我低下头去，顺便看到老秦的大皮鞋上撒着红绿的小斑点。

"你的鞋上怎么有颜料？"

他说他到电影院去画广告了。他又指给我们电影院就是眼前那个，他说："我的事情很忙，四点钟下班，五点钟就要去画广告。你们可以不可以帮我一点忙？"

听了这话，郎华和我都没回答。

"五点钟，我在卖票的地方等你们。你们一进门就能看见我。"老秦走开了。

晚饭吃的烤饼，差不多每张饼都半生就吃下的，为着忙，也没有到桌子上去吃，就围在炉边吃的。他的脸被火烤得通红。我是站着吃的。看一看新买的小表，五点了，所以连汤锅也没有盖起我们就走出去了，汤在炉板上蒸着气。

不用说我是连一口汤也没喝，郎华已跑在我的前面。我一面弄好头上的帽子，一面追随他。才要走出大门时，忽然想起火炉旁还堆着一堆木柴，怕着了火，又回去看了一趟。等我再出来的时候，他已跑到街口去了。

他说我："做饭也不晓得快做！磨蹭，你看晚了吧！女人就会磨蹭，女人就能耽误事！"

可笑的内心起着矛盾。这行业不是干不得吗？怎么跑得这样快呢？他抢着跨进电影院的门去。我看他矛盾的样子，好像他的后脑勺也在起着矛盾，我几乎笑出来，跟着他进去了。

不知俄国人还是英国人，总之是大鼻子，站在售票处卖票。问他老秦，他说不知道。问别人，又不知道哪个人是电影院的人。等了半个钟头也不见老秦，又只好回家了。

他的学说一到家就生出来，照样生出来："去他娘的吧！那是你愿意去。那不成，那不成啊！人，这自私的东西，多碰几个钉子也对。"

他到别处去了，留我一个人在家。

"你们怎么不去找找？"老秦一边脱着皮手套，一边说。

"还到哪里找去？等了半点钟也看不到你！"

"我们一同走吧。郎华呢？"

"他出去了。"

"那么我们先走吧。你就是帮我忙，每月四十元，你二十，我二十，均分。"

在广告牌前站到十点钟才回来。郎华找我两次也没有找到，所以他正在房中生气。这一夜，我和他就吵了半夜。他去买酒喝，我也抢着喝了一半，哭了，两个人都哭了。他醉了以后在地板上嚷着说：

"一看到职业什么也不管就跑了，有职业，爱人也不要了！"

我是个很坏的女人吗？只为了二十元钱，把爱人气得在地板上滚着！醉酒的心，像有火烧，像有开水在滚，就是哭也不知道有什么要哭，感情已经推动了理智。他也和我同样。

第二天酒醒，是星期日。他同我去画了一天的广告。我是老秦的副手，他是我的副手。

第三天就没有去，电影院另请了别人。

广告员的梦到底做成了，但到底是碎了。

# 女教师

一个初中学生，拿着书本来到家里上课，郎华一大声开讲，我就躲到厨房里去。第二天，那个学生又来，就没拿书，他说他父亲不许他读白话文，打算让他做商人，说白话文没有用；读古文他父亲供给学费，读白话文他父亲就不管。

最后，他从口袋摸出一张一元票子给郎华。

"很对不起先生，我读一天书，就给一元钱吧！"那学生很难过的样子，他说他不愿意学买卖。手拿着钱，他要哭似的。

郎华和我同时觉得很不好过，临走时，强迫把他的钱给他装进衣袋。

郎华的两个读中学课本的学生也不读了！他实在不善于这行业，到现在我们的生命线又断尽。胖朋友刚搬过家，我就拿了一张郎华写的条子到他家去。回来时我是带着米、面、木桦，还有几角钱。

我眼睛不住地盯住那马车，怕那车夫拉了木桦跑掉。我手上提着用纸盒盛着的米，因为我在快走而震摇着；又怕小面袋从车上翻下来，赶忙跑到车前去弄一弄。

听见马的铃铛响，郎华才出来！这一些东西很使他欢乐，亲切地把小面袋先拿进屋去。他穿着很单薄的衣裳，就在窗前摆堆着木桦。

"进来暖一暖再出去……冻着！"可是招呼不住他。终于摆完才进来。

"天真够冷的。"他用手扯住很红的耳朵。

他又哈着气跑出去，他想把火炉点着，这是他第一次点火。

"桦子真不少，够烧五六天啦！米面也够吃五六天，又不怕啦！"

他弄着火，我就洗米烧饭。他又说了一些看见米面时特别高兴的话，我简直没理他。

米面就这样早饭晚饭的又快不见了，这就到我做女教师的时候了！

我也把桌子上铺了一块报纸，开讲的时候也是很大的声。郎华一看，我就要笑。他也是常常躲到厨房去。我的女学生，她读小学课本，什么猪啦，羊啦，狗啦！这一类字都不用我教她，她抢着自己念："我认识，我认识！"

不管在什么地方碰到她认识的字，她就先一个一个念出来，不让她念也不行，因为她比我的岁数还大，我总有点不好意思。她先给我拿五元钱，并说："过几天我再交那五元。"

四五天她没有来，以为她不会再来了。那天，我正在烧晚饭，她跑来。她说她这几天生病。我看她不像生病，那么她又来做什么呢？过了好久，她站在我的身边："先生，我有点事求求你！"

"什么事？说吧……"我把葱花加到油里去炸。

她的纸单在手心握得很热，交给我；这是药方吗？信吗？都不是。

借着炉台上那个流着油的小蜡烛看，看不清，怕是再点两支蜡烛我也看不清，因为我不认识那样的字。

"这是《易经》上的字！"郎华看了好些时才说。

"我批了个八字，找了好些人也看不懂，我想先生是很有学问的人，我拿来给先生看看。"

这次她走去，再也没有来，大概她觉得这样的先生教不了她，连个"八字"都说不出所以然来！

# 家庭教师是强盗

有个人影在窗子上闪了一下，接着敲了两下窗子，那是汪林的父亲。

什么事情？郎华去了好长时间没回来，半个钟头还没回来！

我拉开门，午觉还没睡醒的样子，一面揉着眼睛一面走出门去。汪林的二姐，面孔白得那样怕人，坐在门前的木台上，林禽（狗名）在院心乱跑，使那坐在木台的白面孔十分生气，她大声想叫住它。汪林也出来了！嘴上的纸烟冒着烟，但没有和我打招呼，也坐在木台上。使女小菊在院心走路也很规矩的样子。

我站在她家客厅窗下，听着郎华在里面不住地说话，看不到人。白纱窗帘罩得很周密，我站在那里不动。……日本人吧！有什么事要发生吧！可是里面没有日本人说话，我并不去问那很不好看的脸色的她们。

为着印册子而来的恐怖吧？没经过检查的小说册子被日本人晓得了吧！

"接到一封黑信，说他老师要绑汪玉祥的票。"

我点了点头。再到窗下去听时，里面的声音更听不清了。

"三小姐，开饭啦！"小菊叫她们吃饭，那孩子很留心地看我一遍。过了三四天，汪玉祥被姐姐们看管着不敢到大门口去。

家庭教师真有点像个强盗，谁能保准不是强盗？领子不打领结，没有更多的，只是一件外套，冬天，秋天，春天都穿夹外套。

不知有半月或更多的日子，汪玉祥连我们窗下都不敢来，他家的大人一定告诉他：

"你老师是个不详细的人……"

# 患 病

我在准备早饭，同时打开了窗子，春朝特有的气息充满了屋子。在大炉台上摆着已经去了皮的地豆①，小洋刀在手中仍是不断地转着……浅黄色带着弹性似的地豆，个个在炉台上摆好，稀饭在旁边冒着泡，我一面切着地豆，一面想着：江上连一块冰也融尽了吧！公园的榆树怕是发了芽吧！已经三天不到公园去，吃过饭非去看看不可。

"郎华呀！你在外边尽做什么？也来帮我提一桶水去……"

"我不管，你自己去提吧。"他在院子里来回走，又是在想什么文章。于是我跑着，为着高兴。把水桶翻得很响，斜着身子从汪家厨房出来，差不多是横走，水桶在腿边左摇荡一下，右摇荡一下……

菜烧好，饭也烧好。吃过饭就要去江边，去公园。春天就要在头上飞，在心上过，然而我不能吃早饭了，肚子偶然疼起来。

我喊郎华进来，他很惊讶！但越痛越不可耐了。

他去请医生，请来一个治喉病的医生。

"你是患着盲肠炎吧？"医生问我。

我疼得那个样子，还晓得什么盲肠炎不盲肠炎的？眼睛发黑了，喉医生在我的臂上打了止痛针。

"张医生，车费先请自备吧！过几天和药费一起送去。"郎华对医生说。

一角钱也没有了，我又不能说再请医生，白打了止痛针，一点痛也不

---

① 地豆：即马铃薯，又叫土豆。

能止。

郎华又跑出去，我不知他跑出去做什么，说不出怀着怎样的心情在等他回来。

一个星期过去，我还不能从床上坐起来。第九天，郎华从外面举着鲜花回来，插在瓶子里，摆在桌上。

"花开了？"

"不但花开，树还绿了呢！"

我听说树绿了！我对于"春"不知怀着多少意义。我想立刻起来去看看，但是什么也不能做，腿软得好像没有腿了，我还站不住。

肚痛减轻一些，夜里睡得很熟。有朋友告诉郎华：在什么地方有一个市立的公共医院，为贫民而设，不收药费。

当然我挣扎着也要去的。那天是晴天，换好干净衣服，一步一步走出大门，坐上了人力车，郎华在车旁走，起先他是扶着车走，后来，就走在人行道上了。街树不是发着芽的时候，已长好绿叶了！

进了诊闻所，到挂号处挂了号，很长的堂屋，排着长椅子，那里已经开始诊断。穿白衣裳的俄国女人，跑来跑去唤着名字，六七个人一起闯进病室去，过一刻就放出来，下一批人再被呼进去。到这里来的病人，都是穷人，愁眉苦脸的一个，愁眉苦脸的一个。撑着木棍的跛子，脚上生疮缚着白布的肿脚人，肺痨病的女人，白布包住眼睛的盲人，包住眼睛的盲小孩，头上生疮的小孩。对面坐着老外国女人，闭着眼睛，把头靠住椅子，好似睡着，然而她的嘴不住地收缩，她的包头巾在下巴上慢慢牵动……

小孩治疗室有孩子大大地哭叫。内科治疗室门口，外国女人又闯出来，又叫着外国名字；一会儿又有中国人从外科治疗室闯出来，又喊着中国名字……拐脚子和胖脸人都一起走进去……

因为我来得最晚，大概最后才能够叫到我，等得背痛，头痛。

"我们回去吧！明天再来。"坐在人力车上，我已无心再看街树，这样去投医，病象不但没有减轻，好像更加重了些。

不能不去，因为不要钱。第二次去，也被唤着名字走进妇科治疗室。虽等了两点钟，到底进了妇科治疗室。既然进了治疗室，那该说怎样治疗法。

把我引到一个屏风后面，那里摆着一张很宽、很高、很短的台子，台子的两边还立了两支叉形的东西，叫我爬上这台子。当时我可有些害怕了，爬上去做什么呢？莫非要用刀割吗？

我坚决地不爬上去。于是那肥胖的外国女人先上去了，没有什么，并不动刀。换着次序我也被治疗了一回，经过这样的治疗，并不用吃药，只在肚子上按了按，或是一面按着，一面问两句。

我的俄文又不好，所以医生问的，我并不全懂，马马虎虎地就走出治疗室。医生告诉我，明天再来一次，好把药给我。

以后我就没有再去，因为那天我出了诊疗所的时候，我是问过一个重病人的，他哼着，他的家属哭着。我以为病人病到不可治的程度，"他们不给药吃，说药贵，让自己去买，哪里有钱买？"是这样说向我的。

去了两天诊疗所，等了几个钟头。怕是再去两天，再去等几个钟头，病人就会自然而然地好起来！可惜我没有那样的忍耐性。

# 提篮者

　　提篮人，他的大篮子，长形面包，圆面包……每天早晨他带来诱人的麦香，等在过道。

　　我数着……三个，五个，十个……把所有的铜板给了他。一块黑面包摆在桌子上。郎华回来第一件事，他在面包上掘了一个洞，连帽子也没脱，就嘴里嚼着，又去找白盐。他从外面带进来的冷空气发着腥味。他吃面包，鼻子时时滴下清水滴。

　　"来吃啊！"

　　"就来。"我拿了刷牙缸，跑下楼去倒开水。回来时，面包差不多只剩硬壳在那里。他紧忙说：

　　"我吃得真快，怎么吃得这样快？真自私，男人真自私。"

　　只端起牙缸来喝水，他再不吃了！我再叫他吃他也不吃。只说：

　　"饱了，饱了！吃去你的一半还不够吗？男人不好，只顾自己。你的病刚好，一定要吃饱的。"

　　他给我讲他怎样要开一个"学社"，教武术，还教什么什么……这时候，他的手已凑到面包壳上去，并且另一只手也来了！扭了一块下去，已经送到嘴里，已经咽下他也没有发觉；第二次又来扭，可是说了：

　　"我不应该再吃，我已经吃饱。"

　　他的帽子仍没有脱掉，我替他脱了去，同时送一块面包皮到他的嘴上。

　　喝开水，他也是一直喝，等我向他要，他才给我。

"晚上，我领你到饭馆去吃。"我觉得很奇怪，没钱怎么可以到饭馆去吃呢！

"吃完就走，这年头不吃还饿死？"他说完，又去倒开水。

第二天，挤满面包的大篮子已等在过道。我始终没推开门。门外有别人在买，即使不开门，我也好像嗅到麦香。对面包，我害怕起来，不是我想吃面包，怕是面包要吞了我。

"列巴，列巴！"哈尔滨叫面包作"列巴"，卖面包的人打着我们的门在招呼。带着心惊，买完了说：

"明天给你钱吧，没有零钱。"

星期日，家庭教师也休息。只有休息，连早饭也没有。提篮人在打门，郎华跳下床去，比猫跳得更得法，轻快，无声。我一动不动，列巴就摆在门口。郎华光着脚，只穿一件短裤，衬衣搭在肩上，胸膛露在外面。

一块黑面包，一角钱。我还要五分钱的列巴圈，那人用绳穿起来。我还说："不用，不用。"我打算就要吃了！我伏在床上，把头抬起来，正像见了桑叶而抬头的蚕一样。

可是，立刻受了打击，我眼看着那人从郎华的手上把面包夺回去，五个列巴圈也夺回去。

"明早一起取钱不行吗？"

"不行，昨天那半角也给我吧！"

我充满口涎的舌头向嘴唇舐了几下，不但列巴圈没有吃到，把所有的铜板又都带走了。

"早饭吃什么呀？"

"你说吃什么？"锁好门，他回到床上时，冰冷的身子贴住我。

# 十元钞票

在绿色的灯下，人们跳着舞狂欢着，有的抱着椅子跳，胖朋友他也丢开风琴，从角落扭转出来，他扭到混杂的一堆人去，但并不消失在人群中。因为他胖，同时也因为他跳舞做着怪样，他十分不协调地在跳，两腿扭颤得发着疯。他故意妨碍别人，最终他把别人都弄散开去，地板中央只留下一个流汗的胖子。人们怎样大笑，他不管。

"老牛跳得好！"人们向他招呼。

他不听这些，他不是跳舞，他是乱跳瞎跳，他完全胡闹，他蠢得和猪、和蟹子那般。

红灯开起来，扭扭转转的那一些绿色的人变红起来。红灯带来另一种趣味，红灯带给人们更热心的胡闹。瘦高的老桐扮了一个女相，和胖朋友跳舞。女人们笑流泪了！直不起腰了！但是胖朋友仍是一拐一拐。他的"女舞伴"在他的手臂中也是谐和地把头一扭一拐，扭得太丑，太愚蠢，几乎要把头扭掉，要把腰扭断，但是他还扭，好像很不要脸似的，一点也不知羞似的，那满脸的红胭脂呵！那满脸丑恶到妙处的笑容。

第二次老桐又跑去化装，出来时，头上包一张红布，脖子后拖着很硬的但有点颤动的棍状的东西。那是用红布扎起来的、扫帚把柄的样子，生在他的脑后。又是跳舞，每跳一下，脑后的小尾巴就随着颤动一下。

跳舞结束了，人们开始吃苹果，吃糖，吃茶。就是吃也没有个吃的样子！有人说：

"我能整吞一个苹果。"

"你不能，你若能整吞个苹果，我就能整吞一个活猪！"另一个说。

自然，苹果也没有吞，猪也没有吞。

外面对门那家锁着的大狗，锁链子在响动。腊月开始严寒起来，狗冻得小声吼叫着。

带颜色的灯闭起来，因为没有颜色的刺激，人们暂时安定了一刻。因为过于兴奋的缘故，我感到疲乏，也许人人感到疲乏，大家都安定下来，都像恢复了人的本性。

小"电驴子"从马路上笃笃地跑过，又是日本宪兵在巡逻吧！可是没有人害怕，人们对于日本宪兵的印象还浅。"玩呀！乐呀！"第一个站起的人说。

"不乐白不乐，今朝有酒今朝醉……"大个子老桐也说。胖朋友的女人拿一封信，送到我的手里："这信你到家去看好啦！"

郎华来到我的身边。也不知道这是什么意思，我就把信放到衣袋中。

只要一走出屋门，寒风立刻刮到人们的脸，外衣的领子竖起来，显然郎华的夹外套是感到冷，但是他说："不冷。"一同出来的人，都讲着过旧年时比这更有趣味，那一些趣味早从我们跳开去。我想我有点饿，回家可吃什么？于是别的人再讲什么，我听不到了！郎华也冷了吧，他拉着我走向前面，越走越快了，使我们和那些人远远地分开。

在蜡烛旁忍着脚痛看那封信，信里边十元钞票露出来。

夜是如此静了，小狗在房后吼叫。

第二天，一些朋友来约我们到"牵牛房"去吃夜饭。果然吃得好，这样的饱餐，非常觉得不多得，有鱼，有肉，有很好滋味的汤。又是玩到半夜才回来。这次我走路时很起劲，饿了也不怕，在家有十元票子在等我。我特别充实地迈着大步，寒风不能打击我。新城大街，中央大街，行人很稀少了！人走在人行道，好像没有挂掌的马走在冰面，很小心的，然而时时要跌倒。店铺的铁门关得紧紧的，里面无光了。街灯和警察还存在，警察和垃圾箱似的失去了威权，他背上的枪提醒着他的职务，若不然他会依着电线杆睡着的。再走就快到商市街了！然而今夜我还没有走够，马迭尔旅馆门前的大时钟孤独地挂着。向北望去，松花江就是这条街的尽头。

我的勇气一直到商市街口还没消灭，脑中，心中，脊背上，腿上，似乎各处都有一张十元票子，我被十元票子鼓励得肤浅得可笑了。

是叫花子吧！起着哼声，在街的那面在移动。我想他没有十元票子吧！

铁门用钥匙打开，我们走进院去，但，我仍听得到叫花子的哼声……

# 又是冬天

窗前的大雪白绒一般，没有停地在落，整天没有停。我去年受冻的脚完全好起来，可是今年没有冻，壁炉着得呼呼发响，时时起着木柈的小炸音；玻璃窗简直就没被冰霜蔽住；柈子不像去年摆在窗前，而是装满了柈子房的。

我们决定非去上海不可。每次到书店去，一本杂志也没有，至于别的书，那还是三年前摆在玻璃窗里退了色的旧书。非去不可，非走不可。

遇到朋友，我们就问：

"海上几月里浪小？小海船是怎样晕法？……"因为我们都没航过海，海船那样大，在图画上看见也是害怕，所以一经过"万国车票公司"的窗前，必须要停住许多时候，要看窗子里立着的大图画，我们计算着这海船有多么高啊！都说海上无风三尺浪，我在玻璃上就用手去量，看海船有海浪的几倍高。结果那差太远了！海船的高度等于海浪的二十倍。我说海船六丈高。

"哪有六丈？"郎华反对我，他又量量："哼！可不是吗！差不多……海浪三尺，船高是二十三尺。"

也有时因为我反复着说："有那么高吗？没有吧！也许有！"

郎华听了就生起气来，因为海船的事差不多在街上就吵架……

可是朋友们不知道我们要走。有一天，我们在胖朋友家里举起酒杯的时候，嘴里吃着烧鸡的时候，郎华要说，我不叫他说，可是到底说了。

"走了好！我看你早就该走！"以前胖朋友常这样说："郎华，你走吧！我给你们对付点路费。我天天在××科里边听着问案子。皮鞭子打得那个响！唉，走吧！我想要是我的朋友也弄去……那声音可怎么听？我一看那行人，我就想到你……"

老秦来了，他是穿着一件崭新的外套，看起来帽子也是新的，不过没有问他，他自己先说：

"你们看我穿新外套了吧？非去上海不可，忙着做了两件衣裳，好去进当铺，卖破烂，新的也值几个钱……"

听了这话，我们很高兴，想不说也不可能："我们也走，非走不可，在这个地方等着活剥皮吗？"郎华说完了就笑了。

"你什么时候走？"

"那么你们呢？"

"我们没有一定。"

"走就五六月走，海上浪小……"

"那么我们一同走吧！"

老秦并不认为我们是真话，大家随便说了不少关于走的事情，怎样走法呢？怕路上检查，怕路上盘问，到上海什么朋友也没有，又没有钱。说得高兴起来，逼真了！带着幻想了！老秦是到过上海的，他说四马路怎样怎样！他说上海的穷是怎样的穷法……

他走了以后，雪还没有停。我把火炉又放进一块木桦去。又到烧晚饭的时间了！我想一想去年，想一想今年，看一看自己的手骨节胀大了一点，个子还是这么高，还是这么瘦……这房子我看得太熟了，至于墙上或是棚顶有几个多余的钉子，我都知道。郎华呢？没有瘦胖，他是照旧，从我认识他那时候起，他就是那样，颧骨很高，眼睛小，嘴大，鼻子是一条柱。

"我们吃什么饭呢？吃面或是饭？"

居然我们有米有面了，这和去年不同，忽然那些回想牵住了我……借到两角钱或一角钱……空手他跑回来……抱着新棉袍去进当铺。

我想到我冻伤的脚，下意识地看了一下脚。于是又想到桦子，那样多的桦子，烧吧！我就又去搬了木桦进来。

"关上门啊！冷啊！"郎华嚷着。

他仍把两手插在裤袋，在地上打转；一说到走，他不住地打转，转起半点钟来也是常常的事。

秋天，我们已经装起电灯了。我在灯下抄自己的稿子。郎华又跑出去，他是跑出去玩，这可和去年不同，今年他不到外面当家庭教师了。

# 拍卖家具

似乎带着伤心，我们到厨房检查了一下，水壶，水桶，小锅这些都要卖掉，但是并不是第一次检查，从想走那天起，我就跑到厨房来计算，三角二角，不知道这样计算了多少回，总之一提起"走"字来便去计算，现在可真的要出卖了。

旧货商人就等在门外。

他估着价：水壶，面板，水桶，饭锅，三只饭碗，酱油瓶子，豆油瓶子，一共值五角钱。

我们没有答话，意思是不想卖了。

"五毛钱不少。你看，这锅漏啦！水桶是旧水桶，买这东西也不过几毛钱，面板这块板子，我买它没有用，饭碗也不值钱……"他一只手向上摇着，另一只手翻着摆在地上的东西，他很看不起这东西："这还值钱？这还值钱？"

"不值钱，我也不卖。你走吧！"

"这锅漏啦！漏锅……"他的手来回地推动锅底，嘭的响一声，再嘭的响一声。

我怕他把锅底给弄掉下来，我很不愿意："不卖了，你走吧！"

"你看这是废货，我买它卖不出钱来。"

我说："天天烧饭，哪里漏呢？"

"不漏，眼看就要漏，你摸摸这锅底有多么薄？"最后，他又在小锅底上很留恋地敲了两下。

小锅第二天早晨又用它烧了一次饭吃，这是最后的一次。

我伤心，明天它就要离开我们到别人家去了！永远不会再遇见，我们的小锅。没有钱买米的时候，我们用它盛着开水来喝；有米太少的时候，就用它煮稀饭给我们吃。现在它要去了！

共患难的小锅呀！与我们别开，伤心不伤心？

旧棉被、旧鞋和袜子，卖空了！空了……

还有一支剑，我也想着拍卖它，郎华说：

"送给我的学生吧！因为剑上刻着我的名字，卖是不方便的。"

前天，他的学生听说老师要走，哭了。

正是练武术的时候，那孩子手举着大刀，流着眼泪。

# 最后的一个星期

刚下过雨，我们踏着水淋淋的街道，在中央大街上徘徊，到江边去呢，还是到哪里去呢？

天空的云还没有散，街头的行人还是那样稀疏，任意走，但是再不能走了。

"郎华，我们应该规定个日子，哪天走呢？"

"现在是三号，十三号吧！还有十天，怎么样？"

我突然站住，受惊一般的，哈尔滨要与我们别离了！还有十天，十天以后的日子，我们要过在车上，海上，看不见松花江了，只要"满洲国"①存在一天，我们是不能来到这块土地了。

李和陈成也来了，好像我们走，是应该走。

"还有七天，走了好啊！"陈成说。

为着我们走，老张请我们吃饭。吃过饭以后，又去逛公园。在公园又吃冰激凌，无论怎样总感到另一种滋味。公园的大树，公园夏日的风，沙土，花草，水池，假山，山顶的凉亭……这一切和往日两样，我没有像往日那样到公园里乱跑，我是安安静静地走，脚下的沙土慢慢地在响。

夜晚屋中又剩了我一个人，郎华的学生跑到窗前，他偷偷观察着我。他在窗前走来走去，假装着闲走来观察我，来观察这屋中的事情，观察不足，于是问了："我老师上哪里去了？"

---

① "满洲国"：伪满州国。1931 年日本帝国主义侵占中国东北后炮制的傀儡政权。1945 年 8 月日本投降后废止。文中加引号，表示这个傀儡政权是未被承认的伪政权。

"找他做什么？"

"找我老师上课。"

其实那孩子平日就不愿意上课，他觉得老师这屋有个景况：怎么这些日子卖起东西来，旧棉花，破皮褥子……要搬家吧？那孩子不能确定是怎么回事。他跑回去又把小菊也找出来，那女孩和他一般大，当然也觉得其中有个景况。我把灯闭上了，要收拾的东西，暂时也不收拾了！

躺在床上，摸摸墙壁，又摸摸床边，现在这还是我所接触的，再过七天，这一些都别开了。

小锅，小水壶，终归被旧货商人所提走，在商人手里发着响，闪着光，走出门去！那是前年冬天，郎华从破烂市场买回来的。现在又将回到破烂市场去。

卖掉小水壶，我的心情更不能压制住。不是用的自己的腿似的，到木桦房去看看许多木桦还没有烧尽，是卖呢，是送朋友？门后还有个电炉，还有双破鞋。

大炉台上失掉了锅，失掉了壶，不像个厨房样。

一个星期已经过去四天，心情随着时间（的临近）更烦乱起来。也不能在家烧饭吃，到外面去吃，到朋友家去吃。

看到别人家的小锅，吃饭也不能安定。后来，睡觉也不能安定。

"明早六点钟就起来拉床，要早点起来。"

郎华说这话，觉得走是逼近了！必定得走了。好像郎华如不说，就不走了似的。

夜里想睡也睡不安。太阳还没出来，铁大门就响起来。我怕着，这声音要夺去我的心似的，昏茫地坐起来。郎华就跳下床去，两个人从床上往下拉着被子、褥子。枕头摔在脚上，忙忙乱乱，有人打着门，院子里的狗乱咬着。

马颈的铃铛就响在窗外，这样的早晨已经过去，我们遭了恶祸一般，屋子空空的了。

我把行李铺了铺，就睡在地板上。为了多日的病和不安，身体弱得快要支持不住的样子。郎华跑到江边去洗他的衬衫，他回来看到我还没有起来，他就生气："不管什么时候，总是懒。起来，收拾收拾，该随手拿走的东西，就先把它拿走。"

"有什么收拾的？都已收拾好。我再睡一会儿，天还早，昨夜我失眠了。"我的腿痛，腰痛，又要犯病的样子。

"要睡，收拾干净再睡，起来！"

铺在地板上的小行李也卷起来了。墙壁从四面直垂下来，棚顶一块块发着微黑的地方，是长时间点蜡烛被烛烟所熏黑的。说话的声音有些轰响。空了！在屋子里边走起来很旷荡……

还吃最后的一次早餐——面包和肠子。

我手提个包袱。郎华说："走吧！"他推开了门。

这正像乍搬到这房子郎华说"进去吧"一样，门开着，我出来了，我腿发抖，心往下沉坠，忍不住这从没有落下来的眼泪，是哭的时候了！应该流一流眼泪。

我没有回转一次头地走出大门，别了家屋！街车，行人，小店铺，人行道旁的杨树……转角了！

别了，商市街！

小包袱在手上挎着。我们顺着中央大街南去。

第二辑　众生皆苦

# 花 狗

在一个深幽的、很小的院心上，集聚着几个邻人。这院子种着两棵大芭蕉，人们就在芭蕉叶子下边谈论着李寡妇的大花狗。

有的说：

"看吧，这大狗又倒霉了。"

有的说：

"不见得，上回还不是闹到终归儿子没有回来，花狗也饿病了，因此李寡妇哭了好几回……"

"唉，你就别说啦，这两天还不是么，那大花狗都站不住了，若是人一定要扶着墙走路……"

人们正说着，李寡妇的大花狗就来了。它是一条虎狗，头是大的，嘴是方的，走起路来很威严，全身是黄毛带着白花。它从芭蕉叶里露出来了，站在许多人的面前，还勉强地摇一摇尾巴。

但那原来的姿态完全不对了，眼睛没有一点光亮，全身的毛好像要脱落似的在它的身上飘浮着。而最可笑的是它的脚掌很稳地抬起来，端得平平的再放下去，正好像希特勒的在操演的军队的脚掌似的。

人们正想要说些什么，看到李寡妇戴着大帽子从屋里出来，大家就停止了，都把眼睛落到李寡妇的身上。她手里拿着一把黄香，身上背着一个黄布口袋。

"听说少爷来信了，倒是吗？"

"是的，是的，没有多少日子，就要换防回来的……是的……亲手写的信来……我是到佛堂去烧香，是我应许下的，只要老佛保佑我那孩子有了信，从那天起，我就从那天三遍香烧着，一直到他回来……"那大花狗仍照着它平常的习惯，一看到主人出街，它就跟上去，李寡妇一边骂着就走远了。

那班谈论的人，也都谈论一会儿各自回家了。

留下了大花狗自己在芭蕉叶下蹲着。

大花狗，李寡妇养了它十几年，李老头子活着的时候，和她吵架，她一生气坐在椅子上哭半天会一动不动的，大花狗就陪着她蹲在她的脚尖旁。她生病的时候，大花狗也不出屋，就在她旁边转着。她和邻居骂架时，大花狗就上去撕人家衣服。她夜里失眠时，大花狗摇着尾巴一直陪她到天明。

所以她爱这狗胜过于一切了，冬天给这狗做一张小棉被，夏天给它铺一张小凉席。

李寡妇的儿子随军出发了以后，她对这狗更是一时也不能离开的，她把这狗看成个什么都能了解的能懂人性的了。

有几次她听了前线上恶劣的消息，她竟拍着那大花狗哭了好几次，有的时候像枕头似的枕着那大花狗哭。

大花狗也实在惹人怜爱，卷着尾巴，虎头虎脑的，虽然它忧愁了，寂寞了，眼睛无光了，但这更显得它柔顺，显得它温和。所以每当晚饭以后，它挨着家，凡是里院外院的人家，它都用嘴推开门进去拜访一次，有剩饭的给它，它就吃了；无有剩饭，它就在人家屋里绕了一个圈就静静地出来了。这狗流浪了半个月了，它到主人旁边，主人也不打它，也不骂它，只是什么也不表示，冷静地接待了它，而并不是按着一定的时候给东西吃，想起来就给它，忘记了也就算了。

大花狗落雨也在外边，刮风也在外边，李寡妇整天锁着门到东城门外的佛堂去。

有一天她的邻居告诉她：

"你的大花狗，昨夜在街上被别的狗咬了腿流了血……"

"是的，是的，给它包扎包扎。"

"那狗实在可怜呢，满院子寻食……"邻人又说。

"唉，你没听在前线上呢，那真可怜……咱家里这一只狗算什么呢？"她忙着话没有说完，又背着黄布口袋上佛堂烧香去了。

等邻人第二次告诉她说：

"你去看看你那狗吧！"

那时候大花狗已经躺在外院的大门口了，躺着动也不动，那只被咬伤了的前腿，晒在太阳下。

本来李寡妇一看了也多少引起些悲哀来，也就想喊人来花两角钱埋了它。但因为刚刚又收到儿子一封信，是广州退却时写的，看信上说儿子就该到家了，于是她逢人便讲，竟把花狗又忘记了。

这花狗一直在外院的门口，躺了三两天。

是凡经过的人都说这狗老死了，或是被咬死了，其实不是，它是被冷落死了。

# 小黑狗

　　像从前一样，大狗是睡在门前的木台上。望着这两只狗我沉默着。我自己知道又是想起我的小黑狗来了。

　　前两个月的一天早晨，我去倒脏水。在房后的角落处，房东的使女小钰蹲在那里。她的黄头发毛着，我记得清清的，她的衣扣还开着。我看见的是她的背面，所以我不能预测这是发生了什么！

　　我斟酌着我的声音，还不等我向她问，她的手已在颤抖，唔！她颤抖的小手上有个小狗在闭着眼睛，我问：

　　"哪里来的？"

　　"你来看吧！"

　　她说着，我只看见她毛蓬的头发摇了一下，手上又是一个小狗在闭着眼睛。

　　不仅一个两个，不能辨清是几个，简直是一小堆。我也和孩子一样，和小钰一样欢喜着跑进屋去，在床边拉他的手：

　　"平森……啊……喔喔……"

　　我的鞋底在地板上响，但我没说出一个字来，我的嘴废物似的啊喔着。他的眼睛瞪住，和我一样，我是为了欢喜，他是为了惊愕。最后我告诉了他，是房东的大狗生了小狗。

　　过了四天，别的一只母狗也生了小狗。

　　以后小狗都睁开眼睛了。我们天天玩着它们，又给小狗搬了个家，把它们都装进木箱里。

争吵就是这天发生的：小钰看见老狗把小狗吃掉一只，怕是那只老狗把它的小狗完全吃掉，所以不同意小狗和那个老狗同居，大家就抢夺着把余下的三个小狗也给装进木箱去，算是那只白花狗生的。

那个毛褪得稀疏、骨骼突露、瘦得龙样似的老狗，追上来。白花狗仗着年轻不惧敌，哼吐着开仗的声音。平时这两条狗从不咬架，就连咬人也不会。现在凶恶极了。就像两条小熊在咬架一样。房东的男儿，女儿，听差，使女，又加我们两个，此时都没有用了。不能使两个狗分开。两个狗满院疯狂地拖跑。人也疯狂着。在人们吵闹的声音里，老狗的乳头脱掉一个，含在白花狗的嘴里。

人们算是把狗打开了。老狗再追去时，白花狗已经把乳头吐到地上，跳进木箱看护它的一群小狗去了。

脱掉乳头的老狗，血流着，痛得满院转走。木箱里它的三个小狗却拥挤着不是自己的妈妈，在安然地吃奶。

有一天，把个小狗抱进屋来放在桌上，它害怕，不能迈步，全身有些颤，我笑着像是得意，说：

"平森，看小狗啊！"

他却相反，说道：

"哼！现在觉得小狗好玩，长大要饿死的时候，就无人管了。"

这话间接地可以了解。我笑着的脸被这话毁坏了，用我落寞的手，把小狗送了出去。我心里有些不愿意，不愿意小狗将来饿死。可是我却没有说什么，面向后窗，我看望后窗外的空地；这块空地没有阳光照过，四面立着的是有产阶级的高楼，几乎是和阳光绝了缘。不知什么时候，小狗是腐了，乱了，挤在木板下，左近有苍蝇飞着。我的心情完全神经质下去，好像躺在木板下的小狗就是我自己，像听着苍蝇在自己已死的尸体上寻食一样。

平森走过来，我怕又要证实他方才的话。我假装无事，可是他已经看见那个小狗了。我怕他又要象征着说什么，可是他已经说了：

"一个小狗死在这没有阳光的地方，你觉得可怜么？年老的叫花子不能寻食，死在阴沟里，或是黑暗的街道上；女人，孩子，就是年轻人失了业的时候也是一样。"

我愿意哭出来，但我不能因为人都说女人一哭就算了事，我不愿意了事。可是慢慢地我终于哭了！他说："悄悄，你要哭么？这是平常的事，冻死，饿死，黑暗死，每天都有这样的事情，把持住自己。渡我们的桥梁吧，小孩子！"

我怕着羞，把眼泪拭干了，但，终日我是心情落寞。

过了些日子，十二个小狗之中又少了两个。但是剩下的这些更可爱了。会摇尾巴，会学着大狗叫，跑起来在院子里就是一小群。有时门口来了生人，它们也跟着大狗跑去，并不咬，只是摇着尾巴，就像和生人要好似的，这或是小狗还不晓得它们的责任，还不晓得保护主人的财产。

天井中纳凉的软椅上，房东太太吸着烟。她开始说家常话了。结果又说到了小狗：

"这一大群什么用也没有，一个好看的也没有，过几天把它们远远地送到马路上去。秋天又要有一群，厌死人了！"

坐在软椅旁边的是个六十多岁的老更倌。眼花着，有主意的嘴结结巴巴地说：

"明明……天，用麻……袋背送到大江去……"

小钰是个小孩子，她说：

"不用送大江，慢慢都会送出去。"

小狗满院跑跳。我最愿意看的是它们睡觉，多是一个压着一个脖子睡，小圆肚一个个地相挤着。是凡来了熟人的时候都是往外介绍，生得好看一点的抱走了几个。

其中有一个耳朵最大，肚子最圆的小黑狗，算是我的了。我们的朋友用小提篮带回去两个，剩下的只有一个小黑狗和一个小黄狗。老狗对它们两个非常珍惜起来，争着给小狗去舔绒毛。这时候，小狗在院子里已经不成群了。

我从街上回来，打开窗子。我读一本小说。那个小黄狗挠着窗纱，和我玩笑似的竖起身子来挠了又挠。

我想：

"怎么几天没有见到小黑狗呢？"

我喊来了小钰。别的同院住的人都出来了，找遍全院，不见我的小黑狗。马路上也没有可爱的小黑狗，再也看不见它的大耳朵了！它忽然是失了踪！

又过了三天，小黄狗也被人拿走。

没有妈妈的小钰向我说：

"大狗一听隔院的小狗叫，它就想起它的孩子。可是满院急寻，上楼顶去张望，最终一个都不见，它哽哽地叫呢！"

十三个小狗一个不见了！和两个月以前一样，大狗是孤独地睡在木台上。

平森的小脚，鸽子形的小脚，栖在床单上，他是睡了。我在写，我在想，玻璃窗上的三个苍蝇在飞……

# 同命运的小鱼

我们的小鱼死了。它从盆中跳出来死的。

我后悔，为什么要出去那么久！为什么只贪图自己的快乐而把小鱼干死了！

那天鱼放到盆中去洗的时候，有两条又活了，在水中立起身来。那么只用那三条死的来烧菜。鱼鳞一片一片地掀掉，沉到水盆底去；肚子剥开，肠子流出来。我只管掀掉鱼鳞，我还没有洗过鱼，这是试着干，所以有点害怕，并且冰凉的鱼的身子，我总会联想到蛇；剥鱼肚子我更不敢了。郎华剥着，我就在旁边看，然而看也有点躲躲闪闪，好像乡下没有教养的孩子怕着已死的猫会还魂一般。

"你看你这个无用的，连鱼都怕。"说着，他把已经收拾干净的鱼放下，又剥第二个鱼肚子。这回鱼有点动，我连忙扯了他的肩膀一下：

"鱼活啦，鱼活啦！"

"什么活啦！神经质的人，你就看着好啦！"他逞强一般的在鱼肚子上划了一刀，鱼立刻跳动起来，从手上跳下盆去。"怎么办哪？"这回他向我说了。我也不知道怎么办。他从水中摸出来看看，好像鱼会咬了他的手，马上又丢下水去。鱼的肠子流在外面一半，鱼是死了。

"反正也是死了，那就吃了它。"

鱼再被拿到手上，一些也不动弹。他又安然地把它收拾干净。直到第三条鱼收拾完，我都是守候在旁边，怕看，又想看。第三条鱼是全死的，没有动。盆中更小的一条很活泼了，在盆中转圈。另一条怕是要死，立起不多时又横在水面。

火炉的铁板热起来，我的脸感觉烤痛时，锅中的油翻着花。鱼就在大炉台的菜板上，就要放到油锅里去。我跑到二层门去拿油瓶，听得厨房里有什么东西跳起来，噼噼啪啪的。他也来看。

盆中的鱼仍在游着，那么菜板上的鱼活了，没有肚子的鱼活了，尾巴仍打得菜板很响。

这时我不知该怎样做，我怕看那悲惨的东西。躲到门口，我想：不吃这鱼吧。然而它已经没有肚子了，可怎样再活？我的眼泪都跑上眼睛来，再不能看了。我转过身去，面向着窗子。窗外的小狗正在追逐那红毛鸡，房东的使女小菊挨过打以后到墙根处去哭……

这是凶残的世界，失去了人性的世界，用暴力毁灭了它吧！毁灭了这些失去了人性的东西！

晚饭的鱼是吃的，可是很腥，我们吃得很少，全部丢到垃圾箱去。

剩下来两条活的就在盆里游泳。夜间睡醒时，听见厨房里有乒乓的水声。点起洋烛去看一下。可是我不敢去，叫郎华去看。

"盆里的鱼死了一条，另一条鱼在游水响……"

到早晨，用报纸把它包起来，丢到垃圾箱去。只剩一条在水中上下游着，又为它换了一盆水，早饭时又丢了一些饭粒给它。

小鱼两天都是快活的，到第三天忧郁起来，看了几次，它都是沉到盆底。

"小鱼都不吃食啦，大概要死吧？"我告诉郎华。

他敲一下盆沿，小鱼走动两步；再敲一下，再走动两步……不敲，它就不走，它就沉下去。

又过了一天，小鱼的尾巴也不摇了，就是敲盆沿，它也不动一动尾巴。

"把它送到江里一定能好，不会死。它一定是感到不自由才忧愁起来！"

"怎么送呢？大江还没有开冻，就是能找到一个冰洞把它塞下去，我看也要冻死，再不然也要饿死。"我说。

郎华笑了。他说我像玩鸟的人一样，把鸟放在笼子里，给它米子吃，就说它没有悲哀了，就说比在山里好得多，不会冻死，不会饿死。

"有谁不爱自由呢？海洋爱自由，野兽爱自由，昆虫也爱自由。"郎华又敲了一下水盆。

小鱼只悲哀了两天，又畅快起来，尾巴打着水响。我每天在火边烧饭，一边看着它，好像生过病又好起来的自己的孩子似的，更珍贵一点，更爱惜一点。天真太冷，打算过了冷天就把它放到江里去。

我们每夜到朋友那里去玩，小鱼就自己在厨房里过个整夜。它什么也不知道，它也不怕猫会把它攫了去，它也不怕耗子会使它惊跳。我们半夜回来也要看看，它总是安安然然地游着。家里没有猫，知道它没有危险。

又一天就在朋友那里过的夜，终夜是跳舞，唱戏。第二天晚上才回来。时间太长了，我们的小鱼死了！

第一步踏进门的是郎华，差一点没踏碎那小鱼。点起洋烛去看，还有一点呼吸，鳃还轻轻地抽着。我去摸它身上的鳞，都干了。小鱼是什么时候跳出水的？是半夜？是黄昏？耗子惊了你，还是你听到了猫叫？

蜡油滴了满地，我举着蜡烛的手，不知歪斜到什么程度。

屏着呼吸，我把鱼从地板上拾起来，再慢慢把它放到水里，好像亲手让我完成一件丧仪。沉重的悲哀压住了我的头，我的手也颤抖了。

短命的小鱼死了！是谁把你摧残死的？你还那样幼小，来到世界——说你来到鱼群吧，在鱼群中你还是幼芽一般正应该生长的，可是你死了！

　　郎华出去了，把空漠<sup>①</sup>的屋子留给我。他回来时正在开门，我就赶上去说："小鱼没死，小鱼又活啦！"我一面拍着手，眼泪就要流出来。我到桌子上去取蜡烛。他敲着盆沿，没有动，鱼又不动了。

　　"怎么又不会动了？"手到水里去把鱼立起来，可是它又横过去。

　　"站起来吧。你看蜡油啊！……"他拉我离开盆边。

　　小鱼这回是真死了！可是过一会儿又活了。这回我们相信小鱼绝对不会死，离水的时间太长，复一复原就会好的。

　　半夜郎华起来看，说它一点也不动了，但是不怕，那一定是又在休息。我招呼郎华不要动它，小鱼在养病，不要搅扰它。

　　亮天看它还在休息，吃过早饭看它还在休息。又把饭粒丢到盆中。我的脚踏起地板来也放轻些，只怕把它惊醒，我说小鱼是在睡觉。

　　这睡觉就再没有醒。我用报纸把它包起来，鱼鳞沁着血，一只眼睛一定是在地板上挣跳时弄破的。

　　就这样吧，我送它到垃圾箱去。

---

① 空漠：空虚寂寞。

# 公　园

树叶摇摇曳曳地挂满了池边。一个半胖的人走在桥上，他是一个报社的编辑。

"你们来多久啦？"他一看到我们两个在长石凳上就说。"多幸福，像你们多幸福，两个人逛逛公园……"

"坐在这里吧。"郎华招呼他。

我很快地让出一个位置。但他没有坐，他的鞋底无意地踢撞着石子，身边的树叶让他扯掉两片。他更烦恼了，比前些日子看见他更有点两样。

"你忙吗？稿子多不多？"

"忙什么！一天到晚就是那一点事，发下稿去就完，连大样子也不看。忙什么，忙着幻想！"

"什么信！那……一点意思也没有，恋爱对于胆小的人是一种刑罚。"

让他坐下，他故意不坐下；没有人让他，他自己会坐下。于是他又用手拔着脚下的短草。他满脸似乎蒙着灰色。

"要恋爱，那就大大方方地恋爱，何必受罪？"郎华摇一下头。

一个小信封，小得有些神秘意味的，从他的口袋里拔出来，拔着蝴蝶或是什么会飞的虫儿一样。他要把那信给郎华看，结果只是他自己把头歪了歪，那信又放进了衣袋。

"爱情是苦的呢，是甜的？我还没有爱她，对不对？家里来信说我母亲死了那天，我失眠了一夜，可是第二天就恢复了。为什么她……她使我不安会整天，整夜？才通信两个礼拜，我觉得我的头发也脱落了不少，嘴上的小胡子也增多了。"

当我们站起要离开公园时，又来一个熟人："我烦忧啊！我烦忧啊！"像唱着一般说。

我和郎华踏上木桥了，回头望时，那小树丛中的人影也像对那个新来的人说：

"我烦忧啊！我烦忧啊！"

我每天早晨看报，先看文艺栏。这一天，有编者的说话：

摩登女子的口红，我看正相同于"血"。资产阶级的小姐们怎样活着的？不是吃血活着吗？不能否认，那是个鲜明的标记。人涂着人的"血"在嘴上，那是污浊的嘴，嘴上带着血腥和血色，那是污浊的标记。

我心中很佩服他，因为他来得很干脆。我一面读报，一面走到院子里去，晒一晒清晨的太阳。汪林也在读报。

"汪林，起得很早！"

"你看，这一段，什么小姐不小姐，'血'不'血'的！这骂人的是谁？"

那天郎华把他做编辑的朋友领到家里来，是带着酒和菜回来的。郎华说他朋友的女友到别处去进大学了。于是喝酒，我是帮闲喝，郎华是劝朋友。至于被劝的那个朋友呢，他嘴里哼着京调哼得很难听。

和我们的窗子相对的是汪林的窗子。里面胡琴响了。那是汪林拉的胡琴。

天气开始热了，趁着太阳还没走到当空，汪林在窗下长凳上洗衣服。编辑朋友来了，郎华不在家，他就在院心里来回走转，可是郎华还没有回来。

"自己洗衣服，很热吧！"

"洗得干净。"汪林手里拿着肥皂答他。

郎华还不回来，他走了。

# 又是春天

太阳带来了暖意，松花江靠岸的江冰坍下去，融成水了，江上用人支走的爬犁渐少起来。汽车更没有一辆在江上行走了。松花江失去了它冬天的威严，江上的雪已经不是闪眼的白色，变成灰的了。又过几天，江冰顺着水慢慢流动起来，那是很好看的，有意流动，也像无意流动，大块冰和小块冰轻轻地互相击撞发着响，嘟嘟着。这种响声，像是瓷器相碰的响声似的，也像玻璃相碰的响声似的。立在江边，我起了许多幻想：这些冰块流到哪里去？流到海去吧！也怕是到不了海，阳光在半路上就会全数把它们消灭尽……

然而它们是走的，幽游一般，也像有生命似的，看起来比人更快活。

那天在江边遇到一些朋友，于是大家同意去走江桥。我和郎华走得最快，松花江在脚下东流，铁轨在江空发啸，满江面的冰块，满天空的白云。走到尽头，那里并不是郊野，看不见绿茸茸的草地，看不见绿树，"塞外"的春来得这样迟啊！我们想吃酒，于是沿着土堤走下去，然而寻不到酒馆，江北完全是破落人家，用泥土盖成的房子，用柴草织成的短墙。

"怎么听不到鸡鸣？"

"要听鸡鸣做什么？"人们坐在土堤上揩着面，走得热了。

后来，我们去看一个战舰，那是一九二九年和苏俄①作战时被打沉在

---

① 苏俄：1917 年 11 月 7 日，列宁领导的十月革命获得胜利，成立了俄罗斯苏维埃联邦社会主义共和国，简称苏俄。1922 年 12 月 30 日，俄罗斯、乌克兰、白俄罗斯和外高加索联邦一起正式成立苏维埃社会主义共和国联盟。1991 年 12 月 25 日，苏联解体。国家的名称改为俄罗斯联邦。1922 年 12 月 30 日苏联成立之后，"苏俄"成为历史名称，但有人仍在沿用，"苏俄"这一名称一直延续到 1991 年苏联解体。

江底的，名字是"利捷"。每个人用自己所有的思想来研究这战舰，但那完全是瞎说，有的说汽锅被打碎了才沉江的，有的说把驾船人打死才沉江的。一个洞又一个洞。这样的军舰使人感到残忍，正像在街上遇见的在战场上丢了腿的人一样，他残废了，别人称他是个废人。

这个破战舰停在船坞里完全发霉了。

# 春意挂上了树梢

三月花还没有开，人们嗅不到花香，只是马路上融化了积雪的泥泞干起来。天空飘起朦胧的多有春意的云彩；暖风和轻纱一般浮动在街道上，院子里。春末了，关外的人们才知道春来。春是来了，街头的白杨树蹿着芽，拖马车的马冒着气，马车夫们的大毡靴也不见了，人行道上外国女人的脚又从长筒套鞋里显现出来。笑声，见面打招呼声，又复活在人行道上。商店为着快快地传播春天的感觉，橱窗里的花已经开了，草也绿了，那是布置着公园的夏景。我看得很凝神的时候，有人撞了我一下，是汪林，她也戴着那样小檐的帽子。

"天真暖啦！走路都有点热。"

看着她转过商市街，我们才来到另一家店铺，并不要买什么，只是看看，同时晒晒太阳。这样好的人行道，有树，也有椅子，坐在椅子上，把眼睛闭起，一切春的梦，春的谜，春的暖力……这一切把自己完全陷进去。听着，听着吧！春在歌唱……

"大爷，大奶奶……帮帮吧！……"这是什么歌呢？从背后来的。这不是春天的歌吧！

那个叫花子嘴里吃着个烂梨，一只脚肿得把另一只显得好像不存在似的。"我的腿冻坏啦！大爷，帮帮吧！唉唉！……"

有谁还记得冬天？阳光这样暖了！街树蹿着芽！

手风琴在隔道唱起来，这也不是春天的调，只要一看那个瞎人为着拉琴而挪歪的头，就觉得很残忍。瞎人他摸不到春天，他没有。坏了腿的人，他走不到春天，他有腿也等于无腿。

世界上这一些不幸的人，存在着也等于不存在，倒不如赶早把他们消灭掉，免得在春天他们会唱这样难听的歌。

汪林在院心吸着一支烟卷，她又换了一套衣裳。那是淡绿色的，和树枝发出的芽一样的颜色。她腋下夹着一封信，看见我们，赶忙把信送进衣袋去。

"大概又是情书吧！"郎华随便说着玩笑话。

她跑进屋去了。香烟的烟缕在门外打了一下旋卷才消灭。

夜，春夜，中央大街充满了音乐的夜。流浪人的音乐，日本舞场的音乐，外国饭店的音乐……七点钟以后，中央大街的中段，在一条十字路口，那个很响的扩音器哇哇地叫起来，这歌声差不多响彻全街。若站在商店的玻璃窗前，会疑心是从玻璃发着震响。一条完全在风雪里寂寞的大街，今天第一次又号叫起来。

外国人！绅士样的，流氓样的，老婆子，少女们，跑了满街……有的连起人排来封闭住商店的窗子，但这只限于年轻人。也有的同唱机一样唱起来，但这也只限于年轻人。这好像特有的年轻人的集会。他们和姑娘们一道说笑，和姑娘们连起排来走。中国人来混在这些卷发人中间，少得只有七分之一，或八分之一。但是汪林在其中，我们又遇到她。她和另一个也和她同样打扮漂亮的、白脸的女人同走……卷发的人用俄国话说她漂亮，她也用俄国话和他们笑了一阵。

中央大街的南端，人渐渐稀疏了。

墙根，转角，都发现着哀哭，老头子，孩子，母亲们……哀哭着的是永久被人间遗弃的人们！那边，还望得见那边快乐的人群。还听得见那边快乐的声音。

三月，花还没有开，人们嗅不到花香。

夜的街，树枝上嫩绿的芽子看不见，是冬天吧？是秋天吧？但快乐的人们，不问四季总是快乐；哀哭的人们，不问四季也总是哀哭！

# 夏　夜

汪林在院心坐了很长的时间了。小狗在她的脚下打着滚睡了。

"你怎么样？我胳臂疼。"

"你要小声点说，我妈会听见。"

我抬头看，她的母亲在纱窗里边，于是我们转了话题。在江上摇船到"太阳岛"去洗澡这些事，她是背着她的母亲的。

第二天，她又是去洗澡。我们三个人租一条小船，在江上荡着。清凉的、水的气味。郎华和我都唱起来了。汪林的嗓子比我们更高。小船浮得飞起来一般。

夜晚又是在院心乘凉，我的胳臂为着摇船而痛了，头觉得发涨。我不能再听那一些话感到趣味。什么恋爱啦，谁的未婚夫怎样啦，某某同学结婚，跳舞……我什么也不听了，只是想睡。

"你们谈吧。我可非睡觉不可。"我向她和郎华告辞。

睡在我脚下的小狗，我误踏了它，小狗还在哽哽地叫着，我就关了门。

最热的几天，差不多天天去洗澡，所以夜夜我早早睡。郎华和汪林就留在暗夜的院子里。

只要接近着床，我什么全忘了。汪林那红色的嘴，那少女的烦闷……夜夜我不知道郎华什么时候回屋来睡觉。就这样，我不知过了几天了。

"她对我要好，真是……少女们。"

"谁呢？"

"那你还不知道！"

"我还不知道。"我其实知道。

很穷的家庭教师，那样好看的有钱的女人竟向他要好了。

"我坦白地对她说了：我们不能够相爱的，一方面有吟，一方面我们彼此相差得太远……你冷静点吧……"他告诉我。

又要到江上去摇船。那天又多了三个人，汪林也在内。一共是六个人：陈成和他的女人，郎华和我，汪林，还有那个编辑朋友。

停在江边的那一些小船动荡得落叶似的。我们四个跳上了一条船，当然把汪林和半胖的人丢下。他们两个就站在石堤上。本来是很生疏的，因为都是一对一对的，所以我们故意要看他们两个也配成一对，我们的船离岸很远了。

"你们坏呀！你们坏呀！"汪林仍叫着。

为什么骂我们坏呢？那人不是她一个很好的小水手吗？为她荡着桨，有什么不愿意吗？也许汪林和我的感情最好，也许也最愿意和我同船。船荡得那么远了，一切江岸上的声音都隔绝，江沿上的人影也消灭了轮廓。

水声，浪声，郎华和陈成混合着江声在唱。远远近近的那一些女人的阳伞，这一些船，这一些幸福的船呀！满江上是幸福的船，满江上是幸福了！人间，岸上，没有罪恶了吧！

再也听不到汪林的喊声，他们的船是脱开离我们很远了。

郎华故意把桨打起的水星落到我的脸上。船越行越慢，但郎华和陈成流起汗来。桨板打到江心的沙滩了，小船就要搁浅在沙滩上。这两个勇敢的大鱼似的跳下水去，在大江上挽着船行。

一入了湾，把船任意停在什么地方都可以。

我浮水是这样浮的：把头昂在水外，我也移动着，看起来在浮，其实手却抓着江底的泥沙，鳄鱼一样，四条腿一起爬着浮。那只船到来时，听着汪林在叫。很快她脱了衣裳，也和我一样抓着江底在爬，但她是快乐的，爬得很有意思。在沙滩上滚着的时候，居然很熟识了，她把伞打起来，给她同船的人遮着太阳，她保护着他。陈成扬着沙子飞向他："陵，着镖吧！"

汪林和陵站了一队，用沙子反攻。

我们的船出了湾，已行在江上时，他们两个仍在沙滩上走着。

"你们先走吧，看我们谁先上岸。"汪林说。

太阳的热力在江面上开始降低，船是顺水行下去的。他们还没有来，看过多少只船，看过多少柄阳伞，然而没有汪林的阳伞。太阳西沉时，江风很大了，浪也很高，我们有点担心那只船。李说那只船是"迷船"。

四个人在岸上就等着这"迷船"，意想不到的是他们绕着弯子从上游来的。

汪林不骂我们是坏人了，风吹着她的头发，那兴奋的样子，这次摇船好像她比我们得到的快乐更大，更多……

早晨在看报时，编辑居然作诗了。大概就是这样的意思：愿意风把船吹翻，愿意和美人一起沉下江去……

我这样一说，就没有诗意了。总之，可不是前几天那样的话，什么摩登女子吃"血"活着啦，小姐们的嘴是吃"血"的嘴啦……总之可不是那一套。这套比那套文雅得多，这套说摩登女子是天仙，那套说摩登女子是恶魔。

汪林和郎华在夜间也不那么谈话了。陵编辑一来，她就到我们屋里来，因此陵到我们家来的次数多多了。

"今天早点走……多玩一会儿，你们在街角等我。"这样的话，汪林再不向我们说了。她用不着约我们去"太阳岛"了。

伴着这"吃人血"的女子在街上走，在电影院里相会，他也不怕她会吃他的血，还说什么怕呢？常常在那红色的嘴上接吻，正因为她的嘴和血一样红才可爱。

骂小姐们是恶魔是艳羡的意思，是伸手去攫取怕她逃避的意思。

在街上，汪林的高跟鞋，陵的亮皮鞋，咯噔咯噔和谐地响着。

# "牵牛房"

还不到三天，剧团就完结了！很高的一堆剧本剩在桌子上面。感到这屋子广大了一些，冷了一些。

"他们也来过，我对他们说这个地方常常有一大群人出来进去是不行啊！日本子这几天在道外捕去很多工人。像我们这剧团……不管我们是剧团还是什么，日本子知道那就不好办……"

结果是什么意思呢？就说剧团是完了！我们站起来要走，觉得剧团都完了，再没有什么停留的必要，很伤心似的。后来郎华的胖友人出去买瓜子，我们才坐下来吃着瓜子。

厨房有家具响，大概这是吃夜饭的时候。我们站起来快快地走了。他们说："也来吃饭吧！不要走，不要客气。"

我们说："不客气，不客气。"其实，才是客气呢！胖朋友的女人，就是那个我所说的小"蒙古"，她几乎来拉我。"吃过了，吃过了！"欺骗着自己的肚子跑出来，感到非常空虚，剧团也没有了，走路也无力了。

"真没意思，跑了这些次，我头疼了咧！"

"你快点走，走得这样慢！"郎华说。

使我不耐烦的倒不十分是剧团的事情，因为是饿了！我一定知道家里一点什么吃的东西也没有。

因为没有去处，以后常到那地方闲坐，第四次到他家去闲坐，正是新年的前夜，主人约我们到他家过年。其余新识的那一群也都欢迎我们在一起玩玩。有的说："'牵牛房'又牵来两头牛！"

有人无理由地大笑起来，"牵牛房"是什么意思，我不能解释。

"夏天窗前满种着牵牛花，种得太多啦！爬满了窗门，因为这个叫'牵牛房'！"主人大声笑着给我们讲了一遍。"那么把人为什么称作牛呢？"还太生疏，我没有说这话。不管怎样玩，怎样闹，总是各人有各人的立场。女仆出去买松子，拿着三角钱，这钱好像是我的一样，非常觉得可惜，我急得要战栗了！就像那女仆把钱去丢掉一样。

"多余呀！多余呀！吃松子做什么！不要吃吧！不要吃那样没用的东西吧！"这话我都没有说，我知道说这话还不是地方。等一会儿虽然我也吃着，但我一定不同别人那样感到趣味；别人是吃着玩，我是吃着充饥！所以一个跟着一个咽下它，丝毫没有留在舌头上尝一尝滋味的时间。

回到家来才把这可笑的话告诉郎华。他也说他不觉得吃了很多松子，他也说他像吃饭一样吃松子。

起先我很奇怪，两人的感觉怎么这样相同呢？其实一点也不奇怪，因为饿才把两个人的感觉弄得一致的。

# 几个欢快的日子

人们跳着舞，"牵牛房"那一些人们每夜跳着舞。过旧年那夜，他们就在茶桌上摆起大红蜡烛，他们模仿着供财神，拜祖宗。灵秋穿起紫红绸袍，黄马褂，腰中配着黄腰带，他第一个跑到神桌前。老桐又是他那一套，穿起灵秋太太瘦小的皮袍，长短到膝盖以上，大红的脸，脑后又是用红布包起笤帚把柄样的东西，他跑到灵秋旁边，他们俩是一致的，每磕一下头，口里就自己喊一声口号：一、二、三……不倒翁样不能自主地倒下又起来。后来就在地板上烘起火来，说是过年都是烧纸的……这套把戏玩得熟了，惯了！不是过年，也每天来这一套，人们看得厌了！对于这事冷淡下来，没有人去大笑，于是又变一套把戏：捉迷藏。

客厅是个捉迷藏的地盘，四下窜走，桌子底下蹲着人，椅子倒过来扣在头上顶着跑，电灯泡碎了一个。蒙住眼睛的人受着大家的玩戏，在那昏庸的头上摸一下，在那分张的两手上打一下。有各种各样的叫声，蛤蟆叫，狗叫，猪叫，还有人在装哭。要想捉住一个很不容易，从客厅的四个门会跑到那些小屋去。有时瞎子就摸到小屋去，从门后扯出一个来，也有时误捉了灵秋的小孩。虽然说不准向小屋跑，但总是跑。后一次瞎子摸到王女士的门扇。

"那门不好进去。"有人要告诉他。

"看着，看着不要吵嚷！"又有人说。

全屋静下来，人们觉得有什么奇迹要发生。瞎子的手接触到门扇，他触到门上的铜环响，眼看他就要进去把王女士捉出来，每人心里都想着这个：看他怎样捉啊！

"谁呀！谁？请进来！"跟着很脆的声音开门来迎接客人了！以为她的朋友来访她。

小浪一般冲过去的笑声，使摸门的人脸上的罩布脱掉了，红了脸。王女士笑着关了门。

玩得厌了！大家就坐下喝茶，不知从什么瞎话上又拉到正经问题上。于是"做人"这个问题使大家都兴奋起来。

怎样是"人"，怎样不是"人"？

"没有感情的人不是人。"

"没有勇气的人不是人。"

"冷血动物不是人。"

"残忍的人不是人。"

"有人性的人才是人。"

"……"

每个人都会规定怎样做人。有的人他要说出两种不同的做人的标准。起首是坐着说，后来站起来说，有的也要跳起来说。

"人是情感的动物，没有情感就不能生出同情，没有同情那就是自私，为己……结果是互相杀害，那就不是人。"那人的眼睛睁得很圆，表示他的理由充足，表示他把人的定义下得准确。

"你说的不对，什么同情不同情，就没有同情，中国人就是冷血动物，中国人就不是人。"第一个又站了起来，这个人他不常说话，偶然说一句使人很注意。

说完了，他自己先红了脸，他是山东人，老桐学着他的山东调："老猛（孟），你使（是）人不使（是）人？"

许多人爱和老孟开玩笑，因为他老实，人们说他像个大姑娘。

"浪漫诗人"是老桐的绰号。他好喝酒，让他作诗不用笔就能一套连着一套，连想也不用想一下。他看到什么就给什么作个诗；朋友来了他也作诗："梆梆梆敲门响，呀！何人来了？"

总之，就是猫和狗打架，你若问他，他也有诗，他不喜欢谈论什么人啦！社会啦！他躲开正在为了"人"而吵叫的茶桌，摸到一本唐诗在读："昨日之……日不可留……今日之日……多……烦……忧"，读得有腔有调，他用意就在打搅吵叫的一群。

郎华正在高叫着："不剥削人，不被人剥削的就是人。"

老桐读诗也感到无味。

"走！走啊！我们喝酒去。"

他看一看只有灵秋同意他，所以他又说："走，走，喝酒去。我请客……"

客请完了！差不多都是醉着回来。郎华反反复复地唱着半段歌，是维特别离绿蒂的故事，人人喜欢听，也学着唱。

听到哭声了！正像绿蒂一般年轻的姑娘被歌声引动着，哪能不哭？是谁哭？就是王女士。单身的男人在客厅中也被感动了，倒不是被歌声感动，而是被少女的明脆而好听的哭声所感动，在地心不住地打着转。尤其是老桐，他贪婪的耳朵几乎竖起来，脖子一定更长了点，他到门边去听，他故意说："哭什么？真没意思！"

其实老桐感到很有意思，所以他听了又听，说了又说："没意思。"

不到几天，老桐和那女士恋爱了！那女士也和大家熟识了！也到客厅来和大家一道跳舞。从那时起，老桐的胡闹也是高等的胡闹了！

在王女士面前，他耻于再把红布包在头上，当灵秋叫他去跳滑稽舞的时候，他说："我不跳啦！"一点兴致也不表示。

等王女士从箱子里把粉红色的面纱取出来："谁来当小姑娘，我给他化装。"

"我来，我……我来……"老桐他怎能像个小姑娘？他像个长颈鹿似的跑过去。

他自己觉得很好的样子，虽然是胡闹，也总算是高等的胡闹。头上顶着面纱，规规矩矩、平平静静地在地板上动着步，但给人的感觉无异于他脑后颤动着红扫帚柄的感觉。

别的单身汉，就开始羡慕幸福的老桐。可是老桐的幸福还没十分摸到，那女士已经和别人恋爱了！

所以"浪漫诗人"就开始作诗。正是这时候他失一次盗：丢掉他的毛毯，所以他就作诗"哭毛毯"。"哭毛毯"的诗作得很多，过几天来一套，过几天又来一套。朋友们看到他就问：

"你的毛毯哭得怎样了？"

# 剧 团

册子带来了恐怖。黄昏时候，我们排完了剧，和剧团那些人出了"民众教育馆"，恐怖使我对于家有点不安。街灯亮起来，进院，那些人跟在我们后面。门扇，窗子，和每日一样安然地关着。我十分放心，知道家中没有来过什么恶物。

失望了，开门的钥匙由郎华带着，于是大家只好坐在窗下的楼梯口。李买的香瓜，大家就吃香瓜。

汪林照样吸着烟。她掀起纱窗帘向我们这边笑了笑。陈成把一个香瓜高举起来。

"不要。"她摇头，隔着玻璃窗说。

我一点趣味也感不到，一直到他们把公演的事情议论完，我想的事情还没停下来。我愿意他们快快去，我好收拾箱子，好像箱子里面藏着什么使我和郎华犯罪的东西。

那些人走了，郎华从床底把箱子拉出来，洋烛立在地板上，我们开始收拾了。弄了满地纸片，什么犯罪的东西也没有。但不敢自信，怕书页里边夹着骂"满洲国"的，或是骂什么的字迹，所以每册书都翻了一遍。一切收拾好，箱子是空空洞洞的了。一张高尔基的照片，也把它烧掉。大火炉烧得烤痛人的面孔。我烧得很快，日本宪兵就要来捉人似的。

当我们坐下来喝茶的时候，当然是十分定心了，十分有把握了。一张吸墨纸我无意地玩弄着，我把腰挺得很直，很大方的样子，我的心像被拉满的弓放了下来一般的松适。我细看红铅笔在吸墨纸上写的字，那字正是犯法的字：

——小日本子，走狗，他妈的"满洲国"……

我连再看一遍也没有看，就送到火炉里边。

"吸墨纸啊？是吸墨纸！"郎华可惜得跺着脚。等他发觉那已开始烧起来了："那样大一张吸墨纸你烧掉它，烧花眼了？什么都烧，看用什么！"

他过于可惜那张吸墨纸。我看他那种样子也很生气。吸墨纸重要，还是拿生命去开玩笑重要？

"为着一个虱子烧掉一件棉袄！"郎华骂我。"那你就不会把字剪掉？"

我哪想起来这样做！真傻，为着一块疮疤丢掉一个苹果！

我们把"满洲国"建"国"纪念明信片摆到桌上，那是朋友送给的，很厚的一打。还有两本上面写着"满洲国"字样的不知是什么书，连看也没有看也摆起来。桌子上面很有意思：《离骚》，《李后主词》，《石达开日记》，他当家庭教师用的小学算术教本。一本《世界各国革命史》也从桌子上抽下去，郎华说那上面载着日本怎样压迫朝鲜的历史，所以不能摆在外面。我一听说有这种重要性，马上就要去烧掉，我已经站起来了，郎华把我按下："疯了吗？你疯了吗？"

我就一声不响了，一直到灭了灯睡下，连呼吸也不能呼吸似的。在黑暗中我把眼睛张得很大。院中的狗叫声也多起来。大门扇响得也厉害了。总之，一切能发声的东西都比起常发的声音要高，平常不会响的东西也被我新发现着，棚顶发着响，洋瓦房盖被风吹着也响，响，响……

郎华按住我的胸口……我的不会说话的胸口。铁大门震响了一下，我跳了一下。

"不要怕，我们有什么呢？什么也没有。谣传不要太认真。他妈的，哪天捉去哪天算！睡吧，睡不足，明天要头疼的……"

他按住我的胸口。好像给噩梦惊醒的孩子似的，心在母亲的手下大跳着。

有一天，到一家影戏院去试剧，散散杂杂的这一些人，从我们的小房出发。

全体都到齐，只少了徐志，他一次也没有不到过，要试演他就不到，大家以为他病了。

很大的舞台，很漂亮的垂幕。我扮演的是一个老太婆的角色，还要我哭，还要我生病。把四个椅子拼成一张床，试一试倒下去，我的腰部触得很疼。

先试给影戏院老板看的，是郎华饰的《小偷》中的杰姆和李饰的律师夫人对话的那一幕。我是另外一个剧本，还没挨到我，大家就退出影戏院了。

因为条件不合，没能公演。大家等待机会，同时每个人发着疑问：公演不成了吧？

三个剧排了三个月，若说演不成，总有点可惜。

"关于你们册子的风声怎么样？"

"没有什么。怕狼、怕虎是不行的。这年头只得碰上什么算什么……"郎华是刚强的。

# 茶食店

黄桷树镇上开了两家茶食店，一家先开的，另一家稍稍晚了两天。第一家的买卖不怎样好，因为那吃饭用的刀叉虽然还是闪光闪亮的外来品，但是别的玩意儿不怎样全，就是说比方装胡椒粉的那种小瓷狗之类都没有，酱油瓶是到临用的时候，从这张桌又拿到那张桌地乱拿。墙上什么画也没有，只有一张好似从糖盒子上掀下来的花纸似的那么一张外国美人图，有一尺长不到半尺宽那么大，就用一个图钉钉在墙上的，其余这屋里的装饰还有一棵大芭蕉。

这芭蕉第一天是绿的，第二天是黄的，第三天就腐烂了。

吃饭的人，第一天彼此说"还不错"，第二天就说苍蝇太多了一点，又过了一两天，人们就对着那白盘子里炸着的两块茄子，翻来覆去地看，用刀尖割一下，用叉子去叉一下。

"这是什么东西呢？两块茄子，还是两块洋山芋？这也算是一个菜吗？就这玩意儿也要四角五分钱？真是天晓得。"

这西餐馆只开了三五日，镇上的人都感到不大满意了。

这第二家一开，那些镇上的从城里躲轰炸而来住在此地的人和一些设在这镇上学校或别的办公厅的一些职员，当天的晚饭就在这里吃的。

盘子、碗、桌布、茶杯、糖罐、酱醋瓶，连装烟灰的瓷碟，都聚了三四个人在那里抢着看……这家与那家的确不同，是里外两间屋，厨房在什么地方，使人看不见，煎菜的油烟也闻不到。墙上挂着两张画像是老板自己画的，看起来老板颇懂艺术……并且刚一开业，就开了留声机，这留声机已经好几个月没有听过了。从"五四"轰炸起，人们来到了这镇上，过的就是乡下人的生活。这回一听好像这留声机非常好，唱片也好像是全新的，声音特别清楚。

一个汤上来了，"不错，真是地道……"

第二个是猪排，这猪排和木片似的，有的人就你看看我，我看看你，想要对这猪排讲点坏话。可是那唱着的是一个外国歌，很愉快，那调子带了不少高低的转弯，好像从来也未听过似的那样好听，所以便对这硬得味道也没有的猪排，大家也就吃下去了。

奶油和冰淇淋似的，又甜又凉，涂在面包上，很有一种清凉的气味，好像涂的是果子酱；那面包拿在手里不用动手去撕就往下掉着碎末，像用锯末做的似的。大概是和利华药皂放在一起运来的，但也还好吃，因为它终究是面包，终究不是别的什么馒头之类呀！

坐在这茶食店的里间里，那张长桌一端上的主人，从小白盘子里拿起账单看了一看。

统共请了八位客人，才八块多钱。

"这不多。"他说，从口袋里取出十元票子来。

别人把眼睛转过去，也说：

"这不多……不算贵。"

临出来时，推开门，还有一个顶愿意对什么东西都估价的，还回头看了看那摆在门口的痰盂。他说："这家到底不错，就这一只痰盂吧，也要十几块钱。"（其实就是上海卖八角钱一个的）

这一次晚餐，一个主人和他的七八个客人都没吃饱，但彼此都不发表（意见），都说：

"明天见，明天见。"

他们大家各自走散开了，一边走着一边有人从喉管往上冲着利华皂的气味，但是他们想："这不贵的，这不就是西餐吗！"而且那屋子多么像个西餐的样子，墙上有两张外国画，还有瓷痰盂，还有玻璃杯，那先开的那家还成吗？还像样子吗？那买卖还成吗？

他们脑筋闹得很忙乱回家去了。

# 长安寺

接引殿里的佛前灯，一排一排的每个顶着一颗小灯花燃在案子上。敲钟的声音一到接近黄昏的时候就稀少下来，并且渐渐地简直一声不响了。因为烧香拜佛的人都回家去吃着晚饭。

大雄宝殿里，也同样哑默默的，每个塑像都站在自己的地盘上忧郁起来，因为黑暗开始挂在他们的脸上。长眉大仙，伏虎大仙，赤脚大仙，达摩，他们分不出哪个是牵着虎的，哪个是赤着脚的。他们通通安安静静地同叫着别的名字的许多塑像分站在大雄宝殿的两壁。

只有大肚弥勒佛还在笑眯眯地看着打扫殿堂的人，打扫殿堂的人把小灯放在弥勒佛脚前的缘故。

厚沉沉的圆圆的蒲团，被打扫殿堂的人一个一个地拾起来，高高地把它们靠着墙堆了起来。香火着在释迦牟尼的脚前，就要熄灭的样子，昏昏暗暗的，若不去寻找，简直看不见了似的，只不过香火的气息缭绕在灰暗的微光里。

接引殿前，石桥下的池里的小龟不再像日里那样把头探在水面上。用胡芝麻磨着香油的小石磨也停止了转动。磨香油的人也在收拾着家具。庙前喝茶的都戴起了帽子，打算回家去。冲茶的红脸的那个老头，在小桌上自己吃着一碗素面，大概那就是他的晚餐了。

过年的时候，这庙就更温暖而热气腾腾的了，烧香拜佛的人东看看，西望望。用着他们特有的悠闲，摸一摸石桥栏杆上的花纹，而后研究着而想多发现几个桥下的乌龟。有一个老太婆背着一个黄口袋在右边的胯骨上，那口袋上写着"进香"两个黑字，她已经跨出了当门的殿堂的后门，她又急急忙忙地从那后门转回去。我很奇怪地看着她，以为她掉了东西。大家想想看吧！她一翻身就跪下，迎着殿堂的后门向前磕了一个头。看她的年岁，有六十多岁，但那磕头的动作，来得非常灵活，我看她走在石桥上也照样地精神而庄严。为着过年才做起来的新缎子帽，闪亮地向着接引殿去朝拜了。佛前钟在一个老和尚手里拿着的钟锤下当当地响了三声，那老太婆就跪在蒲团上安详地磕了三个头。这次磕头却并不像方才在前面殿堂的后门磕得那样热情而慌张。我想了半天才明白，方才，就是前一刻，一定是她觉得自己太疏忽了，怕那尊面向着后门口的佛见怪她，而急急忙忙地请他恕罪的意思。

卖花生糖的肩上挂着一个小箱子，里边装了三四样糖，花生糖，炒米糖，还有胡桃糖。卖瓜子的提着一个长条的小竹篮，篮子的一头是白瓜子，一头是盐花生。而这里不大流行难民卖的一包一包的"瓜子大王"。青茶，素面，不加装饰的，一个铜板随手抓过一撮来就放在嘴上嗑的白瓜子，就已经十分满足了。所以在这庙里吃茶的人，都觉别有风味。

耳朵听的是梵钟和诵经的声音，眼睛看的是些悠闲而且自得的游庙或烧香的人；鼻子所闻到的，不用说是檀香和别的香料的气息。所以这种吃茶的地方确实使人喜欢。又可以吃茶，又可以观风景看游人。比起重庆的所有的吃茶店来都好。尤其是那冲茶的红脸的老头，他总是高高兴兴的，走路时喜欢把身子向两边摆着，好像他故意把重心一会儿放在左腿上，一会儿放在右腿上。每当他掀起茶盅的盖子时，他的话就来了，一串一串的，他说：我们这四川没有啥好的，若不是打日本，先生们请也请不到这地方。他再说下去，就不懂了，他谈的和诗句一样。这时候他要冲在茶盅的开水，从壶嘴如同一条冰落进茶盅来。他拿起盖子来把茶盅扣住了，那里边上下游着的小鱼似的茶叶也被盖子扣住了，反正这地方是安静得可喜的，一切都是太平无事。

　　××坊的水龙就在石桥的旁边和佛堂斜对面。里边放置着什么，我没有机会去看，但有一次重庆的防空演习我是看过的，用人推着哇哇得山响的水龙，一个水龙大概可装两桶水的样子，可是非常沉重，四五个人连推带挽。若着起火来我看那水龙到不了火已经着落了。那仿佛就写着什么××坊一类的字样。唯有这些东西，在庙里算是一个不调和的设备，而且也破坏了安静和统一。庙的墙壁上，不是大大地写着"观自在菩萨"吗？庄严静妙，这是一块没有受到外面侵扰的重庆的唯一的地方。佛说，一花一世界，这是一个小世界，应作如是观。

　　但我突然地神经过敏起来——可能有一天这上面会落下来敌人的一颗炸弹，而可能那两条小水龙也救不了这一场大火。那时，那些喝茶的将没有着落了，假如他们不愿意茶摆在瓦砾场上。

　　我顿然地感到悲哀。

# 小偷、车夫和老头

木桦车在石路上发着隆隆的重响。出了木桦场，这满车的木桦使老马拉得吃力了！但不能满足我，大木桦堆对于这一车木桦，真像在牛背上拔了一根毛，我好像嫌这桦子太少。

"丢了两块木桦哩！小偷来抢的，没看见？要好好看着，小偷常偷桦子……十块八块木桦也能丢。"

我被车夫提醒了！觉得一块木桦也不该丢，木桦对我才恢复了它的重要性。小偷眼睛发着光又来抢时，车夫在招呼我们：

"来了啊！又来啦！"

郎华招呼一声，那竖着头发的人跑了！

"这些东西顶没有脸，拉两块就得了吧！贪多不厌，把这一车都送给你好不好？……"打着鞭子的车夫，反复地在说那个小偷的坏话，说他贪多不厌。

在院心把木桦一块块推下车来，那还没有推完，车夫就不再动手了！把车钱给了他，他才说："先生，这两块给我吧！拉家去好烘火，孩子小，屋子又冷。"

"好吧！你拉走吧！"我看一看那是五块顶大的他留在车上。

这时候他又弯下腰，去弄一些碎的，把一些木皮扬上车去，而后拉起马来走了。但他对他自己并没说贪多不厌，别的坏话也没说，跑出大门道去了。

只要有木桦车进院，铁门栏外就有人向院里看着问："桦子拉（锯）

不拉？”

那些人带着锯，有两个老头也扒着门扇。

这些桦子就讲妥归两个老头来锯，老头有了工作在眼前，才对那个伙伴说："吃点么？"

我去买给他们面包吃。

桦子拉完又送到桦子房去。整个下午我不能安定下来，好像我从未见过木桦，木桦给我这样的大欢喜，使我坐也坐不定，一会儿跑出去看看。最后老头子把院子扫得干干净净的了！这时候，我给他工钱。

我先用碎木皮来烘着火。夜晚在三月里也是有一点冷，玻璃窗上挂着蒸气。没有点灯，炉火颗颗星星地发着爆炸，炉门打开着，火光照红我的脸，我感到格外的安宁。

我又到窗外去拾木皮，我吃惊了！老头子的斧子和锯都背好在肩上，另一个背着架桦子的木架，可是他们还没有走。这许多的时候，为什么不走呢？

"太太，多给了钱啦。"

"怎么多给的！不多，七角五分不是吗？"

"太太，吃面包钱没有扣去！"那几角工钱，老头子并没放入衣袋，仍呈在他的手上，他借着离得很远的门灯在考察钱数。

我说："吃面包不要钱，拿着走吧！"

"谢谢，太太。"感恩似的，他们转过身走去了，觉得吃面包是我的恩情。

我愧得立刻心上烧起来，望着那两个背影停了好久，羞恨的眼泪就要流出来。已经是祖父的年纪了，吃块面包还要感恩吗？

# 林小二

在一个有太阳的日子，我的窗前有一个小孩在弯着腰大声地喘着气。

我是在房后站着，随便看着地上的野草在晒太阳。山上的晴天是难得的，为着使屋子也得到干燥的空气，所以门是开着的。接着就听到或者是草把，或者是刷子，或者是一只有弹性的尾巴，沙沙地在地上拍着，越听到拍的声音越真切，就像已经在我的房间的地板上拍着一样。我从后窗子再经过开着的门隔着屋子看过去，看到了一个小孩手里拿着扫帚在弯着腰大声地喘着气。

而他正用扫帚尖扫在我门前的土坪上，那不像是扫，而是用扫帚尖在拍打。

我心里想，这是什么事情呢？保育院的小朋友们从来不到这边做这样的事情。我想去问一问，我心里起着一种亲切的情感对那孩子。刚要开口又感到特别生疏了，因为我们住的根本并不挨近，而且仿佛很远，他们很少时候走来的。我和他们的生疏是一向生疏下来的，虽然每天听着他们升旗降旗的歌声，或是看着他们放在空中的风筝。

那孩子在小房的长廊上扫了很久很久。我站在离他远一点的地方看着他。他比那扫地的扫帚高不了多少，所以是用两只手把着扫帚。他的扫帚尖所触过的地方，想要有一个黑点留下也不可能。他是一边扫一边玩，我看他把一小块粘在水门汀走廊上的泥土，用鞋底擦着，没有擦起来，又用手指甲掀着，等掀掉了那块泥土，又抡起扫帚来好像抡着鞭子一样地把那块掉下来的泥土抽了一顿，同时嘴里边还念叨着些什么。走廊上靠着一张竹床，他把竹床的后边扫了。完了又去移动那只水桶，把小脸孔都累红了。

这时，院里的一位先生到这边来，当她一走下那高坡，她就用一种响亮而愉快的声音呼唤着他：

"林小二！……林小二在这里做什么？……"

这孩子的名字叫林小二。

"啊！就是那个……林小二吗？"

那位衣襟上挂着圆牌子的先生说：

"是的……他是我们院里的小名人，外宾来访也访问他。他是流浪儿，在汉口流浪了几年的。是退却之前才从汉口带出来的。他从前是个小叫花，到院里来就都改了，比别的小朋友更好。"

接着她就问他："谁叫你来扫的呀？哪个叫你扫地？"

那孩子没有回答，摇摇头。我也随着走到他旁边去。

"你几岁，小朋友？"

他也不回答我，他笑了，一排小牙齿露了出来。那位先生代他说是十一岁了。

关于林小二，是在不久前我才听说的。他是汉口街头的小叫花，已经两三年就是小叫花了。他不知道父亲母亲是谁，他不知道他姓什么，他不知道自己的名字是从哪里来的。他没有名，没有姓，没有父亲母亲。林小二，就是林小二。人家问："你姓什么？"他摇摇头。人家问："你就是林小二吗？"他点点头。

从汉口刚来到重庆时，这些小朋友们住在重庆，林小二在夜里把所有的自来水龙头都放开了，楼上楼下都湿了……又有一次，自来水龙头不知谁偷着打开的，林小二走到楼上，看见了，便安安静静地一个一个关起来。而后，到先生那儿去报告，说这次不是他开的了。

现在林小二在房头上站着，高高的土丘在他的旁边，他弯下腰去，一颗一颗地拾着地上的黄土块。那些土块是院里的别的一些小朋友玩着抛下来的，而他一块一块地从房子的临近拾开。一边拾着，他的嘴里一边念叨什么似的自己说着话，他带着非常安闲而寂寞的样子。

我站在很远的地方看着他，他拾完了之后就停在我的后窗子的外边，像一个大人似的在看风景。那山上隔着很远很远的偶尔长着一棵树，那山上的房屋，要努力去寻找才能够看见一个，因为绿色的菜田过于不整齐的缘故，大块小块割据着山坡，所以山坡上的人家像大块的石头似的，不容易被人注意而混扰在石头之间了。山下则是一片水田，水田明亮得和镜子似的，假若有人掉在田里，就像不会游泳的人沉在游泳池一样，在感觉上那水田简直和小湖一样了。田上看不见收拾苗草的农人，落雨的黄昏和起雾的早晨，水田通通是自己睡在山边上，一切是寂静的，晴天和阴天都是一样的寂静。只有山下那条发白的公路，每隔几分钟，就要有汽车从那上面跑过。车子从看得见的地方跑来，就带着轰轰的响声，有时竟以为是飞机从头上飞过。山中和平原不同，震动的响声特别大，车子就跑在山的夹缝中。若遇着成串的运着军用品的大汽车，就把左近的所有的山都震鸣了，而保育院里的小朋友们常常听着，他们欢呼，他们叫着，数着车子的数目，十辆二十辆常常经过，都是黄昏以后的时候。林小二仿佛也可以完全辨认出这些感觉似的在那儿努力地辨认着。林小二若伸出两手来，他的左手将指出这条公路重庆的终点；而右手就要指出到成都去的方向罢。但是林小二只把眼睛看到墙根上，或是小土坡上，他很寂寞地自己在玩着，嘴里仍旧念叨着什么似的在说话。他的小天地，就他周围一丈远，仿佛他向来不想走上那公路的样子。

他发现了有人在远处看着他，他就跑了，很害羞的样子跑掉的。

　　我又见他，就是第二次看见他，是一个雨天。一个比他高的小朋友，从石阶上一磴一磴地把他抱下来。这小叫花子有了朋友了，接受了爱护了。无论怎样，他是一定会长得健壮而明朗的呀……他一定会的，我想起班台莱耶夫的《表》①。

---

　　①《表》：前苏联儿童文学家班台莱耶夫创作于一九二八年的一部作品，鲁迅译于一九三五年。作者以明朗、有趣、活泼、简洁的文笔，描写一个失去双亲、无家可归的流浪儿彼奇卡，为饥饿所迫，当了小偷，骗取了一个醉汉的金表，后受少年教养院的教育有了改变，主动将金表交给了醉汉的女儿的故事。

# 小 六

"六啊，六……"

孩子顶着一块大锅盖，蹒蹒跚跚大蜘蛛一样从楼梯爬下来，孩子头上的汗还不等揩抹，妈妈又唤喊了：

"六啊！……六啊！……"

是小六家搬家的日子。八月天，风静睡着，树梢不动，蓝天好像碧蓝的湖水，一条云彩也未挂到湖上。楼顶闲荡无虑地在晒太阳。楼梯被石墙的阴影遮断了一半，和往日一样，该是预备午饭的时候。

"六啊……六……小六……"

一切都和昨日一样，一切没有变动，太阳，天空，墙外的树，树下的两只红毛鸡仍在啄食。小六家房盖穿着洞了，有泥块打进水桶，阳光从窗子、门、从打开的房盖一起走进来，阳光逼走了小六家一切盆子、桶子和人。

不到一个月，那家的楼房完全长起，红色瓦片盖住楼顶，有木匠在那里正装窗框。吃过午饭，泥水匠躺在长板条上睡觉，木匠也和大鱼似的找个阴凉的地方睡。那一些拖长的腿，泥污的手脚，在长板条上可怕地偶然伸动两下。全个后院，全个午间，让他们的鼾声结着群。

虽然楼顶已盖好瓦片，但在小六娘觉得只要那些人醒来，楼好像又高一点，好像天空又短了一块。那家的楼房玻璃快到窗框上去闪光，烟囱快要冒起烟来了。

同时，小六家呢？爹爹提着床板一条一条去卖。并且蟋蟀吟鸣得厉害，墙根草莓棵①藏着蟋蟀似的。爹爹回来，他的单衫不像夏夜那样染着汗。娘在有月的夜里，和旷野上的老树一般，一张叶子也没有，娘的灵魂里一颗眼泪也没有，娘没有灵魂！

"自来火给我！小六他娘，小六他娘。"

"俺娘哪来的自来火？昨晚不是借的自来火点灯吗？"

爹爹骂起来："懒老婆，要你也过日子，不要你也过日子。"

爹爹没有再骂，假如再骂小六就一定哭起来，她想爹爹又要打娘。

爹爹去卖西瓜，小六也跟着去。后海沿那一些闹嚷嚷的人，推车的，摇船的，肩布袋的，拉车的……爹爹切西瓜，小六拾着从他们嘴上流下来的瓜子。后来爹爹又提着篮子卖油条、包子。娘在墙根砍着树枝。小六到后山去拾落叶。

孩子夜间说的睡话多起来，爹和娘也嚷着：

"别挤我呀！往那面一点，我腿疼。"

"六啊！六啊，你爹死到哪个地方去啦？"

女人和患病的猪一般在露天的房子里哼哽地说话。

"快搬，快搬……告诉早搬，你不早搬，你不早搬，打碎你的盆！瞒——谁？"

大块的土敏土②翻滚着沉落。那个人嚷一些什么，女人听不清了！女人坐在灰尘中，好像让她坐在着火的烟中，两眼快要流泪，喉头麻辣辣，好像她幼年时候夜里的噩梦，好像她幼年时候爬山滚落了。

"六啊！六啊！"

孩子在她身边站着：

"娘，俺在这儿。"

---

① 棵：植物的茎和枝叶。

② 土敏土：水泥。

"六啊！六啊！"

"娘，俺在这儿。俺不是在这儿吗？"

那女人，孩子拉到她的手她才看见。若不触到她，她什么也看不到了。

那一些盆子桶子，罗列在门前。她家像是着了火；或是无缘的，想也想不到地闯进一些鬼魔去。

"把六挤得掉地下去了。一条被你自己盖着。"

一家三人腰疼腿疼，然而不能吃饱穿暖。

妈妈出去做女仆，小六也去，她是妈妈的小仆人，妈为人家烧饭，小六提着壶去打水。柏油路上飞着雨丝，那是秋雨了。小六戴着爹爹的大毡帽，提着壶在雨中穿过横道。

那夜小六和娘一起哭着回来。爹说：

"哭死……死就痛快地死。"

房东又来赶他们搬家。说这间厨房已经租出去了。后院亭子间盖起楼房来了！前院厨房又租出去。蟋蟀夜夜吟鸣，小六全家在蟋蟀的吟鸣里向着天外的白月坐着。尤其是娘，她呆人一样，朽木一样。她说："往哪里搬？我本来打算一个月三元钱能租个板房！……你看……那家辞掉我……"

夜夜那女人不睡觉。肩上披着一张单布坐着。搬到什么地方去！搬到海里去？

搬家把女人逼得疯子似的，眼睛每天红着。她家吵架，全院人都去看热闹。

"我不活……啦……你打死我……打死我……"

小六惶惑着，比妈妈的哭声更大，那孩子跑到同院人家去唤喊："打俺娘……爹打俺娘……"有时候她竟向大街去喊。同院人来了！但是无法分开，他们像两条狗打仗似的。小六用拳头在爹的背脊上挥两下，但是又停下来哭，那孩子好像有火烧着她一般，暴跳起来。打仗停下来的时候，那也正同狗一样，爹爹在墙根这面呼喘，妈妈在墙根那面呼喘。

"你打俺娘，你……你要打死她。俺娘……俺娘……"爹和娘静下来，小六还没有静下来，那孩子仍哭。

有时夜里打起来，床板翻倒，同院别人家的孩子渐渐害怕起来，说小六她娘疯了，有的说她着了妖魔。因为每次打仗都是哭得昏过去停止。

"小六跳海了……小六跳海了……"

院中人都出来看小六。那女人抱着孩子去跳湾（湾即路旁之臭泥沼），而不是去跳海。她向石墙疯狂地跌撞，湿得全身打颤的小六又是哭，女人号啕到半夜。同院人家的孩子更害怕起来，说是小六也疯了。娘停止号啕时，才听到蟋蟀在墙根鸣。娘就穿着湿裤子睡。

白月夜夜照在人间，安息了！人人都安息了！可是太阳一出来时，小六家又得搬家。搬向哪里去呢？说不定娘要跳海，又要把小六先推下海去。

# 白面孔

恐怖压到剧团的头上，陈成的白面孔在月光下更白了。这种白色使人感到事件的严重。落过秋雨的街道，脚在街石上发着啪啪的声音，李，郎华，（陈成和我）我们四个人走过很长的一条街。李说："徐志，我们那天去试演，他不是没有到吗？被捕一个礼拜了！我们还不知道……"

"不要说。在街上不要说。"我撞动她的肩头。

鬼鬼祟祟的样子，郎华和陈成一队，我和李一队。假如有人走在后面，还不等那人注意我，我就先注意他，好像人人都知道我们这回事。街灯也变了颜色，其实我们没有注意到街灯，只是紧张地走着。

李和陈成是来给我们报信，听说剧团人老柏已经三天不敢回家，有密探等在他的门口，他在准备逃跑。

我们去找胖朋友，胖朋友又有什么办法？他说："×××科里面的事情非常秘密，我不知道这事，我还没有听说。"他在屋里转着弯子。

回到家锁了门，又在收拾书箱，明知道没有什么可收拾的，但本能地要收拾。后来，也把那一些册子从过道拿到后面栿子房去。看到册子并不喜欢，反而感到累赘了！

老秦的面孔也白起来，那是在街上第二天遇见他。我们没说什么，因为郎华早已通知他这事件。

没有什么办法，逃，没有路费，逃又逃到什么地方去？不安定的生活又重新开始。从前是闹饿，刚能弄得饭吃，又闹着恐怖。好像从来未遇过的恶的传闻和事实，都在这时来到：日本宪兵队前夜捉去了谁，昨夜捉去了谁……听说昨天被捉去的人与剧团又有关系……

耳孔里塞满了这一些，走在街上也是非常不安。在中央大街的中段，竟有这样突然的事情——郎华被一个很瘦的高个子在肩上拍了一下，就带着他走了！转弯走向横街去，郎华也一声不响地就跟他走，也好像莫名其妙地脱开我就跟他去……起先我的视线被电影院门前的人们遮断，但我并不怎样心跳，那人和郎华很密切的样子，肩贴着肩，踱过来，但一点感情也没有，又踱过去……这次走了许多工夫就没再转回来。我想这是用的什么计策吧？把他弄上圈套。

结果不是要捉他，那是他的一个熟人，多么可笑的熟人呀！太突然了！神经衰弱的人会吓出神经病来。"哎呀危险，你们剧团里的人捕去了两个了……"在街上他竟弄出这样一个奇特的样子来，他不断地说："你们应该预备预备。"

"我预备什么？怕也不成，遇上算。"郎华的肩连摇也不摇地说。

这几天发生的事情极多，做编辑的朋友陵也跑掉了。汪林喝过酒的白面孔也出现在院心。她说她醉了一夜，她说陵前夜怎样送她到家门，怎样要去了她一把削瓜皮的小刀……她一面说着，一面幻想，脸也是白的。好像不好的事情都一起发生，朋友们变了样。汪林在院子里走来走去，也变了样。

只失掉了剧员①徐志，剧团的事就在恐怖中不再提起了。

---

① 剧员：剧组工作人员。

# 一个南方的姑娘

郎华告诉我一件新的事情，他去学开汽车回来的第一句话说：

"新认识一个朋友，她从上海来，是中学生。过两天还要到家里来。"

第三天，外面打着门了！我先看到的是她头上扎着漂亮的红带，她说她来访我。老王在前面引着她。大家谈起来，差不多我没有说话，我听着别人说。

"我到此地四十天了！我的北方话还说不好，大概听得懂吧！老王是我到此地才认识的。那天巧得很，我看报上为着戏剧在开着笔战，署名'郎华'的我同情他……我同朋友们说：这位郎华先生是谁？论文做得很好。因为老王的介绍，上次，见到郎华……"

我点着头，遇到生人，我一向是不会说什么话，她又去拿桌上的报纸，她寻找笔战继续的论文。我慢慢地看着她，大概她也慢慢地看着我吧！她很漂亮，很素净，脸上不涂粉，头发没有卷起来，只是扎了一条红绸带，这更显得（具有）特别（的）风味，又美又干净。葡萄灰色的袍子上面有黄色的花，只是这件袍子我看不很美，但也无损于美。到晚上，这美人似的人就在我们家里吃晚饭。在吃饭以前，汪林也来了！汪林是来约郎华去滑冰，她从小孔窗看了一下："郎华不在家吗？"她接着"唔"了一声。

"你怎么到这里来了？"汪林进来了。

"我怎么就不许到这里来？"

我看得她们这样很熟的样子，更奇怪。我说：

"你们怎么也认识呢？"

"我们在舞场里认识的。"汪林走了以后她告诉我。

从这句话当然也知道程女士也是常常进舞场的人了！汪林是漂亮的小姐，当然程女士也是，所以我就不再留意程女士了。

环境和我不同的人来和我做朋友，我感不到兴味。

郎华肩着冰鞋回来，汪林大概在院中也看到了他，所以也跟进来。这屋子就热闹了！汪林的胡琴口琴都跑去拿过来。郎华唱："杨延辉坐宫院——"

"哈呀呀，怎么唱这个？这是'奴心未死'！"汪林嘲笑他。

在报纸上就是因为旧剧才开笔战。郎华自己明明写着，唱旧戏是"奴心未死"。

并且汪林耸起肩来笑得背脊靠住暖墙，她带着西洋少妇的风情。程女士很黑，是个黑姑娘。

又过几天，郎华为我借回一双滑冰鞋来，我也到冰场上去。程女士常到我们这里来，她是来借冰鞋，有时我们就一起去，同时新人当然一天比一天熟起来。她渐渐对郎华比对我更熟，她给郎华写信了，虽然常见，但是要写信的。

又过些日子，程女士要在我们这里吃面条，我到厨房去调面条。

"……喳……喳……"等我走进屋，他们又在谈别的了！程女士只吃一小碗面就说："饱了。"

我看她近些日子更黑一点，好像她的"愁"更多了！她不仅仅是"愁"，因为愁并不兴奋，可是程女士有点兴奋。我忙着收拾家具，她走时我没有送她，郎华送她出门。

我听得清清楚楚的是在门口："有信吗？"

或者不是这么说，总之跟着一声"喳喳"之后，郎华很响地说："没有。"

又过了些日子，程女士就不常来了，大概是她怕见我。

程女士要回南方，她到我们这里来辞行，有我做障碍，她没有把要诉说出来的"愁"尽量诉说给郎华。她终于带着"愁"回南方去了。

# 三个无聊人

　　一个大胖胖，戴着圆眼镜。另一个很高，肩头很狭。第三个弹着小四弦琴，同时读着李后主的词："四十年来家国，三千里地山河……"读到一句的末尾，琴弦没有节调地重复地响了一下，这样就算他把词句配上了音乐。

　　"嘘！"胖子把被角揪了一下，接着唱道："杨延辉坐宫院……"他的嗓子像破了似的。

　　第三个也在作声："小品文和漫画哪里去了？"总是这人比其他两个好，他愿意读杂志和其他刊物。

　　"唉！无聊！"每次当他读完一本的时候，他就用力向桌面摔去。

　　晚间，狭肩头的人去读"世界语"了。临出门时，他的眼光很足，向着他的两个同伴说："你们这是干什么！没有纪律，一天哭哭叫叫的。"

　　"唉！无聊！"当他回来的时候，眼睛也无光了。

　　照例是这样，临出门时是兴奋的，回来时他就无聊了，和他的两个同伴同样没有纪律。从学"世界语"起，这狭肩头的差不多每天念起"爱丝迫乱多"，后来他渐渐骂起"爱丝迫乱多"来，这可不知因为什么。

　　他们住得很好，铁丝颤条床，淡蓝色的墙壁涂着金花，两只四十烛光（亮度）的灯泡，窗外有法国梧桐，楼下是外国菜馆，并且铁盒子里不断地放着饼干，还有鱼罐头。

　　"唉！真无聊！"高个狭肩头的说。

　　于是胖同伴提议去到法国公园，园中有流汗的园丁；园门口有流汗的洋车夫；巧得很，一个没有手脚的乞丐，滚叫在公园的道旁被他们遇见。

"老黑，你还没有起来吗？真够享福了。"狭肩头的人从公园回来，要把他的第三个同伴拖下来："真够受的，你还在梦中……"

"不要闹，不要闹，我还困呢！"

"起来吧！去看看那滚号在公园门前的人，你就不困啦！"

那睡在床上的，没有相信他的话，并没起来。

狭肩头的，愤愤懑懑的，整整一个早晨，他没说无聊，这是他看了一个无手无足的乞丐的结果。也许他看到这无手无足的东西就有聊了！

十二点钟要去午餐，这愤愤的人没有去。

"太浪费了，吃些面包不能过吗？"他又出去买沙丁鱼。

等晚上有朋友来，他就告诉他无钱的朋友："你们真是不会俭省，买面包吃多么好！"

他的朋友吃了两天面包，把胃口吃得很酸。

狭肩头的人又无聊了，因为他好几天没有看到无手无足的人，或是什么特别惨状的人。

他常常街上去走，只要看到卖桃的小孩在街上被巡捕打翻了筐子，他也够有聊几个钟头。慢慢他这个无聊的病非到街头去治不可，后来这卖桃的小孩一类的事竟治不了他。那么就必须看报了，报纸上说：烟台煤矿又烧死多少，或是压死多少人。

"啊呀！真不得了，这真是惨目。"这样的大事能让他三两天反复着说，他的无聊，像一种病症似的，又被这大事治住个三两天。他不无聊很有聊的样子读小说，读杂志。

"四十年来家国，三千里地山河……"老黑无聊的时候就唱这调子，他不愿意看什么惨事，他也不愿意听什么伟大的话，他每天不用理智，就用感情来生活着，好像个真诗人似的。四弦琴在他的手下，不成调地嗒啦啦嗒啦啦……

"嗒啦，嗒啦，啦嗒嗒……"胖同伴的木鞋在地板上打拍，手臂在飞着……

"你们这是干什么？"读杂志的人说。

"我们这是在无聊！"三个无聊人听到这话都笑了。

胖同伴，有书也读书，有理论也读理论，有琴也弹琴，有人弹琴他就唱。但这在他都是无聊的事情，对于他实实在在有趣的，是"先施公司"。

"那些女人真可怜，有的连血色都没有了，可是还站在那里拉客……"他常常带着钱去可怜那些女人。

"最非人生活的就是这些女人，可是没有人知道得更详细些。"他这态度是个学者的态度。说着他就搭电车，带着钱，热诚地去到那些女人身上去研究"社会科学"去了。

剩下两个无聊，一个在看报，一个去到公园，拿着琴。去到公园的不知怎样，最大限度也不过"四十年来家国，三千里地山河……"

但是在看报的却发足火来，无论怎样看，报上也不过载着煤矿啦，或者是什么大河大川暴涨淹死多少人，电车轧死小孩，受经济压迫投黄浦江自杀一类。

无聊！无聊！

人间慢慢治不了他这个病了。

可惜没有比煤矿更惨的事。

# 家族以外的人

　　我蹲在树上，渐渐有点害怕，太阳也落下去了；树叶的声响也唰唰的了；墙外街道上走着的行人也都和影子似的黑丛丛的；院里房屋的门窗变成黑洞了，并且野猫在我旁边的墙头上跑着叫着。

　　我从树上溜下来，虽然后门是开着的，但我不敢进去，我要看看母亲睡了还是没有睡。还没经过她的窗口，我就听到了席子的声音：

　　"小死鬼……你还敢回来！"

　　我折回去，就顺着厢房的墙根又溜走了。

　　在院心空场上的草丛里边站了一些时候，连自己也没有注意到我是折碎了一些草叶咬在嘴里。白天那些所熟识的虫子，也都停止了鸣叫，在夜里叫的是另外一些虫子，它们的声音沉静、清脆而悠长。那埋着我的蒿草，和我的头顶一样平，它们平滑，它们在我的耳边唱着那么微细的小歌，使我不能相信倒是听到还是没有听到。

　　"去吧……去……跳跳蹿蹿的……谁喜欢你……"

　　有二伯回来了，那喊狗的声音一直继续到厢房的那面。

　　我听到有二伯那拍响着的失掉了后跟的鞋子的声音，又听到厢房门扇的响声。

　　"妈睡了没睡呢？"我推着草叶，走出了草丛。

　　有二伯住着的厢房，纸窗好像闪着火光似的明亮。我推开门，就站在门口。

　　"还没睡？"

我说："没睡。"

他在灶口烧着火，火叉的尖端插着玉米。

"你还没有吃饭？"我问他。

"吃什……么……饭？谁给留饭！"

我说："我也没吃呢！"

"不吃，怎么不吃？你是家里人哪……"他的脖子比平日喝过酒之后更红，并且那脉管和那正在烧着的小树枝差不多。

"去吧……睡……睡……觉去吧！"好像不是对我说似的。

"我也没吃饭呢！"我看着已经开始发黄的玉米。

"不吃饭，干什么来的……"

"我妈打我……"

"打你！为什么打你？"

孩子的心上所感到的温暖是和大人不同的，我要哭了，我看着他嘴角上流下来的笑痕。只有他才是偏着我这方面的人，他比妈妈还好。立刻我后悔起来，我觉得我的手在他身旁抓起一些柴草来，抓得很紧，并且许多时候没有把手松开。我的眼睛不敢再看到他的脸上去，只看到他腰带的地方和那脚边的火堆。我想说：

"二伯……再下雨时我不说你'下雨冒泡，王八戴草帽'啦……"

"你妈打你……我看该打……"

"怎么……"我说："你看……她不让我吃饭！"

"不让你吃饭……你这孩子也太淘啦……"

"你看，我在树上蹲着，她拿火叉子往下叉我……你看……把胳臂都给叉破皮啦……"我把手里的柴草放下，一只手卷着袖子给他看。

"叉破皮……为啥叉的呢……还有个缘由没有呢？"

"因为拿了馒头。"

"还说呢……有出息！我没见过七八岁的姑娘还偷东西……还从家里偷东西往外边送！"他把玉米从叉子上拔下来了。

火堆仍没有灭，他的胡子在玉米上，我看得很清楚是扫来扫去的。

"就拿三个……没多拿……"

"嗯！"把眼睛斜着看我一下，想要说什么但又没有说。只是胡子在玉米上像小刷子似的来往着。

"我也没吃饭呢！"我咬着指甲。

"不吃……你愿意不吃……你是家里人！"好像抛给狗吃的东西一样，他把半段玉米打在我的脚上。

有一天，我看到母亲的头发在枕头上已经蓬乱起来，我知道她是睡熟了，我就从木格子下面提着鸡蛋筐子跑了。

那些邻居家的孩子就等在后院的空磨房里边。我顺着墙根走了回来的时候，安全，丝毫没有意外。我轻轻地招呼他们一声，他们就从窗口把篮子提了进去，其中有一个比我们大一些的，叫他小哥哥的，他一看见鸡蛋就抬一抬肩膀，伸一下舌头。小哑巴姑娘，她还为了特殊的得意"啊啊"了两声。

"哎！小点声……花姐她妈剥她的皮呀……"

把窗子关了，就在碾盘上开始烧起火来，树枝和干草的烟围蒸腾了起来；老鼠在碾盘底下跑来跑去；风车站在墙角的地方，那大轮子上边盖着蛛网，罗柜<sup>①</sup>旁边余留下来的谷类的粉末，那上面挂着许多种类虫子的皮壳。

"咱们来分分吧……一人几个，自家烧自家的。"

火苗旺盛起来了，伙伴们的脸孔，完全照红了。

---

① 罗柜：中国传统的筛面器具。是一个大木柜，里面安放筛面的箩。使用时用手或脚来回晃动箩，面粉即可落入柜子里，面麸则留于箩上。

“烧吧！放上去吧……一人三个……”

“可是多一个给谁呢？”

“给哑巴吧！”

她接过去，“啊啊”的。

“小点声，别吵！别把到肚的东西吵靡 [1] 啦。”

“多吃一个鸡蛋……下回别用手指画着骂人啦！啊！哑巴？”

蛋皮开始发黄的时候，我们为着这心上的满足，几乎要冒险叫喊了。

“哎呀！快要吃啦！”

“预备着吧，说熟就快的……”

“我的鸡蛋比你们的全大……像个大鸭蛋……”

“别叫……别叫，花姐她妈这半天一定睡醒啦……”

窗外有哽哽的声音，我们知道是大白狗在扒着墙皮的泥土，但同时似乎听到了母亲的声音。

母亲终于在叫我了！鸡蛋开始爆裂的时候，母亲的喊声也在尖利地刺着纸窗了。

等她停止了喊声，我才慢慢从窗子跳出去。我走得很慢，好像没有睡醒的样子，等我站到她面前的那一刻，无论如何再也压制不住那种心跳。

“妈！叫我干什么？”我一定惨白了脸。

“等一会儿……”她回身去找什么东西的样子。

我想她一定去拿什么东西来打我，我想要逃，但我又强制着忍耐了一刻。

“去把这孩子也带去玩……”把小妹妹放在我的怀中。

我几乎要抱不动她了，我流了汗。

“去吧！还站在这干什么……”其实磨房的声音，一点也传不到母亲

---

① 靡：无；没有。

这里来，她到镜子前面去梳她的头发。

我绕了一个圈子，在磨房的前面，那锁着的门边告诉了他们："没有事……不要紧……妈什么也不知道。"

我离开那门前，走了几步，就有一种异样的香味扑了来，并且飘满了院子。等我把小妹妹放在炕上，这种气味就满屋都是了。

"这是谁家炒鸡蛋，炒得这样香……"母亲很高的鼻子在镜子里使我有点害怕。

"不是炒鸡蛋……明明是烧的，哈！这蛋皮味，谁家……呆老婆烧鸡蛋……五里香。"

"许是吴大婶她们家？"我说这话的时候，隔着菜园子看到磨房的窗口冒着烟。

等我跑回了磨房，火完全灭了。我站在他们当中，他们几乎是摸着我的头发。

"我妈说：谁家烧鸡蛋呢？谁家烧鸡蛋呢？我就告诉她：许是吴大婶她们家。哈！这是吴大婶？这是一群小鬼……"

我们就开朗地笑着。站在碾盘上往下跳着，甚至于多事起来，他们就在磨房里捉耗子。因为我告诉他们，我妈抱着小妹妹出去串门去了。

"什么人啊！"我们知道是有二伯在敲着窗棂。

"要进来，你就爬上来！还招呼什么？"我们之中有人回答他。

起初，他什么也没有看到，他站在窗口，摆着手。后来他说："看吧！"他把鼻子用力抽了两下："一定有点故事……哪来的这种气味？"

他开始爬到窗台上面来，他那短小健康的身子从窗台跳进来时，好像一张磨盘滚了下来似的，土地发着响。他围着磨盘走了两圈。他上唇的红色的小胡子为着鼻子时时抽动的缘故，像是一条秋天里的毛虫在他的唇上不住地滚动。

"你们烧火吗？看这碾盘上的灰……花子……这又是你领头！我要不告诉你妈的……整天价领一群野孩子来作祸……"他要爬上窗口去了，可是他看到了那只筐子："这是什么人提出来的呢？这不是咱家装鸡蛋的吗？花子……你不定又偷了什么东西……你妈没看见！"

他提着筐子走的时候，我们还嘲笑着他的草帽。"像个小瓦盆……像个小水桶……"

但夜里，我是挨打了。我伏在窗台上用舌尖舐着自己的眼泪。

"有二伯……有老虎……什么东西……坏老头子……"我一边哭着一边咒诅着他。

但过不多久，我又把他忘记了，我和许多孩子们一道去抽开了他的腰带，或是用杆子从后面掀掉了他的没有边沿的草帽。我们嘲笑他和嘲笑院心的大白狗一样。

秋末，我们寂寞了一个长久的时间。

那些空房子里充满了冷风和黑暗；长在空场上的蒿草，干败了而倒了下来；房后菜园里的各种秧棵完全挂满了白霜；老榆树在墙根边仍旧随风摇摆它那还没有落完的叶子；天空是发灰色的，云彩也失去了形状，有时带来了雨点，有时又带来了细雪。

我为着一种疲倦，也为着一点新的发现，我蹬着箱子和柜子，爬上了装旧东西的屋子的棚顶。

那上面，黑暗，有一种完全不可知的感觉，我摸到了一个小木箱，捧着它，来到棚顶洞口的地方，借着洞口的光亮，看到木箱是锁着一个发光的小铁锁，我把它在耳边摇了摇，又用手掌拍一拍……那里面咚啷咚啷地响着。

我很失望，因为我打不开这箱子，我又把它送了回去。于是我又往更深和更黑的角落处去探爬。因为我不能站起来走，这黑洞洞的地方一点也不规则，走在上面时时有跌倒的可能，所以在爬着的当儿，手指所触到的东西，可以随时把它们摸一摸。当我摸到了一个小琉璃罐，我又回到了亮光的地方……我该多么高兴，那里面完全是黑枣，我一点也没有再迟疑，就抱着这宝物下来了。脚尖刚接触到那箱子的盖顶，我又和小蛇一样把自己落下去的身子缩了回来，我又在棚顶蹲了好些时候。

我看着有二伯打开了就是我上来的时候蹲着的那个箱子。我看着他开了很多时候，他用牙齿咬着他手里的那块小东西……他歪着头，咬得咯啦啦地发响，咬了之后又放在手里扭着它，而后又把它触到箱子上去试一试。最后一次那箱子上的铜锁发着弹响的时候，我才知道他扭着的是一断铁丝。他把帽子脱下来，把那块盘卷的小东西就压在帽顶里面。

他把箱子翻了好几次：红色的椅垫子，蓝色粗布的绣花围裙……女人的绣花鞋子……还有一团滚乱的花色的线，在箱子底上还躺着一只湛黄的铜酒壶。

后来他伸出那布满了筋络的两臂，震撼着那箱子。

我想他可不是把这箱子搬开！搬开我可怎么下去？

他抱起好几次，又放下好几次，我几乎要招呼住他。

等一会儿，他从身上解下腰带来了，他弯下腰去，把腰带横在地上，一张一张地把椅垫子堆起来，压到腰带上去，而后打着结，椅垫子被束起来了。他喘着呼喘，试着去提一提。

他怎么还不快点出去呢？我想到了哑巴，也想到了别人，好像他们就在我的眼前吃着这东西似的使我得意。

"啊哈……这些……这些都是油乌乌的黑枣……"

我要向他们说的话都已想好了。

同时这些枣在我的眼睛里闪光，并且很滑，又好像已经在我的喉咙里上下地跳着。

他并没有把箱子搬开，他是开始锁着它。他把铜酒壶立在箱子的盖上，而后他出去了。

我把身子用力去拖长，使两个脚掌完全牢牢实实地踏到了箱子，因为过于用力地抱着那琉璃罐，胸脯感到发疼。

有二伯又走来了，他先提起门旁的椅垫子，而后又来拿箱盖上的铜酒壶，等他把铜酒壶压在肚子上面，他才看到墙角站着的是我。

他立刻就笑了，我还从来没有看到过他笑得这样过分，把牙齿完全露在外面，嘴唇像是缺少了一个边。

"你不说么？"他的头顶沾着无数很大的汗珠。

"说什么……"

"不说，好孩子……"他拍着我的头顶。

"那么，你让我把这个琉璃罐拿出去？"

"拿吧！"

他一点也没有看到我，我另外又在门旁的筐子里抓了五个馒头跑，等母亲说丢了东西的那天我也站到她的旁边去。

我说："那我也不知道。"

"这可怪啦……明明是锁着的……可哪儿来的钥匙呢？"母亲的尖尖的下颚是向着家里的别的人说的。后来那歪脖的年轻的厨夫也说："哼！这是谁呢？"

我又说："那我也不知道。"

可是我脑子上走着的，是有二伯怎样用腰带捆了那些椅垫子，怎样把铜酒壶压在肚子上，并且那酒壶就贴着肉的。并且有二伯好像在我的身体里边咬着那铁丝噶啷啷地响着似的。我的耳朵一阵阵地发烧，我把眼睛闭了一会儿。可是一睁开眼睛，我就向着那敞开的箱子又说：

"那我也不知道。"

后来我竟说出了："那我可没看见。"

等母亲找来一条铁丝，试着怎样可以做成钥匙，她扭了一些时候，那铁丝并没有扭弯。

"不对的……要用牙咬，就这样……一咬……再一扭……再一咬……"很危险，舌头若一滑转的时候，就要说了出来。我看见我的手已经在做着式子。

我开始把嘴唇咬得很紧，把手臂放在背后在看着他们。

"这可怪啦……这东西，又不是小东西……怎么能从院子走得出？除非是晚上……可是晚上就是来贼也偷不出去的……母亲很尖的下颚使我害怕，她说的时候，用手推了推旁边的那张窗子："是啊！这东西是从前门走的，你们看……这窗子一夏就没有打开过……你们看……这还是去年秋天糊的窗缝子。"

"别绊脚！过去……"她用手推着我。

她又把这屋子的四边都看了看。

"不信……这东西去路也没有几条……我也能摸到一点边……不信……看着吧……这也不行啦。春天丢了一个铜火锅……说是放忘了地方啦……说是慢慢找，又是……也许借出去啦！哪有那么一回事……早还了输赢账啦……当他家里人看待……还说不拿他当家里人看待，好哇……慢慢把房梁也拆走啦……"

"啊……啊！"那厨夫抓住了自己的围裙，擦着嘴角。那歪了的脖子和一根蜡扦①似的，好像就要折断下来。

母亲和别人完全走完了时，他还站在那个地方。

晚饭的桌上，厨夫向着有二伯："都说你不吃羊肉，那么羊肠你吃不吃呢？"

---

① 蜡扦（qiān）：上有尖钉下有底座可以插蜡烛的器物。

"羊肠也是不能吃。"他看着他自己的饭碗说。

"我说，有二爷，这炒辣椒里边，可就有一段羊肠，我可告诉你！"

"怎么早不说，这……这……这……"他把筷子放下来，他运动着又要红起来的脖颈，把头掉转过去，转得很慢，看起来就和用手去转动一只瓦盆那样迟滞。

"有二是个粗人，一辈子……什么都吃……就……是……不吃……这……羊……身上……的……不戴……羊……皮帽……子……不穿……羊……皮……衣裳……"他一个字一个字平板地说下去：

"下回……他说……杨安……你炒什么……不管菜汤里头……若有那羊身上的呀……先告诉我一声……有二不是那嘴馋的人！吃不吃不要紧……就是吃口咸菜……我也不吃那……羊……身……上……的……"

"可是有二爷，我问你一件事……你喝酒用什么酒壶喝呢？非用铜酒壶不可？"杨厨子的下巴举得很高。

"什么酒壶……还不一样……"他又放下了筷子，把旁边的锡酒壶格格地踧了两下："这不是吗？……锡酒壶……喝的是酒……酒好……就不在壶上……哼！也不瞒你说……年轻的时候，就总爱……这个……锡酒壶……把它擦得闪光锃亮……"

"我说有二爷……铜酒壶好不好呢？"

"怎么不好……一擦比什么都亮堂……"

"对了，还是铜酒壶好喔……哈……哈哈……"厨子笑了起来。他笑得在给我装饭的时候，几乎是抢掉了我的饭碗。

母亲把下唇拉长着，她的舌头往外边吹一点风，有几颗饭粒落在我的手上。

"哼！杨安……你笑我……不吃……羊肉，那真是吃不得！比方，我三个月就……没有了娘……我是喝羊奶长大的……若不是……还活了六十多岁……"

杨安拍着膝盖："你真算是个有良心的人，为人没做过昧良心的事？是不是？我说，有二爷……"

"你们年轻人，不信这话……这都不好……人要知道自家的来路……不好反回头去倒咬一口……人要知恩报恩……说书讲古上都说……比方羊……就是我的娘……不是……不是……我可活六十多岁？"他挺直了背脊，把那盘羊肠炒辣椒甩筷子推开了一点。

吃完了饭，他退了出去，手里拿着那没有边沿的草帽。沿着砖路，他走下去了，那泥污的腿，好像两块朽木头似的……他的脚后跟随着那挂在脚尖上的鞋片在砖路上橐橐着，而那头顶就完全像个小锅似的冒着气。

母亲跟那厨夫在起着高笑。

"铜酒壶……啊哈……还有椅垫子呢……问问他……他知道不知道？"杨厨夫，他的脖子上的那块疤痕，我看也大了一些。

我有点害怕母亲，她的完全露着骨节的手指，把一条很肥的鸡腿，送到嘴上去，撕着，并且还露着牙齿。


又有一回母亲打我，我又跑到树上去，因为树枝完全没有了叶子，母亲向我飞来的小石子差不多每颗都像小钻子似的刺痛着我的全身。

"你再往上爬……再往上爬……拿杆子把你绞下来。"

母亲说着的时候，我觉得抱在胸前的那树干有些颤了，因为我已经爬到了顶梢，差不多就要爬到枝子上去了。

"你这小贴树皮，你这小妖精……我可真就算治不了你……"她就在树下徘徊着……许多工夫没有向我打着石子。

许多天，我没有上树，这感觉很新奇，我向四面望着，觉得只有我才比一切高了一点，街道上走着的人，车，附近的房子都在我的下面，就连后街上卖豆芽菜的那家的幌杆①，我也和它一般高了。

"小死鬼……你滚下来不滚下来呀……"母亲说着"小死鬼"的时候，就好像叫着我的名字那般平常。

"啊！怎样的？"只要她没有牢牢实实地抓到我，我总不十分怕她。

她一没有留心，我就从树干跑到墙头上去："啊哈……看我站在什么地方？"

"好孩子啊……要站到老爷庙的旗杆上去啦……"回答着我的，不是母亲，是站在墙外的一个人。

"快下来……墙头不都是踏坏了吗？我去叫你妈来打你。"是有二伯。

"我下不来啦，你看，这不是吗？我妈在树根下等着我……"

"等你干什么？"他从墙下的板门走了进来。

"等着打我！"

"为啥打你？"

"尿了裤子。"

"还说呢……还有脸？七八岁的姑娘……尿裤子……滚下来！墙头踏坏啦！"他好像一只猪在叫唤着。

"把她抓下来……今天我让她认识认识我！"

母亲说着的时候，有二伯就开始卷着裤脚。

我想这是做什么呢？

"好！小花子，你看着……这还无法无天啦……你可等着……"

等我看见他真的爬上了那最低级的树杈，我开始要流出眼泪来，喉管感到特别发胀。

"我要……我要说……我要说……"

母亲好像没有听懂我的话，可是有二伯没有再进一步，他就蹲在那很

---

① 幌杆：又称"望竿"，用于悬挂招幌的杆子，多立于店铺外空地上。

粗的树杈上："下来……好孩子……不碍事的，你妈打不着你，快下来，明天吃完早饭二伯领你上公园……省得在家里她们打你……"

他抱着我，从墙头上把我抱到树上，又从树上把我抱下来。

我一边抹着眼泪一边听着他说："好孩子……明天咱们上公园。"

第二天早晨，我就等在大门洞里边，可是等到他走过我的时候，他也并不向我说一声："走吧！"我从身后赶了上去，我拉住他的腰带："你不是说今天领我上公园吗？"

"上什么公园……去玩去吧！去吧……"只看着前面的道路，他并不看着我。昨天的话好像不是他说的。

后来我就挂在他的腰带上，他摇着身子，他好像摆着贴在他身上的虫子似的摆脱着我。

"那我要说，我说铜酒壶……"

他向四边看了看，好像是叹着气：

"走吧？绊脚星……"

一路上他也不看我，不管我怎样看中了那商店窗子里摆着的小橡皮人，我也不能多看一会儿，因为一转眼……他就走远了。等走在公园门外的板桥上，我就跑在他的前面。

"到了！到了啊……"我张开了两只胳臂，几乎自己要飞起来那么轻快。

没有叶子的树，公园里面的凉亭，都在我的前面招呼着我。一步进公园去，那跑马戏的锣鼓的声音，就震着我的耳朵，几乎把耳朵震聋了的样子，我有点不辨方向了。我拉着有二伯烟荷包上的小圆葫芦向前走。经过白色布棚的时候，我听到里面喊着：

"怕不怕？"

"不怕。"

"敢不敢？"

"敢哪……"

不知道有二伯要走到什么地方去。

棚棚戏……西洋景……要猴的……要熊瞎子的……唱木偶戏的，这一些我们都走过来了，再往那边去，就什么也看不见了。并且地上的落叶也厚了起来。树叶子完全盖着我们在走着的路径。

"二伯！我们不看跑马戏的？"

我把烟荷包上的小圆葫芦放开，我和他距离开一点，我看着他的脸色：

"那里头有老虎……老虎我看过。我还没有看过大象。人家说这伙马戏班子是有三匹象：一匹大的两匹小的，大的……大的……人家说，那鼻子，就只一根鼻子比咱家烧火的叉子还长……"

他的脸色完全没有变动。我从他的左边跑到他的右边，又从右边跑到左边："是不是呢？有二伯，你说是不是……你也没看见过？"

因为我是倒退着走，被一条露在地面上的树根绊倒了。

"好好走！"他也并没有拉我。

我自己起来了。

公园的末角上，有一座茶亭，我想他到这个地方来，他是渴了！但他没有走进茶亭去，在茶亭后边，有和房子差不多，是席子搭起来的小房。

他把我领进去了，那里边黑洞洞的，最里边站着一个人，比画着，还打着什么竹板。有二伯一进门，就靠边坐在长板凳上，我就站在他的膝盖前。我的腿站得麻木了的时候，我也不能懂得那人是在干什么。他还和姑娘似的带着一条辫子，他把腿伸开了一只，像打拳的样子，又缩了回来，又把一只手往外推着……就这样走了一圈，接着又"叭"打了一下竹板。唱戏不像唱戏，要猴不像要猴，好像卖膏药的，可是我也看不见有人买膏药。

后来我就不向前边看，而向四面看，一个小孩也没有。前面的板凳一空下来，有二伯就带着我升到前面去，我也坐下来，但我坐不住，我总想看那大象。

"有二伯，咱们看大象去吧，不看这个。"

他说："别闹，别闹，好好听……"

"听什么？那是什么？"

"他说的是关公斩蔡阳……"

"什么关公哇？"

"关老爷，你没去过关老爷庙吗？"

我想起来了，关老爷庙里，关老爷骑着红色的马。

"对吧！关老爷骑着红色……"

"你听着……"他把我的话截断了。

我听了一会儿还是不懂，于是我转过身来，面向后坐着，还有一个瞎子，他的每一个眼球上盖着一个白泡。还有一个一条腿的人，手里还拿着木杖。坐在我旁边的人，那人的手包了起来，用一条布带挂到脖子上去。

等我听到"叭叭叭"地响了一阵的竹板之后，有二伯还流了几颗眼泪。

我是一定要看大象的，回来的时候再经过白布棚我就站着不动了。

"要看，吃完晌午饭再来看……"有二伯离开我慢慢地走着："回去，回去吃完晌午饭再来看。"

"不嘛！饭我不吃，我不吃饭，看了再回去。"我拉住他的烟荷包。

"人家不让进，要买'票'的，你没看见……那不是把门的人吗？"

"那咱们不好也买'票'！"

"哪来的钱……买'票'两个人要好几十吊钱。"

"我看见啦，你有钱，刚才在那棚子里你不是还给那个人钱来吗？"我贴到他的身上去。

"那才给几个铜钱！多了没有，你二伯多了没有。"

"我不信，我看有一大堆！"我跷着脚尖，掀开了他的衣襟，把手探进他的衣兜里去。

"是吧！多了没有吧！你二伯多了没有，没有进财的道儿……也就是个月七成的看个小牌，赢两吊……可是输的时候也不少。哼哼。"他看着拿在我手里的五六个铜圆。

"信了吧！孩子，你二伯多了没有……不能有……"一边走下了木桥，他一边说着。

那马戏班子的喊声还是那么热烈地在我们的背后反复着。

有二伯在木桥下那围着一群孩子抽签子的地方也替我抛上两个铜圆去。

我一伸手就在铁丝上拉下一张纸条来，纸条在水碗里面立刻变出一个通红的"五"字。

"是个几？"

"那不明明是个五吗？"我用肘部击撞着他。

"我哪认得呀！你二伯一个字也不识，一天书也没念过。"

回来的路上，我就不断地吃着这五个糖球。

第二次，我看到有二伯偷东西，好像是第二年的夏天，因为那马蛇菜的花，开得过于鲜红，院心空场上的蒿草，长得比我的年龄还快，它超过我了。那草场上的蜂子，蜻蜓，还更来了一些不知名的小虫，也来了一些特殊的草种，它们还会开着花，淡紫色的，一串一串的，站在草场中，它们还特别地高，所以那花穗和小旗子一样动荡在草场上。

吃完了午饭，我是什么也不做，专等着小朋友们来，可是他们一个也不来。于是我就跑到粮食房子去，因为母亲在清早端了一个方盘走进去过。我想那方盘中……哼……一定是有点什么东西。

母亲把方盘藏得很巧妙，也不把它放在米柜上，也不放在粮食仓子上，她把它用绳子吊在房梁上了。我正在看着那奇怪的方盘的时候，我听到板仓里好像有耗子，也或者墙里面有耗子吧……总之，我是听到了一点响动……过了一会儿竟有了喘气的声音，我想不会是黄鼠狼吧？我有点害怕，就故意用手拍着板仓，拍了两下，听听就什么也没有了……可是很快又有什么东西在喘气……咝咝的……好像肺管里面起着泡沫。

这次我有点暴躁：

"去！什么东西……"

有二伯的胸部和他红色的脖子从板仓伸出来一段……当时，我疑心我也许是在看着木偶戏！但那顶窗透进来的太阳证明给我，被那金红色液体的东西染着的正是有二伯尖长的突出的鼻子……他的胸膛在白色的单衫下面不能够再压制得住，好像小波浪似的在雨点里面任意地跳着。

他一点声音也没有作，只是站着，站着……他完全和一只受惊的公羊那般愚傻！

我和小朋友们，捉着甲虫，捕着蜻蜓，我们做这种事情，永不会厌倦。野草，野花，野的虫子，它们完全经营在我们的手里，从早晨到黄昏。

假若是个晴好的夜，我就单独留在草丛里边，那里有闪光的甲虫，有虫子低微的吟鸣，有蒿草摇着的夜影。

有时我竟压倒了蒿草，躺在上面，我爱那天空，我爱那星子……听人说过的海洋，我想也就和这天空差不多了。

晚饭的时候，我抱着一些装满了虫子的盒子，从草丛回来，经过粮食房子的旁边，使我惊奇的是有二伯还站在那里，破了的窗洞口露着他发青的嘴角和灰白的眼圈。

"院子里没有人吗？"好像是生病的人喑哑的喉咙。

"有！我妈在台阶上抽烟。"

"去吧！"

他完全没有笑容，他苍白，那头发好像墙头上跑着的野猫的毛皮。

饭桌上，有二伯的位置，那木凳上蹲着一匹小花狗。它戏耍着的时候，那卷尾巴和那铜铃十分可爱。

母亲投了一块肉给它。歪脖的厨子从汤锅里取出一块很大的骨头来……花狗跳到地上去，追了那骨头发了狂，那铜铃暴躁起来……

小妹妹笑得用筷子打着碗边，厨夫拉起围裙来擦着眼睛，母亲却把汤碗倒翻在桌子上了。

"快拿……快拿抹布来，快……流下来啦……"她用手按着嘴，可是总有些饭粒喷出来。

厨夫收拾桌子的时候，就点起煤油灯来，我面向着菜园坐在门槛上，从门道流出来的黄色的灯光当中，砌着我圆圆的头部和肩膀，我时时举动着手，揩着额头的汗水，每揩了一下，那影子也学着我揩了一下。透过我单衫的晚风，像是青蓝色的河水似的清凉……后街，粮米店的胡琴的声音也响了起来，幽远的回音，东边也在叫着，西边也在叫着……日里黄色的花变成白色的了，红色的花，变成黑色的了。

火一样红的马蛇菜的花也变成黑色的了。同时，那盘结着墙根的野马蛇菜的小花，就完全看不见了。

有二伯也许就踏着那些小花走去的，因为他太接近了墙根，我看着他……看着他……他走出了菜园的板门。

他一点也不知道，我从后面跟了上去。因为我觉得奇怪。他偷这东西做什么呢？也不好吃，也不好玩。

我追到了板门，他已经过了桥，奔向着东边的高岗。高岗上的去路，宽宏而明亮。两边排着的门楼在月亮下面，我把它们当成庙堂一般想象。

有二伯的背上那圆圆的小袋子我还看得见的时候，远处，在他的前方，就起着狗叫了。

第三次我看见他偷东西，也许是第四次……但这也就是最后的一次。

他掮了大澡盆从菜园的边上横穿了过去，一些龙头花被他撞掉下来。这次好像他一点也不害怕，那白洋铁的澡盆哐啷哐啷地埋没着他的头部在呻叫。

并且好像大块的白银似的，那闪光照耀得我很害怕，我靠到墙根上去，我几乎是发呆地站着。

我想，母亲抓到了他，是不是会打他呢？同时我又起了一种佩服他的心情："我将来也敢和他这样偷东西吗？"

但我又想，我是不偷这东西的，偷这东西干什么呢？这样大，放到哪里母亲也会捉到的。

但有二伯却顶着它像是故事里银色的大蛇似的走去了。

以后，我就没有看到他再偷过。但我又看到了别样的事情，那更危险，而且常常发生，比方我在蒿草中正捏住了蜻蜓的尾巴……咕咚……板墙上有一块大石头似的抛了过来，蜻蜓无疑的是飞了。比方夜里我就不敢再沿着那道板墙去捉蟋蟀，因为不知什么时候有二伯会从墙顶落下来。

丢了澡盆之后，母亲把三道门都下了锁。

所以小朋友们之中，我的蟋蟀捉得最少。因此我就怨恨有二伯：

"你总是跳墙，跳墙……人家蟋蟀都不能捉了！"

"不跳墙……说得好，有谁给开门呢？"他的脖子挺得很直。

"杨厨子开吧……"

"杨……厨子……哼……你们是家里人……支使得动他……你二伯……"

"你不会喊！叫他……叫他听不着，你就不会打门……"我的两只手，向两边摆着。

"哼……打门……"他的眼睛用力往低处看去。

"打门再听不着，你不会用脚踢……"

"踢……锁上啦……踢它干什么！"

"那你就非跳墙不可，是不是？跳也不轻轻跳，跳得那样吓人！"

"怎么轻轻的？"

"像我跳墙的时候，谁也听不着，落下来的时候，是蹲着……两只膀子张开……"我平地就跳了一下给他看。

"小的时候是行啊……老了，不行啦！骨头都硬啦！你二伯比你大六十岁，哪儿还比得了？"

他嘴角上流下来一点点的笑来。右手拿抓着烟荷包，左手摸着站在旁边的大白狗的耳朵……狗的舌头舔着他。

可是我总也不相信，怎么骨头还会硬与不硬？骨头不就是骨头吗？猪骨头我也咬不动，羊骨头我也咬不动，怎么我的骨头就和有二伯的骨头不一样？

所以，以后我拾到了骨头，就常常彼此把它们磕一磕。遇到同伴比我大几岁的，或是小一岁的，我都要和他们比试比试。怎样比试呢？撞一撞拳头的骨节，倒是软多少硬多少？但总也觉不出来。若用力些就撞得很痛，第一次来撞的是哑巴——管事的女儿。起先她不肯，我就告诉她：

"你比我小一岁，来试试，人小骨头是软的，看看你软不软？"

当时，她的骨节就红了，我想，她的一定比我软。可是，看看自己的也红了。

有一次，有二伯从板墙上掉下来。他摔破了鼻子。

"哼！没加小心……一只腿下来……一只腿挂在墙上……哼！闹个大头朝下……"

他好像在嘲笑着他自己，并不用衣襟或是什么揩去那血，看起来，在流血的似乎不是他自己的鼻子，他挺着很直的背脊走向厢房去，血条一面走着一面更多地画着他的前襟。已经染了血的手是垂着，而不去按住鼻子。

厨夫歪着脖子站在院心，他说：

"有二爷，你这血真新鲜……我看你多摔两个也不要紧……"

"哼，小伙子，谁也从年轻过过！就不用挖苦……慢慢就有啦……"他的嘴还在血条里面笑着。

过一会儿，有二伯裸着胸脯和肩头，站在厢房门口，鼻子孔塞着两块小东西，他喊着：

"老杨……杨安……有单褂子借给我穿穿……明天这件干了，就把你的脱下来……我那件掉了膀子。夹的送去做，还没倒腾出工夫去拿……"他手里抖着那件洗过的衣裳。

"你说什么？"杨安几乎是喊着："你送去做的夹衣裳还没倒腾出工夫去拿？有二爷真是忙人！衣服做都做好啦……拿一趟就没有工夫去拿……有二爷真是二爷，将来要用个跟班的啦……"

我爬着梯子，上了厢房的房顶，听着街上是有打架的，上去看一看。房顶上的风很大，我打着颤子下来了。有二伯还赤着臂膀站在檐下。那件湿的衣裳在绳子上啪啪地被风吹着。

点灯的时候，我进屋去加了件衣裳，很例外我看到有二伯单独地坐在有饭桌的屋子里喝酒，并且更奇怪的是杨厨子给他盛着汤。

"我自个儿盛吧！你去歇歇吧……"有二伯和杨安争夺着汤盆里的勺子。

我走去看看，酒壶旁边的小碟子里还有两片肉。

有二伯穿着杨安的小黑马褂，腰带几乎是束到胸脯上去。他从来不穿这样小的衣裳，我看他不像个有二伯，像谁呢？也说不出来。他嘴在嚼着东西，鼻子上的小塞还会动着。

本来只有父亲晚上回来的时候，才单独地坐在洋灯下吃饭。在有二伯，就很新奇，所以我站着看了一会儿。

杨安像个弯腰的瘦甲虫，他跑到客室的门口去……

"快看看……"他歪着脖子："都说他不吃羊肉……不吃羊肉……肚子太小，怕是胀破了……三大碗羊汤喝完啦……完啦……哈哈哈……"他小声地笑着；做着手势，放下了门帘。

又一次，完全不是羊肉汤……而是牛肉汤……可是当有二伯拿起了勺子，杨安就说："羊肉汤……"

他就把勺子放下了，用筷子夹着盘子里的炒茄子，杨安又告诉他："羊肝炒茄子。"

他把筷子去洗了洗，他自己到碗橱去拿出了一碟酱咸菜，他还没有拿到桌子上，杨安又说：

"羊……"他说不下去了。

"羊什么呢……"有二伯看着他：

"羊……羊……唔……是咸菜呀……嗯！咸菜里边说干净也不干净……"

"怎么不干净？"

"用切羊肉的刀切的咸菜。"

"我说杨安，你可不能这样……"有二伯离着桌子很远，就把碟子摔了上去，桌面过于光滑，小碟在上面呱呱地跑着，撞在另一个盘子上才停住。

"你杨安……可不用欺生……姓姜的家里没有你……你和我也是一

样，是个外棵秧<sup>①</sup>！年轻人好好学……怪模怪样的……将来还要有个后成<sup>②</sup>……"

"呃呀呀！后成！就算绝后一辈子吧……不吃羊肠……麻花铺子炸面鱼，假腥气……不吃羊肠，可吃羊肉……别装扮着啦……"杨安的脖子因为生气直了一点。

"兔羔子……你他妈……阴阳怪气什么？"有二伯站起来向前走去。

"有二爷，不要动那样大的气……气大伤身不养家……我说，咱爷俩都是跑腿子……说个笑话……开个心……"厨子嗷嗷地笑着，"哪里有羊肠呢……说着玩……你看你就不得了啦……"

好像站在公园里的石人似的，有二伯站在地心。

"……别的我不生气……闹笑话，也不怕闹……可是我就忌讳这手……这不是好闹笑话的……前年我不知道吃过一回……后来知道啦，病了半个多月……后来这脖上生了一块疮算是好啦……吃一回羊肉倒不算什么……就是心里头放不下，就好像背了自己的良心……背良心的事不做……做了那后悔是受不住的，有二不吃羊肉也就是为的这个……"喝了一口冷水之后他还是抽烟。

别人一个一个地开始离开了桌子……


从此有二伯的鼻子里常常塞着小塞，后来又说腰痛，后来又说腿痛。他走过院心不像从前那么挺直，有时身子向一边歪着，有时用手拉住自己的腰带……大白狗跟着他前后地跳着的时候，他躲闪着它：

"去吧……去吧！"他把手梢<sup>③</sup>缩在袖子里面，用袖口向后扫摆着。

---

① 外棵秧：比喻非本族本系的人。

② 后成：子孙。

③ 手梢：手指。

但，他开始诅骂更小的东西，比方一块砖头打在他的脚上，他就坐下来，用手按住那砖头，好像他疑心那砖头会自己走到他脚上来一样。若当鸟雀们飞着时，有什么脏污的东西落在他的袖子或是什么地方，他就一面抖掉它，一面对着那已经飞过去的小东西讲着话：

"这东西……啊哈！会找地方，往袖子上掉……你也是个瞎眼睛，掉，就往那个穿绸穿缎的身上掉！往我这掉也是白掉……穷跑腿子……"

他擦净了袖子，又向他头顶上那块天空看了一会儿，才重新走路。

板墙下的蟋蟀没有了，有二伯也好像不再跳板墙了。早晨厨子挑水的时候，他就跟着水桶通过板门去，而后向着井沿走，就坐在井沿旁的空着的碾盘上。差不多每天我拿了钥匙放小朋友们进来时，他总是在碾盘上招呼着：

"花子……等一等你二伯……"我看他像鸭子在走路似的。"你二伯真是不行了……眼看着……眼看着孩子们往这儿来，可是你二伯就追不上……"

他一进了板门，又坐在门边的木墩子上。他的一只脚穿着袜子，另一只的脚趾捆了一段麻绳，他把麻绳抖开，在小布片下面，那肿胀的脚趾上还腐了一小块。好像茄子似的脚趾，他又把它包扎起来。

"今年的运气十分不好……小毛病紧着添……"他取下来咬在嘴上的麻绳。

以后当我放小朋友进来的时候，不是有二伯招呼着我，而是我招呼着他。因为关了门，他再走到门口，给他开门的人也还是我。

在碾盘上不但坐着，他后来就常常睡觉，他睡得就像完全没有了感觉似的，有一个花鸭子伸着脖颈啄着他的脚心，可是他没有醒，他还是把脚伸在原来的地方。碾盘在太阳下闪着光，他像是睡在圆镜子上边。

我们这些孩子们抛着石子和飞着沙土，我们从板门冲出来，跑到井沿上去，因为井沿上有更多的石子，我把我的衣袋装满了它们，我就蹲在碾盘后和他们作战，石子在碾盘上叭，叭，好像还冒着一道烟。

有二伯闭着眼睛忽然抓了他的烟袋："王八蛋，干什么……还敢来……还敢上……"

他打着他的左边和右边，等我们都集拢来看他的时候，他才坐起来。

"……妈的……做了一个梦……那条道上的狗真多……连小狗崽也上来啦……让我几烟袋锅子就全数打了回去……"他揉一揉手骨节，嘴角上流下笑来："妈的……真是那么个滋味……做梦狗咬了呢……醒了还有点疼……"

明明是我们打来的石子，他说是小狗崽，我们都为这事吃惊而得意。跑开了，好像散开的鸡群，吵叫着，张着翅膀。

他打着哈欠："呵……呵呵……"在我们背后像小驴子似的叫着。

我们回头看他，他和要吞食什么一样，向着太阳张着嘴。

那下着毛毛雨的早晨，有二伯就坐到碾盘上去了。杨安担着水桶从板门来来往往地走了好几回……杨安锁着板门的时候，他就说：

"有二爷这几天可真变样……那神气，我看几天就得进庙啦……"

我从板缝往西边看看，看不清是有二伯，好像小草堆似的，在雨里边浇着。

"有二伯……吃饭啦！"我试着喊了一声。

回答我的，只是我自己的回响，"呜呜"地在我的背后传来。

"有二伯，吃饭啦！"这次把嘴唇对准了板缝。

可是回答我的又是"呜呜"。

下雨的天气永远和夜晚一样，到处好像空瓶子似的，随时被吹着随时发着响。

"不用理他……"母亲在开窗子："他是找死……你爸爸这几天就想收拾他呢……"

我知道这"收拾"是什么意思，打孩子们叫"打"，打大人就叫"收拾"。

我看到一次，因为看纸牌的事情，有二伯被管事的"收拾"了一回。可是父亲，我还没有看见过，母亲向杨厨子说："这几年来，他爸爸不屑理他……总也没在他身上动过手……可是他的骄毛越长越长……贱骨头，非得收拾不可……若不然……他就不自在。"

母亲越说"收拾"我就越有点害怕，在什么地方"收拾"呢？在院心，管事的那回可不是在院心，是在厢房的炕上。那么这回也要在厢房里！是不是要拿着烧火的叉子？那回管事的可是拿着。我又想起来小哑巴，小哑巴让他们踏了一脚，手指差一点没有踏断。到现在那小手指还不是弯着吗？

有二伯一面敲着门一面说着：

"大白……大白……你是没心肝的……你早晚……"等大白狗从板墙跳出去，他又说："去……去……"

"开门！没有人吗？"

我要跑去的时候，母亲按住了我的头顶："不用你显勤快！让他站一会儿吧，不是吃他饭长的……"

那声音越来越大了，真是好像用脚踢着。

"没有人吗？"每个字的声音完全喊得一样平。

"人倒是有，倒不是侍候你的……你这个老爷子不中用……"母亲说的话，不知有二伯听到没有听到。

但那板门暴乱起来："死绝了吗？人都死绝啦……"

"你可不用假装疯魔……有二，你骂谁呀……对不住你吗？"母亲在厨房里叫着："你的后半辈子吃谁的饭来的……你想想，睡不着觉思量思量……有骨头，别吃人家的饭！讨饭吃，还嫌酸……"

并没有回答的声音，板墙隆隆地响着，等我们看到他，他已经是站在墙这边了。

"我……我说……四妹子……你二哥说的是杨安，家里人……我是

135

不说的……你二哥，没能耐不是假的，可是吃这碗饭，你可也不用委屈……"我奇怪要打架的时候，他还笑着："有四兄弟在……算账咱们和四兄弟算……"

"四兄弟……四兄弟屑得跟你算……"母亲向后推着我。

"不屑得跟你二哥算……哼！哪天咱们就算算看……哪天四兄弟不上学堂……咱们就算算看……"他哼哼着，好像水洗过的小瓦盆似的没有边沿的草帽切着他的前额。

他走过的院心上，一个一个地留下了泥窝。

"这死鬼……也不死……脚烂啦，还一样会跳墙！……"母亲像是故意让他听到。

"我说四妹子……你们说的是你二哥……哼哼……你们能说出口来？我死……人不好那样，谁都是爹娘养的，吃饭长的……"他拉开了厢房的门扇，就和拉着一片石头似的那样用力，但他并不走进去。"你二哥，在你家住了三十多年……哪一点对不住你们；拍拍良心……一根草棍也没给你们糟蹋过……唉……四妹子……这年头……没处说去……没处说去……人心看不见……"

我拿着满手的柿子，在院心滑着跳着跑到厢房去，有二伯在烤着一个温暖的火堆，他坐得那么刚直，和门旁那只空着的大坛子一样。

"滚……鬼头鬼脑的……干什么事？你们家里头尽是些耗子。"我站在门口还没有进去，他就这样地骂着我。

我想，可真是，不怪杨厨子说，有二伯真有点变了。他骂人也骂得那么奇怪，尽是些我不懂的话。"耗子"？"耗子"与我有什么关系！说它干什么？

我还是站在门边，他又说："王八羔子……兔羔子……穷命……狗命……不是人……在人里头缺点什么……"他说的是一套一套的，我一点也记不住。

我也学着他，把鞋脱下来，两个鞋底相对起来，坐在下面。

"你这孩子……人家什么样，你也什么样！看着葫芦就画瓢……那好的……新新的鞋子就坐……"他的眼睛就像坛子上没有烧好的小坑似的向着我。

"那你怎么坐呢！"我把手伸到火上去。

"你二伯坐……你看看你二伯这鞋……坐不坐都是一样，不能要啦！穿了它二年整。"把鞋从身下抽出来，向着火看了许多工夫。他忽然又生起气来……

"你们……这都是天堂的呀……你二伯像你那么大……靡穿过鞋……哪来的鞋呢？放猪去，拿着个小鞭子就走……一天跟着太阳出去……又跟着太阳回来……带着两个饭团就算是晌午饭……你看看你们……馒头干粮，满院子滚！我若一扫院子就准能捡着几个……你二伯小时候连馒头边都……都摸不着哇！如今……连大白狗都不去吃啦……"

他的这些话若不去打断他，他就会永久说下去：从幼小说到长大，再说到锅台上的瓦盆……再从瓦盆回到他幼年吃过的那个饭团上去。我知道他又是这一套，很使我起反感，我讨厌他，我就把红柿子放在火上去烧着，看一看烧熟是个什么样。

"去去……哪有你这样的孩子呢？人家烘点火暖暖……你也必得弄灭它……去，上一边去烧去……"他看着火堆喊着。

我穿上鞋就跑了，房门是开着的，所以那骂的声音很大：

"鬼头鬼脑的，干些什么事？你们家里……尽是些耗子……"

有二伯和后园里的老茄子一样，是灰白了，然而老茄子一天比一天静默下去，好像完全任凭了命运（的摆布）；可是有二伯从东墙骂到西墙，从扫地的扫帚骂到水桶……而后他骂着他自己的草帽……

"……王八蛋……这是什么东西……去你的吧……没有人心！夏不遮凉，冬不抗寒……"

后来他还是把草帽戴上，跟着杨厨子的水桶走到井沿上去，他并不坐到石碾上，跟着水桶又回来了。

"王八蛋……你还算个牲口……你黑心粒……"他看看墙根的猪说。

他一转身又看到了一群鸭子：

"哪天都杀了你们……一天到晚呱呱的……他妈的若是个人，也是个闲人。都杀了你们……别享福……吃得溜溜胖……溜溜肥……"

后园里的葵花子，完全成熟了，那过重的头柄几乎折断了它自己的身子。玉米有的只带了叶子站在那里，有的还挂着稀少的玉米棒。黄瓜老在架上了，赭黄色的，麻裂了皮，有的束上了红色的带子，母亲规定了它们：来年作为种子。葵花子也是一样，在它们的颈间也有的是挂了红布条。只有已经发了灰白的老茄子还都自由地吊在枝棵上，因为它们的里面，完全是黑色的籽粒，孩子们既然不吃它，厨子也总不采它。

只有红柿子，红得更快，一个跟着一个，一堆跟着一堆。好像捣衣裳的声音，从四面八方传来了一样。

有二伯在一个清凉的早晨，和那捣衣裳的声音一道倒在院心了。

我们这些孩子们围绕着他，邻人们也围绕着他，但当他爬起来的时候，邻人们又都向他让开了路。

他跑过去，又倒下来了。父亲好像什么也没做，只在有二伯的头上拍了一下。

照这样做了好几次，有二伯只是和一条卷虫似的滚着。

父亲却和一部机器似的那么灵巧。他读书看报时的眼镜也还戴着，他又着腿，有二伯来了的时候，我看见他的白绸衫的襟角很和谐地抖了一下。

"有二……你这小子混蛋……一天到晚，你骂什么……有吃有喝，你还要挣命……你个祖宗的！"

有二伯什么声音也没有。倒了的时候，他想法子爬起来，爬起来他就向前走着，走到父亲（所在）的地方他又倒了下来。

等他再倒了下来的时候，邻人们也不去围绕着他。母亲始终是站在台阶上。杨安在柴堆旁边，胸前立着竹帚……邻家的老祖母在板门外被风吹着她头上的蓝色的花。还有管事的……还有小哑巴……还有我不认识的人，他们都靠到墙根上去。

到后来有二伯枕着他自己的血，不再起来了，脚趾上扎着的那块麻绳脱落在旁边，烟荷包上的小圆葫芦，只留了一些片末在他的左近。鸡叫着，但是跑得那么远……只有鸭子来啄食那地上的血液。

我看到一个绿头顶的鸭子和一个花脖子的。

冬天一来了的时候，那榆树的叶子，连一棵也不能够存在，因为是一棵孤树，所有从四面来的风，都摇得到它。所以每夜听着火炉盖上茶壶咝咝的声音的时候，我就从后窗看着那棵大树，白的，穿起了鹅毛似的……连那顶小的枝子也胖了一些。太阳来了的时候，榆树也会闪光，和闪光的房顶，闪光的地面一样。

起初，我们是玩着堆雪人，后来就厌倦了，改为拖狗爬犁了。大白狗的脖子上每天束着绳子，杨安给我们做起来的爬犁。起初，大白狗完全不走正路，它往狗窝里面跑，往厨房里面跑。我们打着它，终于使它习惯下来，但也常常兜着圈子，把我们全数扣在雪地上。它每这样做了一次，我们就一天不许它吃东西，嘴上给它挂了笼头。

但这它又受不惯，总是闹着，叫着……用腿抓着雪地，所以我们把它束到马桩子上。

不知为什么，有二伯把它解了下来，他的手又颤抖得那么厉害。

而后他把狗牵到厢房里去，好像牵着一匹小马一样……

过了一会儿出来了，白狗的背上压着不少东西：草帽，铜水壶，豆油灯碗，方枕头，团蒲扇……小圆筐……好像一辆搬家的小车。

有二伯则挟着他的棉被。

"二伯！你要回家吗？"

他总常说"走走"。我想"走"就是回家的意思。

"你二伯……嗯……"那被子流下来的棉花一块一块地玷污了雪地，黑灰似的在雪地上滚着。

还没走到板门，白狗就停下了，并且打着转儿，他有些牵不住它了。

"你不走吗？你……大白……"

我取来钥匙给他开了门。

在井沿的地方，狗背上的东西，就全都弄翻了。在石碾上摆着小圆筐和铜茶壶这一切。

"有二伯……你回家吗？"若是不回家为什么带着这些东西呢！

"嗯……你二伯……"

白狗跑得很远的了。

"这儿不是你二伯的家，你二伯别处也没有家。"

"来……"他招呼着大白狗："不让你背东西……就来吧……"

他好像要去抱那狗似的张开了两臂。

"我要等到开春……就不行……"他拿起了铜水壶和别的一切。

我想他是一定要走了。

我看着远处白雪里边的大门。

但他转回身去，又向着板门走了回来，他走动的时候，好像肩上担着水桶的人一样，东边摇着，西边摇着。

"二伯，你是忘下了什么东西？"

但回答着我的只有水壶盖上的铜环……咯铃铃铃咯铃铃铃……

他是去牵大白狗吧？对这件事我很感到趣味，所以我抛弃了小朋友们，跟在有二伯的背后。

走到厢房门口，他就进去了，戴着笼头的白狗，他像没有看见它。

他是忘下了什么东西？

但他什么也不去拿，坐在炕沿上，那所有的全套的零碎完全照样在背上和胸上压着他。

他开始说话的时候，连自己也不能知道我是已经向着他的旁边走去。

"花子！你关上门……来……"他按着从身上褪下来的东西……"你来看看！"

我看到的是些什么呢？

掀起席子来，他抓了一把：

"就是这个……"而后他把谷粒抛到地上："这不明明是往外撵我吗……腰疼……腿疼没有人看见……这炕暖倒记住啦！说是没有米吃，这谷子又潮湿……垫在这炕下炀几天……十几天啦……一寸多厚……烧点火还能热上来……暖！……想是等到开春……这衣裳不抗风……"

他拿起扫帚来，扫着窗棂上的霜雪，又扫着墙壁："这是些什么？吃糖可就不用花钱？"

随后他烧起火来，柴草就着在灶口外边，他的胡子上的小白冰溜变成了水，而我的眼睛流着泪……那烟遮没了他和我。

他说他七岁上被狼咬了一口，八岁上被驴子踢掉一个脚趾……我问他："老虎，真的，山上的你看见过吗？"

他说："那倒没有。"

我又问他："大象你看见过吗？"

而他就不说到这上面来。他说他放牛放了几年，放猪放了几年……

"你二伯三个月没有娘……六个月没有爹……在叔叔家里住到整整七岁，就像你这么大……"

"像我这么大怎么的呢？"他不说到狼和虎我就不愿意听。

"像你那么大就给人家放猪去了吧……"

"狼咬你就是像我这么大咬的？咬完啦，你还敢再上山不敢啦……"

"不敢，哼……在自家里是孩子……在别人就当大人看……不敢……不敢……回家去……你二伯也是怕呀……为此哭过一些……好打也挨过一些……"

我再问他："狼就咬过一回？"

他就不说狼，而说一些别的，又是那年他给人家当过喂马的……又是我爷爷怎么把他领到家里来的……又是什么五月里樱桃开花啦……又是："你二伯前些年也想给你娶个二大娘……"

我知道他又是从前那一套，我冲开了门站在院心去了。被烟所伤痛的眼睛什么也不能看了，只是流着泪……

但有二伯瘫坐在火堆旁边，幽幽地起着哭声……

我走向上房去了，太阳晒着我，还有别的白色的闪光，它们都来包围了我；或是在前面迎接着，或是从后面追赶着。我站在台阶上，向四面看看，那么多纯白而闪光的房顶！那么多闪光的树枝！它们好像白石雕成的珊瑚树似的站在一些房子中间。

有二伯的哭声更高了的时候，我就对这眼前的一切更爱：它们多么切近，比方雪地是踏在我的脚下，那些房顶和树枝就是我的邻家，太阳虽然远一点，然而也来照在我的头上。

春天，我进了附近的小学校。

有二伯从此也就不见了。

# 扎彩匠

东二道街上的扎彩铺，就扎的是这一些。一摆起来又威风，又好看，但那作坊里边是乱七八糟的，满地碎纸，秫秆棍子一大堆，破盒子，乱罐子，颜料瓶子，糨糊盆，细麻绳，粗麻绳……走起路来，会使人跌倒。那里边砍的砍，绑的绑，苍蝇也来回地飞着。

要做人，先做一个脸孔，糊好了，挂在墙上，男的女的，到用的时候，摘下一个来就用。给一个用秫秆捆好的人架子，穿上衣服，装上一个头就像人了。把一个瘦骨伶仃的用纸糊好的马架子，上边贴上用纸剪成的白毛，那就是一匹很漂亮的马了。

做这样的活计的，也不过是几个极粗糙极丑陋的人。他们虽懂得怎样打扮一个马童或是打扮一个车夫，怎样打扮一个妇人女子，但他们对他们自己是毫不加修饰的，长头发的，毛头发的，歪嘴的，歪眼的，赤足裸膝的，似乎使人不能相信，这么漂亮炫眼耀目，好像要活了的人似的，是出于他们之手。

他们吃的是粗菜，粗饭，穿的是破烂的衣服，睡觉则睡在车马、人头之中。

他们这种生活，似乎也很苦的。但是一天一天的，也就糊里糊涂地过去了，也就过着春夏秋冬，脱下单衣去，穿起棉衣来地过去了。

生，老，病，死，都没有什么表示。生了就任其自然地长去；长大就长大，长不大也就算了。

老，老了也没有什么关系，眼花了，就不看；耳聋了，就不听；牙掉了，就整吞；走不动了，就瘫着。这有什么办法，谁老谁活该。

病，人吃五谷杂粮，谁不生病呢？

死，这回可是悲哀的事情了，父亲死了儿子哭；儿子死了母亲哭；哥哥死了一家全哭；嫂子死了，她的娘家人来哭。

哭了一朝或是三日，就总得到城外去，挖一个坑把这人埋起来。

埋了之后，那活着的仍旧得回家照旧地过着日子。该吃饭，吃饭。该睡觉，睡觉。外人绝对看不出来是他家已经没有了父亲或是失掉了哥哥，就连他们自己也不是关起门来，每天哭上一场。他们心中的悲哀，也不过是随着当地的风俗的大流，逢年过节到坟上去观望一回。四月过清明，家家户户都提着香火去上坟茔，有的坟头上塌了一块土，有的坟头上陷了几个洞，相观之下，感慨唏嘘，烧香点酒。若有近亲的人如子女父母之类，往往且哭上一场；那哭的语句，数数落落，无异是在做一篇文章或者是在诵一篇长诗。歌诵完了之后，站起来拍拍屁股上的土，也就随着上坟的人们回城的大溜，回城去了。

回到城中的家里，又得照旧地过着日子，一年柴米油盐，浆洗缝补，从早晨到晚上忙个不休。夜里疲乏之极，躺在炕上就睡了。在夜梦中并梦不到什么悲哀的或是欣喜的景况，只不过咬着牙，打着哼，一夜一夜地就都这样地过去了。

假若有人问他们，人生是为了什么？他们并不会茫然无所对答的，他们会直截了当不假思索地说了出来："人活着是为吃饭穿衣。"再问他，人死了呢？他们会说："人死了就完了。"

所以没有人看见过做扎彩匠的活着的时候为他自己糊一座阴宅，大概他不怎么相信阴间。假如有了阴间，到那时候他再开扎彩铺，怕又要租人家的房子了。

# 过 夜

　　也许是快近天明了吧！我第一次醒来。街车稀疏地从远处响起，一直
到那声音雷鸣一般的震撼着这房子，直到那声音又远远地消灭下去，我都听
到的。但感到生疏和广大，我就像睡在马路上一样，孤独并且无所凭据。

　　睡在我旁边的是我所不认识的人，那鼾声对于我简直是厌恶和隔膜。
我对她并不存着一点感激，也像憎恶我所憎恶的人一样憎恶她。虽然在深
夜里她给我一个住处，虽然从马路上把我招引到她的家里。

　　那夜寒风逼着我非常严厉，眼泪差不多和哭着一般流下，用手套抹
着，揩着，在我敲打姨母家的门的时候，手套几乎是结了冰，在门扇上起
着小小的黏结。我一面敲打一面叫着："姨母！姨母……"

　　她家的人完全睡下了，狗在院子里面叫了几声。我只好背转来走去。
脚在下面感到有针在刺着似的痛楚。我是怎样地去羡慕那些临街的我所经
过的楼房，对着每个窗子我起着愤恨。那里面一定是温暖和快乐，并且
那里面一定设置着很好的眠床。一想到眠床，我就想到了我家乡那边的马
房，挂在马房里面不也很安逸吗！甚至于我想到了狗睡觉的地方，那一定
有茅草。坐在茅草上面可以使我的脚温暖。

　　积雪在脚下面呼叫："吱……吱……吱……"我的睫毛感到了纠绞，积
雪随着风在我的腿部扫打。当我经过那些平日认为可怜的下等妓馆的门前
时，我觉得她们也比我幸福。

　　我快走，慌张地走，我忘记了我背脊怎样地弓起，肩头怎样地耸高。

　　"小姐！坐车吧！"经过繁华一点的街道，洋车夫们向我说着。

　　都记不得了，那等在路旁的马车的车夫们也许和我开着玩笑。

"喂……喂……冻得活像个他妈的……小鸡样……"

但我只看见马的蹄子在石路上面跺打。

我完全感到充血是我走上了我熟人的扶梯，我摸索，我寻找电灯，往往一件事情越接近着终点越容易着急和不能忍耐。升到最高级了，几乎从顶上滑了下来。

感到自己的力量完全用尽了！再多走半里路也好像是不可能，并且这种寒冷我再不能忍耐，并且脚冻得麻木了，需要休息下来，无论如何它需要一点暖气，无论如何不应该再让它去接触着霜雪。

去按电铃，电铃不响了，但是门扇欠了一个缝，用手一触时，它自己开了。一点声音也没有，大概人们都睡了。我停在内间的玻璃门外，我招呼那熟人的名字，终没有回答！我还看到墙上那张没有框子的画片。分明房里在开着电灯。再招呼了几声，但是什么也没有……

"喔……"门扇用铁丝绞了起来，街灯就闪耀在窗子的外面。我踏着过道里搬了家余留下来的碎纸的声音，同时在空屋里我听到了自己苍白的叹息。

"浆汁还热吗？"在一排长街转角的地方，那里还张着卖浆汁的白色的布棚。我坐在小凳上，在集合着铜板……

等我第一次醒来时，只感到我的呼吸里面充满着鱼的气味。

"街上吃东西，那是不行的。您吃吃这鱼看吧，这是黄花鱼，用油炸的……"她的颜面和干了的海藻一样打着波皱。

"小金铃子，你个小死鬼，你给我滚出来……快……"我跟着她的声音才发现墙角蹲着个孩子。

"喝浆汁，要喝热的，我也是爱喝浆汁……哼！不然，你就遇不到我了。那是老主顾，我差不多每夜要喝——偏偏金铃子昨晚上不在家，不然的话，每晚都是金铃子去买浆汁。"

"小死金铃子，你失了魂啦！还等我孝敬你吗？还不自己来装饭！"

那孩子好像猫一样来到桌子旁边。

"还见过吗？这丫头十三岁啦，你看这头发吧！活像个多毛兽！"她在那孩子的头上用筷子打了一下，于是又举起她的酒杯来。她的两只袖口都一起往外脱着棉花。

晚饭她也是喝酒，一直喝到坐着就要睡去了的样子。

我整天没有吃东西，昏沉沉和软弱，我的知觉似乎一半存在着，一半失掉了。在夜里，我听到了女孩的尖叫。

"怎么，你叫什么？"我问。

"不，妈呀！"她惶惑地哭着。

从打开着的房门，老妇人捧着雪球回来了。

"不，妈呀！"她赤着身子站到角落里去。

她把雪块完全打在孩子的身上。

"睡吧！我让你知道我的厉害！"她一面说着，孩子的腿部就流着水的条纹。

我究竟不知道这是为了什么。

第二天，我要走的时候，她向我说：

"你有衣裳吗？留给我一件……"

"你说的是什么衣裳？"

"我要去进当铺，我实在没有好当的了！"于是她翻着炕上的旧毯片和流着棉花的被子："金铃子这丫头还不中用……也不怪她，年纪还不到哩！五毛钱谁肯要她呢？要长相没有长相，要人才没有人才！花钱看样子吗？前些个年头可行，比方我年轻的时候，我常跟着我的姨姐到班子里去逛逛，一逛就能落几个……多多少少总能落几个……现在不行了！正经的班子不许你进，土窑子是什么油水也没有，老庄哪懂得看样子，花钱让他看样子，他就干了吗？就是凤凰也不行啊！落毛鸡就是不花钱谁又想看呢？"她突然用手指在那孩子的头上点了一下。"摆设，总得像个摆设的样子，看这穿戴……呸呸！"她的嘴和眼睛一致地歪动了一下。"再过两年我就好了。管她长得猫样狗样，可是她到底是中用了！"

她的颜面和一片干了的海蜇一样。我明白一点她所说的"中用"或"不中用"。

"套鞋可以吧？"我打量了我全身的衣裳，一件棉外衣，一件夹袍，一件单衫，一件短绒衣和绒裤，一双皮鞋，一双单袜。

"不用进当铺，把它卖掉，三块钱买的，五角钱总可以卖出。"

我弯下腰在地上寻找套鞋。

"哪里去了呢？"我开始划着一根火柴，屋子里黑暗下来，好像"夜"又要来临了。

"老鼠会把它拖走的吗？不会的吧？"我好像在反复着我的声音，可是她，一点也不来帮助我，无所感觉的一样。

我去扒着土炕，扒着碎毡片，碎棉花。但套鞋是不见了。

女孩坐在角落里面咳嗽着，那老妇人简直是喑哑了。

"我拿了你的鞋！你以为？那是金铃子干的事……"借着她抽烟时划着火柴的光亮，我看到她打着皱纹的鼻子的两旁挂下两条发亮的东西。

"昨天她把那套鞋就偷着卖了！她交给我钱的时候我才知道。半夜里我为什么打她？就是为着这桩事。我告诉她偷，是到外面去偷。看见过吗？回家来偷。我说我要用雪把她活埋……不中用的，男人不能看上她的，看那小毛辫子！活像个猪尾巴！"

她回转身去扯着孩子的头发，好像在扯着什么没有知觉的东西似的。

"老的老，小的小……你看我这年纪，不用说是不中用的啦！"

两天没有见到太阳，在这屋里，我觉得狭窄和阴暗，好像和老鼠住在一起了。假如走出去，外面又是"夜"；但一点也不怕惧，走出去了！

我把单衫从身上褪了下来。我说："去当，去卖，都是不值钱的。"

这次我是用夏季里穿的通孔的鞋子去接触着雪地。

# 一条铁路的完成

一九二八年的故事，这故事，我讲了好几次。而每当我读了一节关于学生运动记载的文章之后，我就想起那年在哈尔滨的学生运动，那时候我是一个女子中学里的学生，是开始接近冬天的季节。我们是在二层楼上有着壁炉的课室里面读着英文课本。因为窗子是装着双重玻璃，起初使我们听到的声音是从那小小的通气窗传进来的。英文教员在写着一个英文字，他回一回头，他看一看我们，可是接着又写下去，一个字终于没有写完，外边的声音就大了，玻璃窗子好像在雨天里被雷声在抖着似的那么轰响。短板墙以外的石头道上在呼叫着的，有那许多人，我从来没有见过，使我想象到军队，又想到马群，又想象到波浪……总之对于这个我有点害怕。校门前跑着拿长棒的童子军，而后他们冲进了教员室，冲进了校长室，等我们全体走下楼梯的时候，我听到校长室里在闹着。这件事情一点也不光荣，使我以后见到男学生们总带着对不住或软弱的心情。

"你不放你的学生出动吗？……我们就是钢铁，我们就是熔炉……"跟着听到有木棒打在门扇上或是地板上，那乱糟糟的鞋底的响声。这一切好像有一场大事件就等待着发生，于是有一种庄严而宽宏的情绪高涨在我们的血管里。

"走！跟着走！"大概那是领袖，他的左边的袖子上围着一圈白布，没有戴帽子，从楼梯向上望着，我看他们快要变成播音机了："走！跟着走！"

而后又看到了女校长的发青的脸，她的眼和星子似的闪动在她的恐惧中。

"你们跟着去吧！要守秩序！"她好像被鹰类捉拿到的鸡似的软弱，她是被拖在两个戴大帽子的童子军的臂膀上。

我们四百多人在大操场上排着队的时候，那些男同学们还满院子跑着，搜索着，好像对于小偷那种形式，侮辱！侮辱！他们竟搜索到厕所。

女校长那混蛋，刚一脱离了童子军的臂膀，她又恢复了那假装着女皇的架子。

"你们跟他们去，要守秩序，不能破格……不能和那些男学生们那样没有教养，那么野蛮……"而后她抬起一只袖子来："你们知道你们是女学生吗？记得住吗？是女学生。"

在男学生们面前，她又说了那样的话，可是一出校门不远，连对这侮辱的愤怒都忘记了。向着喇嘛台，向着火车站……小学校，中学校，大学校，几千人的行列……那时我觉得我是在这几千人之中，我觉得我的脚步很有力。凡是我看到的东西，已经都变成了严肃的东西，无论马路上的石子，或是那已经落了叶子的街树。反正我是站在"打倒日本帝国主义"的喊声中了。

走向火车站必得经过日本领事馆。我们正向着那座红楼咆哮着的时候，一个穿和服的女人打开走廊的门扇而出现在闪烁的阳光里。于是那"打倒日本帝国主义"的大叫改为"就打倒你"！她立刻就把身子抽回去了。那座红楼完全停在寂静中，只是楼顶上的太阳旗被风在折合着。走在石头道街又碰到了一个日本女子，她背上背着一个小孩，腰间束了一条小白围裙，围裙上还带着花边，手中提着一棵大白菜。我们又照样做了，不说"打倒日本帝国主义"而说"就打倒你！"因为她是走马路的旁边，我们就用手指着她而喊着。另一方面，我们又用自己光荣的情绪去体会她狼狈的样子。第一天叫作"游行""请愿"，道里和南岗去了两部分市区。这市区有点像租界，住民多是外国人。

长官公署、教育厅都去过了，只是"官们"出来拍手击掌地做了一篇演说，结果还是："回学校去上课罢！"

日本要完成吉敦路这件事情，究竟"官们"没有提到。

在黄昏里，大队分散在道尹公署的门前，在那个孤立着的灰色的建筑物前面，装置着一个大而圆的类似喷水池的东西。有一些同学就坐在那边沿上，一直坐到星子们在那建筑物的顶上闪亮了，那个"道尹"究竟还没有出来，只看见卫兵在台阶上，在我们的四围挂着短枪来回地在戒备着。而我们则流着鼻涕，全身打着抖在等候着。到底出来了一个姨太太，那声音我们一点也听不见。男同学们跺着脚，并且叫着，在我听来已经有点野蛮了：

"不要她……去……去……只有官僚才要她……"

接着又换了个大太太（谁知道是什么，反正是个老一点的），不甚胖，有点短。至于说些什么，恐怕也只有她自己的圆肚子才能够听到。这还不算什么惨事，我一回头看见有几个女同学尿了裤子的（因为一整天没有遇到厕所的缘故）。

第二天没有男同学来攉，是自动出发的，在南岗地区许公路的大空场子上开的临时会议，这一天不是"游行"，不是"请愿"，而要"示威"了。脚踏车队在空场四周绕行着，学生联合会的主席是个很大的脑袋的人，也没有戴帽子，只戴了一架眼镜。那天是个落着清雪的天气，他的头发在雪花里边飞着。他说的话使我很佩服，因为我从来没有晓得日本还与我们有这样大的关系，他说日本若完成了吉敦路可以向东三省进兵，他又说又经过高丽又经过什么……并且又听说他进兵进得那样快，好像是二十几小时（？）就可以把多少大兵向我们的东三省开来，就可以灭我们的东三省。我觉得他真有学问，由于崇敬的关系，我觉得这学联主席与我隔得

第二辑 众生皆苦

151

好像大海那么远。

组织宣传队的时候，我站过去，我说我愿意宣传。别人都是被推举的，而我是自告奋勇的。于是我就站在雪花里开始读着我已经得到的传单。而后有人发给我一面小旗，过一会儿又有人来在我的胳膊上用扣针给我别上条白布，那上面还卡着红色的印章，究竟那红印章是什么字，我也没有看出来。

大队开到差不多是许公路的最终极，一转弯一个横街里去，那就是滨江县的管界。因为这界线内住的纯粹是中国人，和上海的华界差不多。宣传队走在大队的中间，我们前面的人已经站住了，并且那条横街口站着不少的警察，学联代表们在大队的旁边跑来跑去。昨天晚上他们就说："冲！冲！"我想这回就真的到了冲的时候了吧？

学联会的主席从我们的旁边经过，他手里提着一个银白色的大喇叭筒，他的嘴接到喇叭筒的口上，发出来的声音好像牛鸣似的：

"诸位同学！我们是不是有血性的动物？我们愿不愿意我们的老百姓给日本帝国主义做奴才……"而后他跳着，因为激动，他把喇叭筒像是在向着天空，"我们有决心没有？我们怕不怕死？"

"不怕！"虽然我和别人一样地嚷着不怕，但我对这新的一刻工夫就要来到的感觉好像一棵嫩芽似的握在我的手中。

那喇叭的声音到队尾去了，虽然已经遥远了，但还是能够震动我的心脏。我低下头去看着我自己的被踏污了的鞋尖，我看着我身旁的那条阴沟，我整理着我的帽子，我摸摸那帽顶的毛球。没有束围巾，也没有穿外套。这个给我生了一种侥幸的心情！

"冲的时候，这样轻便不是可以飞上去了吗？"昨天计划今天是要"冲"的，但不知为什么，我总觉得我有点特别聪明。

大喇叭筒跑到前面去时，我就闪开了那冒着白色泡沫的阴沟，我知道

"冲"的时候就要到了。

我只感到我的心脏在受着拥挤，好像我的脚跟并没有离开地面而自然它就会移动似的。我的耳边闹着许多种声音，那声音并不大，也不远，也不响亮，可觉得沉重，带来了压力，好像皮球被穿了一个小洞咝咝地在透着气似的，我对我自己毫无把握。

"有决心没有？"

"有决心！"

"怕死不怕死？"

"不怕死。"

这还没有反复完，我们就退下来了。因为听到了枪声，起初是一两声，而后是接连着。大队已经完全溃乱下来，只一秒钟，我们旁边那阴沟里，好像猪似的浮游着一些人。女同学被拥挤进去的最多，男同学在往岸上提着她们，被提的她们满身带着泡沫和气味，她们那发疯的样子很可笑，用那挂着白沫和糟粕的戴着手套的手搔着头发，还有的像已经癫痫的人似的，她在人群中不停地跑着：那被她擦过的人们，他们的衣服上就印着各种不同的花印。

大队又重新收拾起来，又发着号令，可是枪声又响了，对于枪声，人们像是看到了火花似的那么热烈。至于"打倒日本帝国主义""反对日本完成吉敦路"这事情的本身已经被人们忘记了，唯一所要打倒的就是滨江县政府。到后来连县政府也忘记了，只"打倒警察，打倒警察……"这一场斗争到后来我觉得比一开头还有趣味。在那时，"日本帝国主义"，我相信我绝对没有见过，但是警察我是见过的，于是我就嚷着：

"打倒警察，打倒警察！"

我手中的传单，我都顺着风让它们飘走了，只带着一面小白旗和自己的喉咙从那零散下来的人缝中穿过去。

那天受轻伤的共有二十几个。我所看到的只是从他们的身上流下来的血还凝结在石头道上。

满街开起电灯的夜晚，我在马车和货车的车轮声里追着我们本校回去的队伍，但没有赶上。我就拿着那卷起来的小旗走在人行道上，我的影子混杂着别人的影子一起出现在商店的玻璃窗上，我每走一步，我就会看到玻璃窗里我帽顶的毛球也在颤动一下。

男同学们偶尔从我的身边经过，我听到他们关于受伤和急救车的议论。

第二天的报纸上躺着那些受伤的同学们的照片，好像现在的报纸上躺的伤兵一样。

以后，那条铁路到底完成了。

# 放火者

从五月一号那天起，重庆就动了，在这个月份里，我们要纪念好几个日子，所以街上有不少人在游行，他们还准备着在夜里举着火炬游行。街上的人带着民族的信心，排成大队行列沉静地走着。

"五三"的中午日本飞机二十六架飞到重庆的上空，在人口最稠密的街道上投下燃烧弹和炸弹，那一天就有三条街起了带着硫黄气味的火焰。

"五四"的那天，日本飞机又带了多量的炸弹，投到他们上次没有完全毁掉的街上和上次没可能毁掉的街道上。

大火的十天以后，那些断墙之下、瓦砾堆中仍冒着烟。人们走在街上用手帕掩着鼻子或者挂着口罩，因为有一种奇怪的气味满街散布着。那怪味并不十分浓厚，但随时都觉得吸得到。似乎每人都用过于细微的嗅觉存心嗅到那说不出的气味似的，就在十天以后发掘的人们，还在深厚的灰烬里寻出尸体来。断墙笔直地站着，在一群瓦砾当中，只有它那么高而又那么完整。设法拆掉它，拉倒它，但它站得非常坚强。段牌坊就站着这断墙，很远就可以听到几十人在喊着，好像拉着帆船的纤绳，又像抬着重物。

"哎呀……喔呵……哎呀……喔呵……"

走近了看到那里站着一队兵士，穿着绿色的衣裳，腰间挂着他们喝水的瓷杯，他们像出发到前线上去差不多。但他们手里挽着绳子的另一端系在离他们很远的单独的五六丈高站着一动也不动的那断墙处。他们喊着口号一起拉它不倒，连歪斜也不歪斜，它坚强地站着。步行的人停下了，车子走慢了，走过去的人回头了，用一种坚强的眼光，人们看住了它。

被那声音招引着，我也回过头去看它，可是它不倒，连动也不动。我就看到了这大瓦场的近边，那高坡上仍旧站着被烤干了的小树。有谁能够认得出那是什么树！完全脱掉了叶子，并且变了颜色，好像是用赭色的石头雕成的。靠着小树那一排房子窗上的玻璃掉了，只有三五块碎片，在夕阳中闪着金光。走廊的门开着，一切可以看得到，门帘扯掉了，墙上的镜框在斜垂着。显然在不久之前，他们是在这儿好好地生活着，那墙壁日历上还露着四号的"四"字。

街道是哑默的，一切店铺关了门，在黑大的门扇上贴着白帖或红帖，上面坐着一个苍白着脸色的恐吓的人，用水盆子在洗刷着弄脏了的胶皮鞋、汗背心、毛巾之类，这些东西是从火中抢救出来的。

被炸过了的街道，飞尘卷着白沫扫着稀少的行人，行人挂着口罩，或用帕子掩着鼻子。街是哑然的，许多人生存的街毁掉了，生活秩序被破坏了，饭馆关起了门。

大瓦砾场一个接着一个，前边是一群人在拉着断墙，这使人一看上去就要低了头。无论你心胸怎样宽大，但你的心不能不跳，因为那摆在你面前的是荒凉的，是横遭不测的。千百个母亲和小孩子是吼叫着的，哭号着的，他们嫩弱的生命在火里边挣扎着，生命和火在斗争，但最后生命给谋杀了。那曾经狂喊过的母亲的嘴，曾经乱舞过的父亲的胳膊，曾经发疯对着火的祖母的眼睛，曾经依然偎在妈妈怀里吃乳的婴儿，这些最后都被火给杀死了。孩子和母亲，祖父和孙儿，猫和狗，都同他们凉台上的花盆一道倒在火里了。这倒下来的全家，他们没有一个是战斗员。

白洋铁壶成串地仍在那烧了一半的房子里挂着，显然是一家洋铁制器店被毁了。洋铁店的后边，单独一座三楼三底的房子站着，它两边都倒下去了，只有它还歪歪趔趔①地支持着，楼梯分作好几段自己躺下去了，横

---

① 歪歪趔趔：歪斜不正的样子。

睡在楼脚上。窗子整张地没有了，门扇也看不见了，墙壁穿着大洞，像被打破了腹部的人那样可怕地奇怪地站着。但那摆在二楼的木床，仍旧摆着，白色的床单还随着风飘着那只巾角，就在这二十个方丈①大的火场上同时也有绳子在拉着一道断墙。

就在这火场的气味还没有停息，瓦砾还会烫手的时候，坐着飞机放火的日本人又要来了，这一天是五月十二号。

警报的笛子到处叫起，不论大街或深巷，不论听得到的听不到的，不论加以防备的或是没有知觉的都卷在这声浪里了。

那拉不倒的断墙也放手了，前一刻在街上走着的那一些行人，现在狂乱了，发疯了，开始跑了，开始喘着，还有拉着孩子的，还有拉着女人的，还有脸色变白的。街上像来了狂风一样，尘土都被这惊慌的人群带着声响卷起来了，沿街响着关窗和锁门的声音，街上什么也看不到，只看到跑。我想疯狂的日本法西斯刽子手们若看见这一刻的时候，他们一定会满足的吧，他们是何等骄傲呵，他们可以看见……

十几分钟之后，都安定下来了，该进防空洞的进去了，躲在墙根下的躲稳了。第二次警报（紧急警报）响了。

听得到一点声音，而且越来越大。我就坐在公园石阶铁狮子附近，这铁狮子旁边坐着好几个老头，大概他们没有气力挤进防空洞去，而又跑也跑不远的缘故。

飞机的响声大起来，就有一个老头招呼着我：

"这边……到铁狮子下边来……"这话他并没有说，我想他是这个意思，因为他向我招手。

为了呼应他的亲切我去了，蹲在他的旁边。后边高坡上的树，那树叶遮着头顶的天空，致使想看飞机不大方便，但在树叶的缝隙间看到飞机

---

① 方丈：佛寺或道观中住持住的房间。

了，六架，六架。飞来飞去的总是六架，不知道为什么高射炮也未发，也不投弹。

穿蓝布衣裳的老头问我："看见了吗？几架？"

我说："六架。"

"向我们这边飞……"

"不，离我们很远。"

我说瞎话，我知道他很害怕，因为他刚说过了："我们坐在这儿的都是善人，看面色没有做过恶事，我们良心都是正的……死不了的。"

大批的飞机在头上飞过了，那里三架三架地集着小堆，这些小堆在空中横排着，飞得不算顶高，一共四十几架。高射炮一串一串地发着，红色和黄色的火球像一条长绳似的扯在公园的上空。

那老头向着另外的人而又向我说：

"看面色，我们都是没有做过恶的人，不带恶相，我们不会死……"

说着他就伏在地上了，他看不见飞机，他说他老了。大概他只能看见高射炮的连串的火球。飞机像是低飞了似的，那声音沉重了，压下来了。守卫的宪兵喊了一声口令："卧倒。"他自己也就挂着枪伏在水池子旁边了。四边的火光蹿起来，有沉重的爆击声，人们看见半天是红光。

公园在这一天并没有落弹。在两个钟头之后，我们离开公园的铁狮子，那个老头悲惨地向我点头，而且和我说了很多话。

下一次，五月二十五号那天，中央公园便炸了。水池子旁边连铁狮子都被炸碎了。在弹花飞溅时，那是混合着人的肢体，人的血，人的脑浆。这小小的公园，死了多少人？我不愿说出它的数目来，但我必须说出它的数目来：死伤×××人。而重庆在这一天，有多少人从此不会听见解除警报的声音了……

# 滑 竿

黄河边上的驴子，垂着头的，细腿的，穿着自己的破烂的毛皮的，它们划着无边苍老的旷野，如同枯树根又在人间活动了起来。

它们的眼睛永远为了遮天的沙土而垂着泪，鼻子的响声永远搅在黄色的大风里，那沙沙的足音，只有在黄昏以后，一切都停息了的时候才能听到。

而四川的轿夫，同样会发出那沙沙的足音。下坡路，他们的腿，轻捷得连他们自己也不能够止住，蹒跚的他们控制了这狭小的山路。他们的血液骄傲地跳动着，好像他们停止了呼吸，只听到草鞋触着石级的声音。在山涧中，在流泉中，在烟雾中，在凄惨的飞着细雨的斜坡上，他们喊着："左手！"

迎面走来的，担着草鞋的担子，背着青菜的孩子，牵着一条黄牛的老头，赶着三个小猪的女人，他们也都为着这下山的轿子让开路。因为他们走得快，就像流泉一样的，一刻也不能够止息。

一到拔坡①的时候，他们的脚步声便不响了。迎面遇到来人的时候，他们喊着"左手"或"右手"的声音只有粗嘎，而一点也不强烈。因为他们开始喘息，他们的肺叶开始扩张，发出来好像风扇在他们的胸腔里扇起来的声音，那破片做的衣裳在吱吱响的轿子下面，有秩序地向左或向右地摆动。汗珠在头发梢上静静地站着，他们走得当心而出奇地慢，而轿子仍旧像要破碎了似的叫。像是迎着大风向前走，像是海船临靠岸时遇到了潮

---

① 拔坡：爬坡。

头一样困难。

他们并不是巨象，却发出来巨象呼喘似的声音。

早晨他们吃了一碗四个大铜板一碗的面，晚上再吃一碗，一天八个大铜板。甚或有一天不吃什么的，只要抽一点鸦片就可以。所以瘦弱苍白，有的像化石人似的，还有点透明。若让他们自己支撑着自己都有点奇怪，他们随时要倒下来的样子。

可是来往上下山的人，却担在他们的肩上。

有一次我偶尔和他们谈起做爆竹的方法来，其中的一个轿夫，不但晓得做爆竹的方法，还晓得做枪药的方法。他说用破军衣，破棉花，破军帽，加上火硝，硫黄，就可以做枪药。他还怕我不明白枪药。他又说：

"那就是做子弹。"

我就问他：

"你怎么晓得做子弹？"

他说他打过贺龙，在湖南。

"你那时候是当官吗？当兵吗？"

他说他当兵，还当过班长。打了两年。后来他问我：

"你晓得共产党吗？打贺龙就是打共产党。"

"我听说了。"接着我问他："你知道现在的共产党已经编了八路军吗？"

"呵！这我还不知道。"

"也是打日本。"

"对呀！国家到了危难的时候，还自己打什么呢？一齐枪口对外。"他想了一下的样子："也是归蒋委员长领导吗？"

"是的。"

这时候，前边的那个轿夫一声不响。轿杆在肩上，一会儿换换左手，一会儿又换换右手。

后边的就接连着发了议论：

"小日本不可怕，就怕心不齐。中国人心齐，他就治不了。前几天飞机来炸，炸在朝天门。那好做啥子呀！飞机炸就占了中国？我们可不能讲和，讲和就白亡了国。日本人坏呀！日本人狠哪！报纸上去年没少画他们杀中国人的图。我们中国人抓住他们的俘虏，一律优待。可是说日本人也不都坏，说是不当兵不行，抓上船就载到中国来……"

"是的……老百姓也和中国老百姓一样好。就是日本军阀坏……"我回答他。

就快走上高坡了，一过了前边的石板桥，隔着这一个山头又看到另外的一个山头。云烟从那个山慢慢地沉落下来，沉落到山腰了，仍旧往下沉落，一道深灰色的，一道浅灰色的，大团的游丝似的缚着山腰。我的轿子要绕过那个有云烟的尖顶的山。两个轿夫都开始吃力了。我能够听得见的，是后边的这一个，喘息的声音又开始了。我一听到他的声音，就想起海上在呼喘着的活着的蛤蟆。因为他的声音就带着起伏、扩张、呼扇的感觉。他们脚下刷刷的声音，这时候没有了。伴着呼喘的是轿杆的竹子的鸣叫。坐在轿子上的人，随着他们沉重的脚步的起伏在一升一落的。在那么多的石级上，若有一个石级不留心踏滑了，连人带轿子要一齐滚下山涧去。

因为山上的路只有二尺多宽，遇到迎面而来的轿子，往往是彼此摩擦着走过。假若摩擦得厉害一点，谁若靠着山涧的一面，谁就要滚下山涧去。山峰在前边那么高，高得插进云霄似的。山壁有的地方挂着一条小小的流泉，这流泉从山顶上一直挂到深涧中，再从涧底流到另一面天地去，就是说，从山的这面又流到山的那面去了。同时流泉们发着唧铃铃的声音。山风阴森地浸着人的皮肤。这时候，真有点害怕，可是转头一看，在山涧的边上都挂着人，在乱草中，耙子的声音刷刷地响着。原来是女人和小孩子在采集着野柴。

后边的轿夫说：

"共产党编成了八路军，这我还不知道。整天忙生活……连报纸也不常看（他说过他在军队常看报纸）……整天忙生活对于国家就疏忽了……"

正是拔坡的时候，他的话和轿杆的声响搅在了一起。

对于滑竿，我想他俩的肩膀，本来是肩不起的，但也肩起了。本来不应该担在他们的肩上的，但他们也担起了。而在担不起时，他们就抽起大烟来担。所以我总以为抬着我的不是两个人，而像轻飘飘的两盏烟灯。在重庆的交通运转却是掌握在他们的肩膀上的，就如黄河北的驴子，垂着头的，细腿的，使马看不起的驴子，也转运着国家的军粮。

# 两个朋友

金珠才十三岁，穿一双水红色的袜子，在院心和华子拍皮球。华子是个没有亲母亲的孩子。

生疏的金珠被母亲带着来到华子家里才是第二天。

"你念几年书了？"

"四年，你呢？"

"我没上过学——"金珠把皮球在地上丢了一下又抓住。

"你怎么不念书呢？十三岁了，还不上学？我十岁就上学的……"

金珠说："我不是没有爹吗！妈说等她积下钱让我念书。"

于是又拍着皮球，金珠和华子差不多一般高，可是华子叫她金珠姐。

华子一放学回来，把书包丢在箱子上或是炕上，就跑出去和金珠姐拍皮球。夜里就挨着睡，白天就一道玩。

金珠把被褥搬到里屋去睡了！从那天起她不和华子交谈一句话；叫她："金珠姐，金珠姐。"她把嘴唇突起来不应声。华子伤心的，她不知道新来的小朋友怎么会这样对她。

再过几天华子挨骂起来："孩崽子，什么玩意儿呢！"——金珠走在地板上，华子丢了一下皮球撞了她，她也是这样骂。连华子的弟弟金珠也骂他。

那孩子叫她："金珠子，小金珠子！"

"小，我比你小多少？孩崽子！"

小弟弟说完了，跑到爷爷身边去，他怕金珠要打他。

夏天的晚上，太阳刚落下去，在太阳下蒸热的地面还没有消灭了热。全家就坐在开着窗子的窗台，或坐在门前的木凳上。

"不要弄跌了啊！慢慢推……慢慢推！"祖父招呼小珂。

金珠跑来，小母鸡一般的把小车夺过去，小珂被夺着，哭着。祖父叫他："来吧！别哭，小珂听话，不要那个。"

为这事，华子和金珠吵起来了：

"这也不是你家的，你管得着？不要脸！"

"什么东西，硬装不错。"

"我看你也是硬装不错，'帮虎吃食'！"

"我怎么'帮虎吃食'？我怎么'帮虎吃食'？"

华子的后母和金珠是一道战线，她气得只是重复着一句话：

"小华子，我也没见过你这样的孩子，你爹你妈是虎？是野兽？我可没见过你这样的孩子。"

"是'帮虎吃食'，是'帮虎吃食'。"华子不住地说。

后母和金珠完全是一道战线，她叫着她："金珠，进来关上窗子睡觉吧！别理那小疯狗。"

"小疯狗，看也不知谁是小疯狗，不讲理者小疯狗。"

妈妈的权威吵满了院子："你爸爸回来，我要不告诉你爸爸才怪呢！还了得啦！骂她妈是'小疯狗'。我管不了你，我也不是你亲娘，你还有亲爹哩！叫你亲爹来管你。你早没把我看到眼里。骂吧！也不怕伤天理！"

小珂和祖父都进屋去睡了！祖父叫华子也进来睡吧！可是华子始终倚着门呆想。夜在她的眼前，蚊子在她的耳边。

第二天金珠更大胆，故意借着事由来欺负华子，她觉得她必定胜利，她做着鬼脸："小华子，看谁丢人，看谁挨骂！你爸爸要打呢！我先告诉你一声，你好预备着点！"

"别不要脸！"

"骂谁不要脸？我怎么不要脸？把你美的？你个小老婆，我告诉你爹爹去，走，你敢跟我去……"

金珠的母亲，那个胖老太太说金珠："都是一般大，好好玩，别打架。干什么金珠？不好那样！"华子被扯住肩膀："走就走，我不怕你，还怕你个小穷鬼！都穷不起了，才跑到别人家来，混饭吃还不够，还瞎厉害。"

金珠感到羞辱了，软弱了，眼泪流了满脸："娘，我们走吧！不住她家，再不住……"

金珠的母亲也和金珠一样哭。

"金珠，把孩子抱去玩玩。"她应着这呼声，每日肩上抱着孩子。

华子每日上学，放学就拍皮球。

金珠的母亲，是个寡妇母亲，来到亲戚家里，是来做帮工。华子和金珠吵架，并没有人伤心，就连华子的母亲也不把这事放在心上，华子的祖父和小珂也不把这事记在心上，一到傍晚又都到院子去乘凉，吸着烟，用扇子扑着蚊虫……看一看多星的天幕。

华子一经过金珠面前，金珠的母亲的心就跳了。她心跳谁也不晓得，孩子们吵架是平常事，就像鸡和鸡斗架一般。

正午时候，人影落在地面那样短，狗睡到墙根去了！炎夏的午间，只听到蜂子飞，只听到狗在墙根喘。

金珠和华子从正门冲出来，两匹狗似的，两匹小狼似的，太阳晒在头上不觉得热；一个跑着，一个追着。华子停下来斗一阵再跑，一直跑到柴栏里去，拾起高粱秆打着。金珠狂笑，但那是变样的狂笑，脸嘴已经不是平日的脸嘴了。嘴斗着，脸是青色的，但仍在狂笑。

谁也没有流血，只是头发上贴住一些高粱叶子。已经累了！双方面都不愿意再打，都没有力量再打。

"进屋去吧，怎么样？"华子问。

"进屋！不打死你这小鬼头对不住你。"金珠又分开两腿，两臂抱住肩头。

"好，让你打死我。"一条木板落到金珠的腿上去。

金珠的母亲完全战栗，她全身战栗，当金珠去夺她正在手中切菜的菜刀时；眼看打得要动起刀来。

做帮工也怕做不长的。

金珠的母亲，洗尿布、切菜、洗碗、洗衣裳，因为是小脚，一天到晚，到晚间，脚就疼了。

"娘，你脚疼吗？"金珠就去打一盆水为她洗脚。

娘起先是恨金珠的，为什么这样不听话？为什么这样不知好歹？和华子一天打到晚。可是她一看到女儿打一盆水给她，她就不恨金珠而自己伤心。若是金珠的爹爹活着，哪能这样？自己不是也有家吗？

金珠的母亲失眠了一夜，蚊子成群地在她的耳边飞；飞着，叫着，她坐起来搔一搔又倒下去，终夜她没有睡着，玻璃窗子发着白了！这时候她才一粒一粒地流着眼泪。十年前就是这个天刚亮的时候，金珠的爹爹从炕上抬到床上，那白色的脸，连一句话也没说而死去的人……十年前了！在外面帮工，住亲戚家也是十年了！

她把枕头和眼角相接近，使眼泪流到枕头上去，而不去擦它一下，天色更白了！这是金珠爹爹抬进木棺的时候。那打开的木棺，可怕的，一点感情也没有的早晨又要来似的……她带泪的眼睛合起来，紧紧地压在枕头上。起床时，金珠问："娘，你的眼睛怎么肿了呢！"

"不怎么。"

"告诉我！娘！"

"告诉你什么！都是你不听话，和华子打仗气得我……"

金珠两天没和华子打仗，到第三天她也并不想立刻打仗，因为华子的母亲翻着箱子，一面找些旧衣裳给金珠，一面告诉金珠：

"你和那丫头打仗，就狠点打，我给你做主，不会出乱子的。那丫头最能气人没有的啦！我有衣裳也不能给她穿，这都给你。跟你娘到别处去受气，到我家我可不能让你受气，多可怜哪！从小就没有了爹……"

金珠把一些衣裳送给娘去，以后金珠在一家中比谁都可靠，把锁柜箱的钥匙也交给了她。她常常就在华子和小珂面前随便吃梨子，可是华子和小珂不能吃。小珂去找祖父。祖父说：

"你是没有娘的孩子，少吃一口吧！"

小珂哭起来了！

这一家中，华子和母亲起着冲突，爷爷也和母亲起着冲突。

被华子的母亲唆使着，金珠又和华子吵了几回架。居然，有这么一天，金耳环挂上了金珠的耳朵了。

金珠受人这样同情，比爹爹活转来或者更幸运，饱饱满满地过着日子。

"你多可怜哪！从小就没有了爹！……"金珠常常被同情着。

华子每天上学，放学就拍皮球。金珠每天背着孩子，几乎连一点玩的工夫也没有了。

秋天，附近小学里开了一个平民教育班。

"我也上'平民学校'去吧，一天两点钟，四个月读四本书。"

华子的母亲没有答应金珠，说认字不认字都没有用，认字也吃饭，不认字也吃饭。

邻居的小姑娘和妇人们都去进"平民学校"，只有金珠没能去，只有金珠剩在家中抱着孩子。

金珠就很忧愁了，她想和华子交谈几句，她想借华子的书来看一下，她想让华子替她抱一下小孩，她拍几下皮球，但这都没有做，她多少有一点自尊心存在。

有天家中只剩华子、金珠、金珠的母亲，孩子睡觉了。

"华子，把你的铅笔借给我写两个字，我会写我的姓。"金珠说完话，很不好意思，嘴唇没有立刻就合起来。

华子把皮球向地面丢了一下，掉过头来，把眼睛斜着从金珠的脚下一直打量到她的头顶。

为着这事金珠把眼睛哭肿了。

"娘，我们走吧，不再住她家。"

金珠想要进"平民学校"进不得，想要和华子玩玩，又玩不得，虽然是耳朵上挂着金圈，金圈也并不带来同情给她。

她患着眼病了！最厉害的时候，饭都吃不下。

"金珠啊！抱抱孩子，我吃饭。"华子的后母叫她。

眼睛疼得厉害的时候，可怎样抱孩子？华子就去抱。

"金珠啊！打盆洗脸水。"

华子就去打。

金珠的眼睛还没好，她和华子的感情可好起来。她们两个从朋友变成仇人，又从仇人变成朋友了！又搬到一个房间去睡，被子接着被子。在睡觉时金珠说："我把耳环还给她吧！我不要这东西！"她不爱那样闪光的耳环。

没等金珠把耳环摘掉，那边已经向她要了：

"小金珠，把耳环摘下来吧！我告诉你说吧，一个人若没有良心，那可真不算个人！我说，小金珠子，我对得起你，我给你多少衣裳？我给你金耳环！你不和我一个心眼，我告诉你吧！你后悔的日子在后头呢！眼看你就要带上手镯了！可是我不能给你买了……"

金珠的母亲听到这些话，比看到金珠和华子打架更难过，帮工是帮不成的啦！

华子放学回来，金珠就抱着孩子等在大门外，笑眯眯的，永久是那个样子，后来连晚饭也不吃，等华子一起吃。若买一件东西，华子同意她就同意。比方买一个扣发的针啦，或是一块小手帕啦！若金珠同意，华子也同意。夜里华子为着学校忙着编织物，她也伴着她不睡，华子也教她识字。

金珠不像从前可以任意吃着水果，现在她和小珂、华子同样，依在门外嗅一些水果香。华子的母亲和父亲骂华子，骂小珂，也同样骂着金珠。

终究又有这样的一天，金珠和母亲被驱着走了。

两个朋友，哭着分开。

# 烦扰的一日

他在祈祷，他好像是向天祈祷。

正是跪在栏杆那儿，冰冷的、石块铺成的人行道。然而他没有鞋子，并且他用裸露的膝头去接触一些个冬天的石块。我还没有走近他，我的心已经为愤恨而烧红，而快要胀裂了！我咬我的嘴唇，毕竟我是没有押起眼睛①来走过他。

他是那样年老而昏聋，眼睛像是已腐烂过。街风是锐利的，他的手已经被吹得和一个死物一样。可是风，仍然是锐利的。我走近他，但不能听清他祈祷的文句，只是喃喃着。

一个俄国老妇，她说的不是俄语，大概是犹太人，把一张小票子放到老人的手里，同时他仍然喃喃着，好像是向天祈祷。

我带着我重得和石头似的心走回屋中，把积下的旧报纸取出来，放到老人的面前，为的是他可以卖几个钱，但是当我已经把报纸放好的时候，我的心起了一个剧变，我认为我是最庸俗没有的人了！仿佛我是做了一件蠢事般的。于是我摸衣袋，我思考家中存钱的盒子，可是连半角钱的票子都不能够寻找得到。老人是过于笨拙了！怕是他不晓得怎样去卖旧报纸。

我走向邻居家去，她的小孩子在床上玩着，她常常是没有心思向我讲一些话。我坐下来，把我带去的包袱打开，预备裁一件衣服。可是今天雪琦说话了："于妈还不来，那么，我的孩子会使我没有希望。你看我是什么事也没有做，外国语不能读，而且我连读报的趣味都没有呀！"

---

① 押起眼睛：意思是闭着眼睛装作没看见。

"我想你还是另寻一个老妈子好啦！"

"我也这样想，不过实际是困难的。"

她从生了孩子以来，那是五个月前，她沉下苦恼的陷阱去，唇部不似以前有颜色，脸儿皱绉。

为着我到她家去替她看小孩，她走了，和猫一样蹑手蹑脚地下楼去了。

小孩子自己在床上玩得厌了，几次想要哭闹，我忙着裁旗袍，只是用声音招呼他。看一下时钟，知道她去了还不到一点钟，可是看小孩子是多么需要耐性呀！我烦乱着，这仅是一点钟。

妈妈回来了，带进来衣服的冷气，后面跟进来一个瓷人样的人，缠着两只小脚，穿着毛边鞋子。她坐在床沿，并且在她进房的时候，她还向我行了一个深深的鞠躬礼，我又看见她戴的是毛边帽子，她坐在床沿。

过了一会儿，她是欣喜的，有点不像瓷人："我是没有做过老妈子的，我的男人在十八道街开柳条包铺，带开药铺……我实在不能再和他生气，谁都是愿意支使人，还有人愿意给人家支使吗？咱们命不好，那就讲不了！"

像猜谜似的，使人想不出她是什么命运。雪琦她欢喜，她想幸福是近着她了，她在感谢我："玉莹，你看，今天你若不来，我怎能去找这个老妈子来呀！"

那个半老的婆娘仍然讲着："我的男人他打我骂我，以先[①]对我很好，因为他开柳条包铺，要招股东。就是那个人二十元钱顶大的股东，他替我造谣，说我娘家有钱，为什么不帮助开柳条铺呢？在这一年中，就连一顿舒服饭也没吃过，我能不伤心吗！我十七岁过门，今年我是二十四岁。他从不和我吵闹过。"

---

① 以先：以前。

她不是个半老的婆娘，她才二十四岁。说到这样伤心的地方，她没有哭，她晓得做老妈子的身份。可是又想说下去，雪琦眉毛打锁，把小孩子给她："你抱他试试。"

小孩子，不知为什么，但是他哭，也许他不愿看那种可怜的脸相？

雪琦有些不快乐了，只是一刻的工夫，她觉得幸福是远着她了！

过了一会儿，她又像个瓷人，最像瓷人的部分，就是她的眼睛，眼珠定住。我们一向她看去，她忙着把眼珠活动一下，然而很慢，并且一会儿又要定住。

"你不要想，将来你会有好的一日……"

"我是同他打架生气的，一生气就和个呆人样，什么也不能做。"那瓷人又忙着补充一句："若不生气，什么病也没有呀！好人一样，好人一样。"

后来她看我缝衣裳，她来帮助我，我不愿她来帮助，但是她要来帮助。

小孩子吃着奶，在妈妈的怀中睡了。孩子怕一切音响，我们的呼吸，为着孩子的睡觉都能听得清。

雪琦更不欢喜了。大概她在害怕着，她在计量着，计量她的计划怎样失败。我窥视出来这个瓷人般的老妈，怕一会儿就要被辞退。

然而她是有希望的，满有希望，她殷勤地在盆中给小孩在洗尿布。

"我是不知当老妈子的规矩的，太太要指教我。"她说完坐在木凳上，又开始变成不动的瓷人。

我烦扰着，街头的老人又回到我的心中；雪琦铅板样的心沉沉地挂在脸上。

"你把脏水倒进水池子去。"她向摆在木凳间的那瓷人说。捧着水盆子，那个妇人紫色的毛边鞋子还没有响出门去，雪琦的眼睛和偷人样转过来了："她是不是不行？那么快让她走吧！"

孩子被丢在床上，他哭叫，她到隔壁借三角钱（作为）给老妈子的工钱。

那紫色的毛边鞋慢慢移着，她打了盆净水放在盆架间，过来招呼孩子。孩子惧怕这瓷人，他更哭。我缝着衣服，不知怎么，一种不安传染了我的心。

忽然老妈子停下来，那是雪琦把三角钱的票子示到面前的时候，她拿到三角钱走了。她回到妇女们最伤心的家庭去，仍去寻她恶毒的生活。

毛边帽子，毛边鞋子，来了又走了。

雪琦仍然自己抱着孩子。

"你若不来，我怎能去找她来呢！"她埋怨我。

我们深深呼吸了一下，好像刚从暗室走出。屋子渐渐没有阳光了，我回家了，带着我的包袱，包袱中好像裹着一群麻烦的想头——妇女们有可厌的丈夫，可厌的孩子。冬天追赶着叫花子使他绝望。

在家门口，仍是那条栏杆，仍是那块石道，老人向天跪着，黄昏了，给他的绝望甚于死。

我经过他，我总不能听清他祈祷的文句，但我知道他祈祷的，不是我给他的那些报纸，也不是半角钱的票子，是要从死的边沿上把他拔回来。

然而让我怎样做呢？他向天跪着，他向天祈祷……

# 索菲亚 ① 的愁苦

侨居在哈尔滨的俄国人那样多。从前他们骂着："穷党，穷党。"

连中国人开着的小酒店或是小食品店，都怕"穷党"进去。谁都知道"穷党"喝了酒，常常会讨不出钱来。

可是现在那骂着"穷党"的，他们做了"穷党"了：马车夫，街上的浮浪人，叫花子，至于那大胡子的老磨刀匠，至于那去过欧战的独腿人，那拉手风琴在乞讨铜板的，人们叫他街头音乐家的独眼人。

索菲亚的父亲就是马车夫。

索菲亚是我的俄文教师。

她走路走得很漂亮，像跳舞一样。可是，她跳舞跳得怎样呢？那我不知道，因为我还不懂得跳舞。但是我看她转着那样圆的圈子，我喜欢她。

没多久，熟识了之后，我们是常常跳舞的。"再教我一个新步法！这个，你看我会了。"

桌上的表一过十二点，我们就停止读书。我站起来，走了一点姿势给她看。

"这样可以吗？左边转，右边转，都可以！"

"怎么不可以！"她的中国话讲得比我们初识的时候更好了。

为着一种感情，我从不以为她是一个"穷党"，几乎连那种观念也没有存在。她唱歌唱得也很好，她又教我唱歌。有一天，她的手指甲染得很红地来了。还没开始读书，我就对她的手很感到趣味，因为没有看到她装

---

① 原文写作"索菲亚"，现根据通译改为"索菲亚"。

饰过。她从不涂粉，嘴唇也是本来的颜色。

"嗯哼，好看的指甲啊！"我笑着。

"呵！坏的，不好的，涅克拉西为。"可是她没笑，她一半说着俄国话。"涅克拉西为"是不美的、难看的意思。

我问她："为什么难看呢？"

"读书，读书，十一点钟了。"她没有回答我。

后来，我们再熟识的时候，不仅跳舞，唱歌，我们谈着服装，谈着女人：西洋女人，东洋女人，俄国女人，中国女人。有一天，我们正在讲解着文法，窗子上有红光闪了一下，我招呼着：

"快看！漂亮哩！"房东的女儿穿着红缎袍子走过去。

我想，她一定要称赞一句。可是她没有：

"白吃白喝的人们！"

这样合乎文法完整的名词，我不知道为什么她能说出来。当时，我只是为着这名词的构造而惊奇。至于这名词的意义，好像以后才发现。

后来，过了很久，我们谈着思想，我们成了好友了。

"白吃白喝的人们，是什么意思呢？"我已经问过她几次了，但仍常常问她。她的解说有意思："猪一样的，吃得很好，睡得很好。什么也不做，什么也不想……"

"那么，白吃白喝的人们将来要做'穷党'了吧？"

"是的，要做'穷党'的。不，可是……"她的一丝笑纹也从脸上退走了。

不知多久，没再提到"白吃白喝"这句话。我们又回转到原来友情上的寸度①：跳舞，唱歌，连女人也不再说到。我的跳舞步法也和友情一样没

---

① 寸度：犹程度，事物发展达到的状况。

有增加，这样一直继续到巴斯哈节[①]。

节前的几天，索菲亚的脸色比平日更惨白些，嘴唇白得几乎和脸色一个样，我也再不要求她跳舞。

就是节前的一日，她说："明天过节，我不来，后天来。"

后天，她来的时候，她向我们说着她的愁苦，这很意外。友情因为这个好像又增加起来。

"昨天是什么节呢？"

"巴斯哈节，为死人过的节。染红的鸡子带到坟上去，花圈带到坟上去……"

"什么人都过吗？犹太人也过巴斯哈节吗？"

"犹太人也过，'穷党'也过，不是'穷党'也过。"

到现在我想知道索菲亚为什么她也是"穷党"，然而我不能问她。

"愁苦，我愁苦……妈妈又生病，要进医院，可是又申请不到免费证。"

"要进哪个医院？"

"专为俄国人设的医院。"

"申请免费证，还要很困难的手续吗？"

"没有什么困难的，只要不是'穷党'。"

有一天，我只吃着干面包。那天她来得很早，差不多九点半钟她就来了。

"营养不好，人是瘦的、黑的，工作得少，工作得不好。慢慢健康就没有了。"

我说："不是，只喜欢空吃面包，而不喜欢吃什么菜。"

她笑了："不是喜欢，我知道为什么。昨天我也是去做客，妹妹也是去做客。爸爸的马车没有赚到钱，爸爸的马也是去做客。"

我笑她："马怎么也会去做客呢？"

---

① 巴斯哈节：俄罗斯东正教教民纪念耶稣基督复活的重要节日。

"会的，马到它的朋友家里去，就和它的朋友站在一道吃草。"

俄文读了一年了，索菲亚家的牛生了小牛，也是她向我说的；并且当我到她家里去做客，若当老羊生了小羊的时候，我总是要吃羊奶的；并且在她家我还看到那还不很会走路的小羊。

"吉卜赛人是'穷党'吗？怎么中国人也叫他们'穷党'呢？"这样的话，好像在友情最高的时候更不能问她。

"吉卜赛人也会讲俄国话的，我在街上听到过。"

"会的，犹太人也多半会俄国话！"索菲亚的眉毛动弹了一下。

"在街上拉手风琴的一个眼睛的人，他也是俄国人吗？"

"是俄国人。"

"他为什么不回国呢？"

"回国！那你说我们为什么不回国？"她的眉毛好像在黎明时候静止着的树叶，一点也没有摇动。

"我不知道。"我实在是慌乱了一刻。

"那么犹太人回什么国呢？"

我说："我不知道。"

春天柳条抽着芽子的时候，常常是阴雨的天气，就在雨丝里一种沉闷的鼓声来在窗外了：

"咚咚！咚咚！"

"犹太人，他就是父亲的朋友，去年巴斯哈节他是在我们家里过的。他世界大战的时候去打过仗。"

"咚咚，咚咚，瓦夏！瓦夏！"

我一面听着鼓声，一面听到喊着"瓦夏"，索菲亚的解说在我感不到力量和微弱。

"为什么他喊着'瓦夏'？"我问。

"'瓦夏'是他的伙伴，你也会认识他……是的，就是你说的中央大街上拉风琴的人。"

那犹太人的鼓声并不响了，但仍喊着"瓦夏"，那一双肩头一起耸起又一起落下，他的腿是一只长腿一只短腿。那只短腿使人看了会并不相信是存在的，那是从腹部以下就完全失去了，和丢掉一只腿的蛤蟆一样畸形。

他经过我们的窗口，他笑笑。

"'瓦夏'走得快哪！追不上他了。"这是索菲亚给我翻译的。

等我们再开始讲话，索菲亚走到屋角常青树的旁边：

"屋子太没趣了，找不到灵魂，一点生命也感不到地活着啊！冬天屋子冷，这树也黄了。"

我们的谈话，一直继续到天黑。

索菲亚述说着在落雪的一天，她跌了跤，从前安得来夫将军的儿子在路上骂她"穷党"。

"……你说，那猪一样的东西，我该骂他什么呢？——骂谁'穷党'！你爸爸的骨头都被'穷党'的煤油烧掉了——他立刻躲开我，他什么话也没有再回答。'穷党'，吉卜赛人也是'穷党'，犹太人也是'穷党'。现在真正的'穷党'还不是这些人，那些沙皇的子孙们，那些流氓们才是真正的'穷党'。"

索菲亚的情感约束着我，我忘记了已经是应该告别的时候。

"去年的巴斯哈节，爸爸喝多了酒，他伤心……他给我们跳舞，唱高加索歌……我想他唱的一定不是什么歌曲，那是他想他家乡的心情的嚎叫，他的声音大得厉害哩！我的妹妹米娜问他：'爸爸唱的是哪里的歌？'他接着就唱起'家乡''家乡'来了，他唱着许多家乡。我们生在中国；高加索，我们对它一点也不知道。妈妈也许是伤心的，她哭了！犹太人哭了——拉手风琴的人，他哭的时候，把吉卜赛女孩抱了起来。也许他们都想着'家乡'。可是，吉卜赛女孩不哭，我也不哭。米娜还笑着，她举起酒瓶来跟着父亲跳高加索舞，她一再说：'这就是火把！'爸爸说：'对的。'他还说高加索舞是有火把的。米娜一定是从电影上看到过火把。……爸爸举着三弦琴。"

索菲亚忽然变了一种声音：

"不知道吧！为什么我们成了'穷党'？因为是高加索人。哈尔滨的高加索人还不多，可是没有生活好的。从前是'穷党'，现在还是'穷党'。爸爸在高加索的时候种田，来到中国也是种田。现在他赶马车，他是一九一二年和妈妈跑到中国来的。爸爸总是说：'哪里也是一样，干活计就吃饭。'这话到现在他是不说的了……"

她父亲的马车回来了，院里嘟嘟地响着铃子。

我再去看她，那是半年以后的事，临告别的时候，索菲亚才从床上走下地板来。

"病好了我要回国的。工作，我不怕，人是要工作的。传说，那边工作很厉害。母亲说，还是不要回去吧！可人们没有想想，人们以为这边比那边待他还好！"走到门外她还说："'回国证'怕难一点，不要紧，没有'回国证'，我也是要回去的。"她走路的样子再不像跳舞，迟缓与艰难。

过了一个星期，我又去看她，我是带着糖果去的。

"索菲亚进了医院。"她的母亲说。

"医院在什么地方？"

她的母亲说的完全是俄语，那些俄文的街名，无论怎样是我所不懂的。

"可以吗？我去看看她？"

"可以，星期日可以，平常不可以。"

"医生说她是什么病？"

"肺病，很轻的肺病，没有什么要紧。'回国证'她是得不到的，'穷党'回国是难的。"

我把糖果放下就走了。这次送我出来的不是索菲亚，而是她的母亲。

# 记鹿地夫妇

池田在开仗的前夜，带着一匹小猫仔来到我家的门口，因为是夜静的时候，那鞋底拍着楼廊的声音非常响亮。

"谁呀！"

这声音并没有回答，我就看到是日本朋友池田，她的眼睛好像被水洗过的玻璃似的那么闪耀。

"她怎么这时候来呢，她从北四川路来的……"这话在我的思想里边绕了一周。

"请进来呀！"

一时看不到她的全身，因为她只把门开了一个小缝。

"日本和中国要打仗。"

"什么时候？"

"今天夜里四点钟。"

"真的吗？"

"一定的。"

我看一看表，现在是十一点钟。"一、二、三、四、五——"我说还有五个钟头。

那夜我们又讲了些别的就睡了。军睡在外室的小床上，我和池田就睡在内室的大床上，这一夜没有睡好，好像很热，小猫仔又那么叫，从床上跳到地上，从地上又跳到椅子上，而后再去撕着窗帘。快到四点钟的时候，我好像听到了两下枪响。

"池田，是枪声吧！"

"大概是。"

"你想鹿地怎么样，若真的今日开仗，明天他能跑出来不能？"

"大概能，那就不知道啦！"

夜里开枪并不是事实。第二天我们吃完饭，三个人坐在地板的凉席上乘凉。这时候鹿地来了，穿一条黄色的短裤，白衬衫，黑色的卷头发，日本式的走法。走到席子旁边，很习惯地就脱掉鞋子坐在席子上。看起来他很快活，日本话也说，中国字也有。他赶快地吸纸烟，池田给他做翻译。他一着急就又加几个中国字在里面，转过脸来向我们说：

"是的，叭叭开枪啦……"

"是什么地方开的？"我问他。

"在陆战队……边上。"

"你看见了吗？"

"看见的……"

他说话十分喜欢用手势："我，我，我看见啦……完全死啦！"而后他用手巾揩着汗。但是他非常快活，笑着，全身在轻松里边打着转。我看他像洗过羽毛的雀子似的振奋，因为他的眼光和嘴唇都像讲着与他不相干的，同时非常感到兴味的人一样。

夜晚快要到来，第一发的炮声过去了。而我们四个人——池田、鹿地、萧军和我——正在吃晚饭，池田的大眼睛对着我，萧军的耳向旁边歪着，我则感到心脏似乎在移动，但是我们合起声音来：

"哼！"彼此点了点头。

鹿地有点像西洋人的嘴唇，扣得很紧。

第二发炮弹发过去了。

池田仍旧用日本女人的跪法跪在席子上，我们大概是用一种假象把自己平定下来，所以仍旧吃着饭。鹿地的脸色自然变得很不好看了。若是我，我一定想到就是这炮声使我脱离了祖国；但是他的感情一会儿就恢复了。他说：

"日本这回坏啦，一定坏啦……"这话的意思是日本要打败的，日本的老百姓要倒霉的，他把这战争并不看得怎样可怕，他说日本军阀早一天破坏早一天好。

第二天他们到 S 家去住的。我们这里不大方便；邻居都知道他们是日本人，还有一个白俄在法国捕房当巡捕。街上打间谍，日本警察到他们从前住过的地方找过他们。在两国夹攻之下，他们开始被陷进去。

第二天我们到 S 家去看他们的时候，他们住在三层楼上，尤其是鹿地很开心，俨俨乎和主人一样。两张大写字台靠着窗子，写字台这边坐着一个，那边坐着一个，嘴上都叼着香烟，白金龙香烟四五罐，堆成个小塔形在桌子头上。他请我吃烟的时候，我看到他已经开始工作。很讲究的黑封面的大本子摊开在他的面前，他说他写日记了，当然他写的是日文，我看了一下也看不懂。一抬头看到池田在那边也张开了一个大本子。我想这真不得了，这种克制自己的力量，中国人很少能够做到。无论怎样说，这战争对于他们比对于我们，总是更痛苦的。又过了两天，大概他们已经写了一些日记了。他们开始劝我们，为什么不参加团体工作呢？鹿地说：

"你们不认识救亡团体吗？我给介绍！"这样好的中国话是池田给修改的。

"应该工作了，要快工作，快工作，日本军阀快完啦……"

他们说现在写文章，以后翻成别国文字，有机会他们要到各国去宣传。

我看他们好像变成了中国人一样。

二三日之后去看他们，他们没有了。说他们昨天下午一起出去就没有回来。临走时说吃饭不要等他们，至于哪里去了呢，S说她也不知道。又过了几天，又问了好几次，仍旧不知道他们在哪里。

或者被日本警察捉去啦，送回国去啦！或者住在更安全的地方，大概不能有危险吧！

一个月以后的事：我拿刀子在桌子上切葱花，准备午饭，这时候，有人打门，走进来的人是认识的，可是他一向没有来过，这次的来不知有什么事。但很快就得到结果了：鹿地昨夜又来到S家。听到他们并没有出危险，很高兴。但他接着再说下去就是痛苦的了。他们躲在别人家里躲了一个月，那家非赶他们离开不可，因为住日本人，怕当汉奸看待。S家很不便，当时S做救亡工作，怕被日本探子注意到。

"那么住到哪里去呢？"我问。

"就是这个问题呀！他们要求你去送一封信，我来就是找你去送信，你立刻到S家去。"

我送信的地方是个德国医生，池田一个月前在那里治过病，当上海战事开始的时候，医生太太向池田说过：假若在别的地方住不方便，可以搬到她家去暂住。有一次我陪池田去看医生，池田问他：

"你喜欢希特勒吗？"

医生说："唔……不喜欢。"并且说他不能够回德国。

根据这点，池田以为医生是很好的人，同时又受希特勒的压迫。

我送完了信，又回到S家去，我上楼说：

"可以啦，大概是可以。"

回信，我并没拆开读，因为我的英文不好。他们两个从地板上坐起来。打开这信：

"随时可来，我等候着……"池田说信上写着这样的话。

"我说对嘛！那医生当我临走的时候还说，把手伸给他，我知道他就了解了。"

这回鹿地并不怎样神气了，说话不敢大声，不敢站起来走动。晚饭就坐在地板的席子上吃的，台灯放在地上，灯头蒙了一块黑纱布，就在这微黑的带着神秘的三层楼上，我也和他们一起吃的饭。我端起碗来，再三地不能把饭咽下去。我看一看池田发亮的眼睛，好像她对她自己未知的命运还不如我对他们那样关心。

"吃鱼呀！"我记不得是他们谁把一段鱼尾摆在我的碗上来。

当一个人，在他去试验他出险的道路的前一刻，或者就正在出险之中，为什么还能够这样安宁呢！我实在对这晚餐不能够多吃。我为着我自己，我几次说着多余的闲间①话：

"我们好像山寨们在树林里吃饭一样……"接着我还是说："不是吗？看像不像？"

回答这话的没有人，我抬头看一看四壁，这是一间藏书房，四壁黑沉沉地站着书箱或书柜。

八点钟刚过，我就想去叫汽车，他们说，等一等，稍微晚一点更好。鹿地开始穿西装，白裤子，黑上衣，这是一个西洋朋友给他的旧衣裳（他自己的衣裳从北四路逃出来时丢掉了）。多么可笑啊！又像贾伯林②又像日本人。

"这个不要紧！"他指着已经蔓延起来的胡子对我说："像日本人不像？"

"不像。"但明明是像。

等汽车来了时，我告诉他：

"你绝对不能说话，中国话也不要说，不开口最好，若忘记了说出日

---

① 闲间：也叫间馆，乡下穷人闲时走走坐坐的地方。

② 贾伯林：卓别林。

本字来那是危险的。"

报纸上登载过法租界和英租界交界的地方，常常有小汽车被验查。假若没有人陪着他们，他们两个差不多就和哑子一样了。鹿地干脆就不能开口。至于池田，一听就知道说的是日本的中国话。

那天晚上下着一点小雨，记得大概我是坐在他们两个人之间，有两小箱笼颠动在我们膝盖的前边。爱多亚路被指路灯所照，好像一条虹彩似的展开在我们的面前，柏油路被车轮所擦过的纹痕，在路警指管着的红绿灯下，变成一条红的，而后又变成一条绿的，我们都把眼睛看着这动乱交错的前方。同时司机前面那块玻璃上有一根小棍来回地扫着那块扇形的地盘。

车子到了同孚路口了，我告诉车子左转，而后靠到马路的右边。

这座大楼本来是有电梯的，因为负责电梯的人不在，等不及了，就从扶梯跑上去。我们三个人都提着东西，而又都跑得快，好像这一路没有出险，多半是因为这最末的一跑才做到的。

医生在小客厅里接待着鹿地夫妇：

"弄错了啦，嗯！"

我所听到的，这是什么话呢？我看看鹿地，我看看池田，再看看胖医生。

"医生弄错啦，他以为是要来看病的人，所以随时可来。"

"那么房子呢？"

"房子他没有。"池田摆一摆手。

我想这回可成问题了，我知道 S 家绝对不能再回去。找房子立刻是可能的吗？而后我说：到我家去可以吗？

池田说："你们家那白俄呀！"

医生还不错，穿了雨衣去替他们找房子去了。在这中间，非常恐慌。

他说房子就在旁边，可是他去了好多时候没有回来。

"箱子里边有写的文章啊！老医生不是去通知捕房？"池田的眼睛好像枭鸟的眼睛那么大。

过了半点钟的样子，医生回来了，医生又把我们送到那新房子。

走进去一看，就像个旅馆，茶房非常多，说中国话的，说法国话的，说俄国话的，说英国话的。

刚一开战，鹿地就说过要到国际上去宣传，我看那时候，他可差不多去到国际上了。

这地方危险是危险的，怎么办呢？只得住下了。

中国茶房问："先生住几天呢？"

我说住一两天，但是鹿地说："不！不！"只说了半截就回去了，大概是日本话又来到嘴边上。

池田有时说中国话，有时说英国话，茶房来了一个，去了，又来了一个。

鹿地静静地站在一边。

大床、大桌子、大沙发，棚顶垂着沉重的带着锁的大灯头，并且还有一个外室，好像阳台一样。

茶房都去了，鹿地仍旧站着，地心有一块花地毯，他就站在地毯的边上。

我告诉他不要说日本话，因为隔壁的房子说不定住的是中国人。

"好好地休息吧！把被子摊在床上，衣箱就不要动了，三两天就要搬的。我把这情况通知别的朋友……"往下我还有话要说，中国茶房进来了，手里端着一个大白铜盘子，上面站着两个汽水瓶。我想这个五块钱一天的旅馆还给汽水喝！问那茶房，那茶房说是白开水，这开水怎样卫生，怎样经过过滤，怎样多喝了不会生病。正在这时候，他却来讲卫生了。

向中国政府办理证明书的人说，再有三五天大概就替他们领到，可是到第七天还没有消息。他们在那房子里边，简直和小鼠似的，地板或什么东西有时格格作响，至于讲话的声音，外边绝对听不到。

每次我去的时候，鹿地好像还是照旧的样子，不然就是变了点，也究竟没变了多少，喜欢讲笑话。不知怎么想起来的，他又说他怕女人：

"女人我害怕，别的我不怕……女人我最怕。"

"帝国主义你不怕？"我说。

"我不怕，我打死他。"

"日本警察捉你也不怕？"我和池田是站在一面的。

池田听了也笑，我也笑，池田在这几天的不安中也破例了。

"那么你就不用这里逃到那里，让日本警察捉去好啦！其实不对的，你还是最怕日本警察。我看女人并不绝顶地厉害，还是日本警察绝顶地厉害。"

我们都笑了，但是都没有高声。

最显现在我面前的是他们两个有点憔悴的颜面。

有一天下午，我陪着他们谈了两个多钟头，对于这一点点时间，他们是怎样地感激呀！我临走时说：

"明天有工夫，我早点来看你们，或者是上午。"

尤其是池田立刻说谢谢，并且立刻和我握握手。

第二天我又来迟了，池田不在房里。鹿地一看到我，就从桌上摸到一块白纸条。他摇一摇手，而后他在纸条上写着：

今天下午有巡捕在门外偷听了，一下午英国巡捕（即印度巡捕）、中国巡捕，从一点钟起停到五点钟才走。

但最感动我的是他在纸条上出现着这样的字：今天我决心被捕。

"这被捕不被捕，怎能是你决心不决心的呢？"这话我不能对他说，因为我知道他用的是日本文法。

我又问他：打算怎样呢？他说没有办法，池田去到 S 家里。

那个时候经济也没有了，证明书还没有消息。租界上日本有追捕日本人或韩国人的自由。想要脱离租界，而又一步不能脱离。到中国人住的地界去，要被中国人误认作间谍。

他们的生命，就像系在一根线上那么脆弱。

那天晚上，我把他们的日记、文章和诗，包集起来带着离开他们。我说："假使日本人把你们捉回去，说你们帮助中国，总是没有证据的呀！"

我想我还是赶快走的好，把这些致命的东西快些带开。

临走时我和他握握手，我说不怕。至于怕不怕，下一秒钟谁都没有把握。但我是说了，就像说给站在狼洞里边的孩子一样。

以后再去看他们，他们就搬了，我们也就离开上海。

# 牙粉医病法

池田的袍子非常可笑，那么厚，那么圆，那么胖，而后又穿了一件单的短外套，那外套是工作服的样式，而且比袍子更宽。她说："这多么奇怪！"

我说："这还不算奇怪，最奇怪的是你再穿了那件灰布的棉外套，街上的人看了不知要说你是做什么的，看袍子像太太小姐，看外套像军人。"因为那棉外套是她借来的，是军用的衣服。她又穿了中国的长棉裤，又穿了中国的软底鞋。因为她是日本人，穿了地道的中国衣裳，是有点可笑。

"那就说你是从前线上退下来的好啦！并且说受了点伤，现在还没有完全好，所以穿了这样宽的衣裳。"

她笑了："是的，是……就说日本兵在这边用刺刀刺了一个洞……"

她假装用刺刀在手腕上刺了一个洞的样子。

"刺了一个洞，又怎样呢？"我问。

"刺了一个洞而后一吹，就把人吹胖啦。"她又说："中国老百姓，一定相信。因为一切坏事，一切奇怪的事，日本人都做得出来。"

就像小孩子说的怪话一样，她自己也笑，我也笑。她笑得连杯子都举不起来的样子——我和她是在吃茶。

"你觉得奇怪吗？这是没有的事吗？我的弟弟就被吹过……"

她一听我这话，笑得用了手巾揩着眼睛："怎么！怎么！"

"真的，真被吹过……"我这故事不能开展下去，她在不住地笑，笑得咳嗽起来。

"你听我告诉你,那是在肚子上,可不是像你说的在手上……用一个一手指长,一分粗的玻璃管,这玻璃管就从肚脐下边一寸的地方刺进去。玻璃管连着一条好几尺长的胶皮管,胶皮管的另一头有一个茶杯一般大的漏斗,从那个漏斗吹进一壶冷水去,后来死啦。"

"被吹死啦……"很不容易抑止的大笑,她又开始了。

其实是从漏斗把冷水灌进去的,因为肚子渐渐地大起来,看去好像是被气吹起来的一样。

我费了很大工夫给她解说:"我的弟弟患的是黑死病,并且全个县城都在死亡的恐怖中。那是一种特别的治法,在医学上这种灌水法并不存在。"我又告诉她,我写《生死场》的时候把这段写上,鲁迅看了都莫明其妙,鲁迅先生是研究过医学的。他说:"在医学上可没有这样的治疗法。"

既然这样说,我就更奇怪了,鲁迅先生研究过医学是真的,我的弟弟被冷水灌死了也是真的。

我又告诉池田,说那医生是天主教堂的医生,是英国人。

"你觉得外国人可靠的,那不对。中国真是殖民地,他们跑到中国来做实验来啦。你想,肚子灌冷水,那怎么可以?帝国主义除了枪刀之外,他们还做老百姓所看不见的……他们把中国人就看成他们实验室里的动物一样。三百个人通通用一样方法治疗,其中死了一百五,活了一百五,或是活了一百死了二百,也或者通通死掉啦!这个他们不管,他们把中国人看成动物一样……在他们自己的国家里,随便实验是不成的呀!"

我想,这也许吧!我的弟弟或者就是被实验死的。她的话,相信是相信了,因为她不懂得医学,所以我相信得并不十分确切。

"我告诉过你,我的父亲是军医,他到满洲去的时候,关于他在中国治病,写了很多日记。上边有德文,我在学德文时,我就拿他的日记看,上面写着关于黑死病,到满洲去试试看,用各种的药,用各种的方法试试看。"

"你想！这不是真的吗？还有啊！我父亲的朋友，每天到我们家来打麻将，他说：到中国去治病很不费事，因为中国人有很多的他们还没有吃过药，所以吃一点药无论什么病都治。给他们一点牙粉吃，头痛也好啦，肚子痛也好啦……"

这真是奇事，我从未听说过，怎么我们中国人是常常吃牙粉的吗？

又从吃牙粉谈到吃人肉，日本兵杀死老百姓或士兵，用火烤着吃了的故事，报纸上常常看见。这个我也相信。池田说："日本兵吃女人的肉是可能的。他们把中国女人奸污之后，用刺刀杀死，一看女人的肉很白，很漂亮，用刺刀切下一块来，一定是几个人开玩笑，用火烤着吃一吃，因为他们今天活着，明天活不活着他们不知道，将来什么时候回家也不知道，是一种变态心理……老百姓大概他们不吃，那很脏的，皮肤也是黑的……而且每天要杀死很多……"

关于日本兵吃人肉的故事，我也相信了，就像中国人相信外国医生比中国医生好一样。

池田是生在帝国主义的家庭里，所以她懂得他们比我们懂得的更多。我们一走出那个吃茶店，玻璃窗子前面坐着的两个小孩，正在唱着："杀掉鬼子们的头……"其实鬼子真正厉害的地方他们还不知道呢！

第三辑　爱与温暖

# 永久的憧憬和追求

一九一一年，在一个小县城里边，我生在一个小地主的家里。那县城差不多就是中国的最东最北部——黑龙江省——所以一年之中，倒有四个月飘着白雪。

父亲常常为着贪婪而失掉了人性。他对待仆人，对待自己的儿女，以及对待我的祖父都是同样地吝啬而疏远，甚至于无情。

有一次，为着房屋租金的事情，父亲把房客的全套的马车赶了过来。房客的家属们哭着诉说着，向我的祖父跪了下来，于是祖父把两匹棕色的马从车上解下来还了回去。

为着这匹马，父亲向祖父起着终夜的争吵。"两匹马，咱们是算不了什么的，穷人，这匹马就是命根。"祖父这样说着，而父亲还是争吵。我九岁时，母亲死去。父亲也就更变了样，偶然打碎了一只杯子，他就要骂到使人发抖的程度。后来就连父亲的眼睛也转了弯，每从他的身边经过，我就像自己的身上生了针刺一样；他斜视着你，他那高傲的眼光从鼻梁经过嘴角而后往下流着。

所以每每在大雪中的黄昏里，围着暖炉，围着祖父，听着祖父读着诗篇，看着祖父读着诗篇时微红的嘴唇。

父亲打了我的时候，我就在祖父的房里，一直面向着窗子，从黄昏到深夜——窗外的白雪，好像白棉花一样飘着；而暖炉上水壶的盖子，则像伴奏的乐器似的振动着。

祖父时时把多纹的两手放在我的肩上，而后又放在我的头上，我的耳边便响着这样的声音：

"快快长吧！长大就好了。"

二十岁那年，我就逃出了父亲的家庭。直到现在还是过着流浪的生活。

"长大"是"长大"了，然而没有"好"。

可是从祖父那里，知道了人生除掉了冰冷和憎恶而外，还有温暖和爱。

所以我就向这"温暖"和"爱"的方面，怀着永久的憧憬和追求。

# 蹲在洋车上

看到了乡巴佬坐洋车，忽然想起一个童年的故事。

当我还是小孩的时候，祖母常常进街。我们并不住在城外，只是离市镇较偏的地方罢了！有一天，祖母又要进街，命令我：

"叫你妈妈把'斗风'给我拿来！"

那时因为我过于娇惯，把舌头故意缩短一些，叫斗篷作"斗风"，所以祖母学着我，把"风"字拖得很长。

她知道我最爱惜皮球，每次进街的时候，她问我："你要些什么呢？"

"我要皮球。"

"你要多大的呢？"

"我要这样大的。"

我赶快把手臂拱向两面，好像张着的鹰的翅膀。大家都笑了！祖父轻动着嘴唇，好像要骂我一些什么话，因我的小小的姿势感动了他。

祖母的斗篷消失在高烟囱的背后。

等她回来的时候，什么皮球也没带给我，可是我也不追问一声："我的皮球呢？"

因为每次她也不带给我；下次祖母再上街的时候，我仍说是要皮球，我是说惯了，我是熟练而惯于做那种姿势。

祖母上街尽是坐马车回来，今天却不是，她睡在仿佛是小槽子里，大概是槽子装置了两个大车轮。非常轻快，雁似的从大门口飞来，一直到房门。在前面挽着的那个人，把祖母停下，我站在玻璃窗里，小小的心灵上，有无限的奇秘冲击着。我以为祖母不会从那里头走出来，我想祖母为什么要被装进槽子里呢？我渐渐惊怕起来，我完全变成个呆气的孩子，把头盖顶住玻璃，想尽方法理解我所不能理解的那个从来没有见过的槽子。

很快我领会了！见祖母从口袋里拿钱给那个人，并且祖母非常兴奋，她说叫着，斗篷几乎从她的肩上脱溜下去！

"呵！今天我坐的东洋驴子回来的，那是过于安稳呀！还是头一次呢，我坐过安稳的车子！"

祖父在街上也看见过人们所呼叫的东洋驴子，妈妈也没有奇怪。只是我，仍旧头皮顶撞在玻璃那儿，我眼看那个驴子从门口飘飘地不见了！我的心魂被引了去。

等我离开窗子，祖母的斗篷已是脱在炕的中央，她嘴里叨叨地讲着她街上所见的新闻。可是我没有留心听，就是给我吃什么糖果之类，我也不会留心吃，只是那样的车子太吸引我了！太捉住我小小的心灵了！

夜晚在灯光里，我们的邻居，刘三奶奶摇闪着走来，我知道又是找祖母来谈天的。所以我稳稳当当地占了一个位置在桌边。于是我咬起嘴唇来，仿佛大人样能了解一切话语，祖母又讲关于街上所见的新闻，我用心听，我十分费力！

"……那是可笑，真好笑呢！一切人站下瞧，可是那个乡巴佬还是不知道笑自己，拉车的回头才知道乡巴佬是蹲在车子前放脚的地方，拉车的问：'你为什么蹲在这地方？'他说怕拉车的过于吃力，蹲着不是比坐着强吗？比坐在那里不是轻吗？所以没敢坐下……"

邻居的三奶奶，笑得几个残齿完全摆在外面，我也笑了！祖母还说，她感到这个乡巴佬难以形容，她的态度，她所用的一切字眼，都是引人发笑。

"后来那个乡巴佬，你说怎么样？他从车上跳下来，拉车的问他为什么跳，他说：若是蹲着嘛，那还行。坐着，我实在没有那样的钱。拉车的说：坐着，我不多要钱。那个乡巴佬到底不信这话，从车上搬下他的零碎东西，走了。他走了！"

我听得懂，我觉得费力，我问祖母："你说的，那是什么驴子？"

她不懂我的半句话，拍了一下我的头，当时我真是不能记住那样繁复的名词。过了几天祖母又上街，又是坐驴子回来的，我的心里渐渐羡慕那驴子，也想要坐驴子。

过了两年，六岁了！我的聪明，也许是我的年岁吧！支持着我使我愈见讨厌我那个皮球，那真是太小，而又太旧了；我不能喜欢黑脸皮球，我爱上邻家孩子手里那个大的；买皮球，好像我的志愿，一天比一天坚决起来。

向祖母说，她答："过几天买吧，你先玩这个吧！"

又向祖父请求，他答："这个不是还很好吗？不是没有出气吗？"

我得知他们的意思是说旧皮球还没有破，不能买新的。于是把皮球在脚下用力捣毁它，任是怎样捣毁，皮球仍是很圆，很鼓，后来到祖父面前让他替我踏破！祖父变了脸色，像是要打我，我跑开了！

从此，我每天表示不满意的样子。

终于一个晴朗的夏日，戴起小草帽来，自己出街去买皮球了！朝向母亲曾领我到过的那家铺子走去，离家不远的时候，我的心智非常光明，能够分辨方向，我知道自己是向北走。过了一会儿，不然了！太阳我也找不着了！一块块的招牌，依我看来都是一个样。街上的行人好像每个要撞倒我似的，就连马车也好像是旋转着。我不晓得自己走了多远，只是我实在疲劳。不能再寻找那家商店；我急切地想回家，可是家也寻觅不到了。我是从哪一条路来的？究竟家是在什么方向？

我忘记一切危险，在街心停住，我没有哭，把头向天，去看太阳。因为平常爸爸不是拿指南针看看太阳就知道或南或北吗？我虽然看了，只见太阳在街路中央，别的什么都不能知道。我无心留意街道，跌倒在阴沟板上面。

"小孩！小心点。"

身边的马车夫驱着车子过去，我想问他我的家在什么地方，他走过了！我昏沉极了！忙问一个路旁的人："你知道我的家吗？"

他好像知道我是被丢的孩子，或许那时候我的脸上有什么急慌的神色，那人跑向路的那边去，把车子拉过来，我知道他是洋车夫，他和我开玩笑一般："走吧！坐车回家吧！"

我坐上了车，他问我，总是玩笑一般的："小姑娘！家在哪里呀？"

我说："我们离南河沿不远，我也不知道哪面是南，反正我们南边有河。"

走了一会儿，我的心渐渐平稳，好像动荡的一盆水，渐渐静止下来，可是不多一会儿，我忽然忧愁了！抱怨自己皮球仍是没有买成！从皮球联想到祖母骗我给买皮球的故事，很快又联想到祖母讲的关于乡巴佬坐东洋驴子的故事。于是我想试一试，怎样可以像个乡巴佬。该怎样蹲法呢？轻轻地从座位滑下来，当我还没有蹲稳当的时节，拉车的回过头来："你要做什么呀？"

我说："我要蹲一蹲试试，你答应我蹲吗？"

他看我已经偎在车前放脚的那个地方，于是他向我深深地做了一个鬼脸，嘴里哼着："倒好哩！你这样孩子，很会淘气！"

车子跑得不很快，我忘记街上有没有人笑我。车跑到红色的大门楼，我知道家了！我应该起来呀！应该下车呀！不，目的想给祖母一个意外的发笑，等车拉到院心，我仍蹲在那里，像耍猴人的猴样，一动不动。祖母笑着跑出来了！祖父也是笑！我怕他们不晓得我的意义，我用尖音喊：

"看我！乡巴佬蹲东洋驴子！乡巴佬蹲东洋驴子呀！"

只有妈妈大声骂着我，忽然我怕她要打我，我是偷着上街的。

洋车忽然放停，从上面我倒滚下来，不记得跌伤没有。祖父猛力打了拉车的，说他欺侮小孩，说他不让小孩坐车让蹲在那里。没有给他钱，从院子把他轰出去。

所以后来，无论祖父对我怎样疼爱，心里总是生着隔膜，我不同意他打洋车夫，我问："你为什么打他呢？那是我自己愿意蹲着。"

祖父把眼睛斜视一下："有钱的孩子是不受什么气的。"

现在我是二十多岁了！我的祖父死去多年了！在这样的年代中，我没发现一个有钱的人蹲在洋车上；他有钱，他不怕车夫吃力，他自己没拉过车，自己所尝到的，只是被拉着的舒服滋味。假若偶尔有钱人家的小孩子要蹲在车厢中玩一玩，那么孩子的祖父出来，拉洋车的便要被打。

可是我呢？现在变成个没有钱的孩子了！

# 祖 父

## 一

呼兰河这小城里边住着我的祖父。

我出生的时候，祖父已经六十多岁了，我长到四五岁，祖父就快七十了。

我家有一个大花园，这花园里蜂子、蝴蝶、蜻蜓、蚂蚱，样样都有。蝴蝶有白蝴蝶，黄蝴蝶。这种蝴蝶极小，不太好看。好看的是大红蝴蝶，满身带着金粉。

蜻蜓是金的，蚂蚱是绿的，蜂子则嗡嗡地飞着，满身绒毛，落到一朵花上，胖圆圆的就和一个小毛球似的不动了。

花园里边明晃晃的，红的红，绿的绿，新鲜漂亮。

据说这花园，从前是一个果园。祖母喜欢吃果子就种了果园。祖母又喜欢养羊，羊就把果树给啃了。果树于是都死了。到我有记忆的时候，园子里就只有一棵樱桃树，一棵李子树。因为樱桃和李子都不大结果子，所以觉得它们是并不存在的。小的时候，只觉得园子里边就有一棵大榆树。

这榆树在园子的西北角上，来了风，这榆树先啸，来了雨，大榆树先就冒烟了。太阳一出来，大榆树的叶子就发光了，它们闪烁得和沙滩上的蚌壳一样了。

祖父一天都在后园里边，我也跟着祖父在后园里边。祖父戴一个大草帽，我戴一个小草帽，祖父栽花，我就栽花；祖父拔草，我就拔草。当祖父下种，种小白菜的时候，我就跟在后边，把那下了种的土窝，用脚一个一个地溜平，哪里会溜得准，东一脚西一脚地瞎闹。有的不单没把菜种用土盖上，反而把菜籽踢飞了。

小白菜长得非常之快，没有几天就冒了芽了。一转眼就可以拔下来吃了。

祖父铲地，我也铲地；因为我太小，拿不动那锄头杆，祖父就把锄头杆拔下来，让我单拿着那个锄头的"头"来铲。其实哪里是铲，也不过趴在地上，用锄头乱钩一阵就是了。也认不得哪个是苗，哪个是草。往往把韭菜当作野草一起地割掉，把狗尾草当作谷穗留着。

等祖父发现我铲的那块满留着狗尾草的一片，他就问我："这是什么？"

我说："谷子。"

祖父大笑起来，笑得够了，把草摘下来问我："你每天吃的就是这个吗？"

我说："是的。"

我看着祖父还在笑，我就说："你不信，我到屋里拿来你看。"

我跑到屋里拿了鸟笼上的一头谷穗，远远地就抛给祖父了。说："这不是一样的吗？"

祖父慢慢地把我叫过去，讲给我听，说谷子是有芒针的；狗尾草则没有，只是毛嘟嘟的，真像狗尾巴。

祖父虽然教我，我看了也并不细看，也不过马马虎虎承认下来就是了。一抬头看见一个黄瓜长大了，跑过去摘下来，我又去吃黄瓜了。

黄瓜也许没有吃完，又看见了一个大蜻蜓从旁飞过，于是丢了黄瓜又追蜻蜓去了。蜻蜓飞得多么快，哪里会追得上。好在一开初也没有存心一定追上，所以站起来，跟了蜻蜓跑了几步就又去做别的了。

采一个倭瓜花心，捉一个大绿豆青蚂蚱，把蚂蚱腿用线绑上，绑了一会儿，也许把蚂蚱腿就绑掉，线头上只拴了一只腿，而不见蚂蚱了。

玩腻了，又跑到祖父那里去乱闹一阵，祖父浇菜，我也抢过来浇，奇怪的就是并不往菜上浇，而是拿着水瓢，拼尽了力气，把水往天空里一扬，大喊着："下雨了，下雨了。"

太阳在园子里是特别大的，天空是特别高的，太阳的光芒四射，亮得使人睁不开眼睛，亮得蚯蚓不敢钻出地面来，蝙蝠不敢从什么黑暗的地方飞出来。是凡在太阳下的，都是健康的，漂亮的，拍一拍连大树都会发响的，叫一叫就是站在对面的土墙都会回答似的。

花开了，就像花睡醒了似的。鸟飞了，就像鸟上天了似的。虫子叫了，就像虫子在说话似的。一切都活了。都有无限的本领，要做什么，就做什么。要怎么样，就怎么样。都是自由的。倭瓜愿意爬上架就爬上架，愿意爬上房就爬上房。黄瓜愿意开一个谎花，就开一个谎花，愿意结一个黄瓜，就结一个黄瓜。若都不愿意，就是一个黄瓜也不结，一朵花也不开，也没有人问它。玉米愿意长多高就长多高，它若愿意长上天去，也没有人管。蝴蝶随意地飞，一会儿从墙头上飞来一对黄蝴蝶，一会儿又从墙头上飞走了一个白蝴蝶。它们是从谁家来的，又飞到谁家去？太阳也不知道这个。

只是天空蓝幽幽的，又高又远。

可是白云一来了的时候，那大团的白云，好像洒了水的白银似的，从祖父的头上经过，好像要压到了祖父的草帽那么低。

我玩累了，就在房子底下找个阴凉的地方睡着了。不用枕头，不用席子，就把草帽遮在脸上就睡了。

# 二

祖父的眼睛是笑盈盈的，祖父的笑，常常笑得和孩子似的。

祖父是个长得很高的人，身体很健康，手里喜欢拿着个手杖。嘴上则不住地抽着旱烟管，遇到了小孩子，每每喜欢开个玩笑，说：

"你看天空飞个家雀。"

趁那孩子往天空一看，就伸出手去把那孩子的帽子给取下来了，有的时候放在长衫的下边，有的时候放在袖口里头。他说：

"家雀叼走了你的帽子啦。"

孩子们都知道了祖父的这一手了，并不以为奇，就抱住他的大腿，向他要帽子，摸着他的袖管，撕着他的衣襟，一直到找出帽子来为止。

祖父常常这样做，也总是把帽子放在同样的地方，总是放在袖口和衣襟下。那些搜索他的孩子没有一次不是在他衣襟下把帽子拿出来的，好像他和孩子们约定了似的："我就放在这块儿，你来找吧！"

这样地不知做过了多少次，就像老太太在永久讲着"上山打老虎"这一个故事给孩子们听似的，哪怕是已经听过了五百遍，也还是在那里回回拍手，回回叫好。

每当祖父这样做一次的时候，祖父和孩子们都一齐地笑得不得了。好像这戏还像第一次演似的。

别人看了祖父这样做，也有笑的，可不是笑祖父的手法好，而是笑他天天使用一种方法抓掉了孩子的帽子，这未免可笑。

祖父不怎样会理财，一切家务都由祖母管理。祖父只是自由自在地一天天闲着；我想，幸好我长大了，我三岁了，不然祖父该多寂寞。我会走了，我会跑了。我走不动的时候，祖父就抱着我；我走动了，祖父就拉着我。一天到晚，门里门外，寸步不离，而祖父多半是在后园里，于是我也在后园里。

我小的时候，没有什么同伴，我是我母亲的第一个孩子。

我记事很早，在我三岁的时候，我记得我的祖母用针刺过我的手指，所以我很不喜欢她。我家的窗子，都是四边糊纸，当中嵌着玻璃。祖母是有洁癖的，以她屋的窗纸最白净。别人抱着把我一放在祖母的炕边上，我不假思索地就要往炕里边跑，跑到窗子那里，就伸出手去，把那白白的透着花窗棂的纸窗给捅了几个洞，若不加阻止，就必得挨着排给捅破；若有人招呼着我，我也得加速地抢着多捅几个才能停止。手指一触到窗上，那纸窗像小鼓似的，嘭嘭地就破了。破得越多，自己越得意。祖母若来追我的时候，我就越得意了，笑得拍着手，跳着脚的。

有一天祖母看我来了，她拿了一个大针就到窗子外边去等我去了。我刚一伸出手去，手指就痛得厉害。我就叫起来了。那就是祖母用针刺了我。

从此，我就记住了，我不喜她。虽然她也给我糖吃，她咳嗽时吃猪腰烧川贝母，也分给我猪腰，但是我吃了猪腰还是不喜她。

在她临死之前，病重的时候，我还曾吓了她一跳。有一次她自己一个人坐在炕上熬药，药壶是坐在炭火盆上，因为屋里特别寂静，听得见那药壶咕嘟咕嘟地响。祖母住着两间房子，是里外屋，恰巧外屋也没有人，里屋也没人，就是她自己。我把门一开，祖母并没有看见我，于是我就用拳头在板隔壁上，咚咚地打了两拳。我听到祖母"哟"的一声，铁火剪子①就掉在地上了。

我再探头一望，祖母就骂起我来。她好像就要下地来追我似的。我就一边笑着，一边跑了。

———————
① 火剪子：火钳子。

　　我这样地吓唬祖母，也并不是向她报仇，那时我才五岁，是不晓得什么的，也许觉得这样好玩。

　　祖父一天到晚是闲着的，祖母什么工作也不分配给他。只有一件事，就是祖母的地椽①上的摆设，有一套锡器，却总是祖父擦的。这可不知道是祖母派给他的，还是他自动地愿意工作。每当祖父一擦的时候，我就不高兴。一方面是不能领着我到后园里去玩了，另一方面祖父因此常常挨骂，祖母骂他懒，骂他擦得不干净。祖母一骂祖父的时候，就常常不知为什么连我也骂上。

　　祖母一骂祖父，我就拉着祖父的手往外边走，一边说：

　　"我们到后园里去吧。"

　　也许因此祖母也骂了我。

　　她骂祖父是"死脑瓜骨"，骂我是"小死脑瓜骨"。

　　我拉着祖父就到后园里去了，一到了后园里，立刻就另是一个世界了。绝不是那房子里的狭窄的世界，而是宽广的，人和天地在一起，天地是多么大，多么远，用手摸不到天空。而土地上所长的又是那么繁华，一眼看上去，是看不完的，只觉得眼前鲜绿的一片。

　　一到后园里，我就没有对象地奔了出去，好像我是看准了什么而奔去了似的，好像有什么在那儿等着我似的。其实我是什么目的也没有。只觉得这园子里边无论什么东西都是活的，好像我的腿也非跳不可了。

　　若不是把全身的力量跳尽，（我是不会停下来的。）祖父怕我累了想招呼住我，那是不可能的，反而他越招呼，我越不听话。

　　等到自己实在跑不动了，才坐下来休息，那休息也是很快的，也不过随便在秧子上摘下一个黄瓜来，吃了也就好了。

　　休息好了又是跑。

――――――――――

① 地椽（chèn）：棺材。

　　樱桃树，明明是没有结樱桃，就偏跑到树上去找樱桃。李子树是半死的样子了，本不结李子的，就偏去找李子。一边在找，还一边大声地喊，在问着祖父：

　　"爷爷，樱桃树为什么不结樱桃？"

　　祖父老远地回答着：

　　"因为没有开花，就不结樱桃。"

　　再问：

　　"为什么樱桃树不开花？"

　　祖父说：

　　"因为你嘴馋，它就不开花。"

　　我一听了这话，明明是嘲笑我的话，于是就飞奔着跑到祖父那里，似乎是很生气的样子。等祖父把眼睛一抬，他用了完全没有恶意的眼睛一看我，我立刻就笑了，而且是笑了半天的工夫才能够止住，不知哪里来了那许多的高兴。后园一时都让我搅乱了，我笑的声音不知有多大，自己都感到震耳了。

　　后园中有一棵玫瑰，一到五月就开花的，一直开到六月。花朵和酱油碟那么大。开得很茂盛，满树都是，因为花香，招来了很多的蜂子，嗡嗡地在玫瑰树那儿闹着。

　　别的一切都玩厌了的时候，我就想起来去摘玫瑰花，摘了一大堆，把草帽脱下来用帽兜子盛着。在摘那花的时候，有两种恐惧，一种是怕蜂子的钩刺人，另一种是怕玫瑰的刺刺手。好不容易摘了一大堆，摘完了可又不知道做什么了。忽然异想天开，这花若给祖父戴起来该多好看。

　　祖父蹲在地上拔草，我就给他戴花。祖父只知道我是在捉弄他的帽子，而不知道我到底是在干什么。我把他的草帽给他插了一圈的花，红彤彤的二三十朵。我一边插着一边笑，当我听到祖父说："今年春天雨水大，咱们这棵玫瑰开得这么香。二里路也怕闻得到的。"就把我笑得哆嗦起来。我几乎没有支持的能力再插上去。

等我插完了，祖父还是安然地不晓得。他还照样地拔着垄上的草。我跑得很远地站着，我不敢往祖父那边看，一看就想笑。所以我借机进屋去找一点吃的来，还没有等我回到园中，祖父也进屋来了。

那满头红彤彤的花朵，一进来祖母就看见了。她看见什么也没说，就大笑了起来。父亲母亲也笑了起来，而以我笑得最厉害，我在炕上打着滚笑。

祖父把帽子摘下来一看，原来那玫瑰的香并不是因为今年春天雨水大的缘故，而是那花就顶在他的头上。

他把帽子放下，他笑了十多分钟还停不住，过一会儿一想起来，又笑了。

祖父刚有点忘记了，我就在旁边提醒着说：

"爷爷……今年春天雨水大呀……"一提起，祖父的笑就来了。于是我也在炕上打起滚来。

就这样一天一天的，祖父，后园，我，这三样是一样也不可缺少的了。

刮了风，下了雨，祖父不知怎样，在我却是非常寂寞的了。去没有去处，玩没有玩的，觉得这一天不知有多少日子那么长。

# 祖父死了的时候

祖父总是有点变样子，他喜欢流起眼泪来，同时过去很重要的事情他也忘掉。比方过去那一些他常讲的故事，现在讲起来，讲了一半下一半他就说："我记不得了。"

某夜，他又病了一次，经过这一次病，他竟说："给你三姑写信，叫她来一趟，我不是四五年没看过她吗？"他叫我写信给我已经死去五年的姑母。

那次离家是很痛苦的。学校来了开学通知信，祖父又一天一天地变样起来。

祖父睡着的时候，我就躺在他的旁边哭，好像祖父已经离开我死去似的，一面哭着一面抬头看他凹陷的嘴唇。我若死掉祖父，就死掉我一生最重要的一个人，好像他死了就把人间一切"爱"和"温暖"带得空空虚虚。我的心被丝线扎住或铁丝绞住了。

我联想到母亲死的时候。母亲死了以后，父亲怎样打我，又娶一个新母亲来。这个母亲很客气，不打我，就是骂，也是指着桌子或椅子来骂我。客气是越客气了，但是冷淡了，疏远了，生人一样。

"到院子去玩玩吧！"祖父说了这话之后，在我的头上撞了一下，"喂！你看这是什么？"一个金黄色的橘子落到我的手中。

夜间不敢到茅厕去，我说："妈妈同我到茅厕去趟吧。"

"我不去！"

"那我害怕呀！"

"怕什么？"

"怕什么？怕鬼怕神？"父亲也说话了，把眼睛从眼镜上面看着我。

冬天，祖父已经睡下，赤着脚，开着纽扣跟我到外面茅厕去。

学校开学，我迟到了四天。三月里，我又回家一次，正在外面叫门，里面小弟弟嚷着："姐姐回来了！姐姐回来了！"大门开时，我就远远注意着祖父住着的那间房子。果然祖父的面孔和胡子闪现在玻璃窗里。我跳着笑着跑进屋去。但不是高兴，只是心酸，祖父的脸色更惨淡更白了。等屋子里一个人没有时，他流着泪，他慌慌忙忙地一边用袖口擦着眼泪，一边抖动着嘴唇说："爷爷不行了，不知早晚……前些日子好险没跌……跌死。"

"怎么跌的？"

"就是在后屋，我想去解手，招呼人，也听不见，按电铃也没有人来，就得爬啦。还没到后门口，腿颤，心跳，眼前发花了一阵就倒下去。没跌断了腰……人老了，有什么用处！爷爷是八十一岁呢。"

"爷爷是八十一岁。"

"没用了，活了八十一岁还是在地上爬呢！我想你看不着爷爷了，谁知没有跌死，我又慢慢爬到炕上。"

我走的那天也是和我回来那天一样，白色的脸的轮廓闪现在玻璃窗里。

在院心我回头看着祖父的面孔，走到大门口，在大门口我仍可看见，出了大门，就被门扇遮断。

从这一次祖父就与我永远隔绝了。虽然那次和祖父告别，并没说出一个永别的字。我回来看祖父，这回门前吹着喇叭，幡杆① 挑得比房头更高，马车离家很远的时候，我已看到高高的白色幡杆了，吹鼓手们的喇叭怆凉地在悲号。马车停在喇叭声中，大门前的白幡、白对联、院心的灵棚、闹嚷嚷的许多人，吹鼓手们响起呜呜的哀号。

---

① 幡杆：系幡的杆。幡有很多种，这里指旧时出殡时所立的招魂的白色的旗子。

这回祖父不坐在玻璃窗里，是睡在堂屋的板床上，没有灵魂地躺在那里。我要看一看他白色的胡子，可是怎样看呢！拿开他脸上蒙着的纸吧，胡子、眼睛和嘴，都不会动了，他真的一点感觉也没有了？我从祖父的袖管里去摸他的手，手也没有感觉了。祖父这回真死去了啊！

祖父装进棺材去的那天早晨，正是后园里玫瑰花开放满树的时候。我扯着祖父的一张被角，抬向灵前去。吹鼓手在灵前吹着大喇叭。

我怕起来，我号叫起来。

"咣咣！"黑色的、半尺厚的灵柩盖子压上去。

吃饭的时候，我饮了酒，用祖父的酒杯饮的。饭后我跑到后园玫瑰树下去卧倒，园中飞着蜂子和蝴蝶，绿草的清凉的气味，这都和十年前一样。可是十年前死了妈妈。妈妈死后我仍是在园中扑蝴蝶；这回祖父死去，我却饮了酒。

过去的十年我是和父亲打斗着生活。在这期间我觉得人是残酷的东西。父亲对我是没有好面孔的，对于仆人也是没有好面孔的，他对于祖父也是没有好面孔的。因为仆人是穷人，祖父是老人，我是个小孩子，所以我们这些完全没有保障的人就落到他的手里。后来我看到新娶来的母亲也落到他的手里，他喜欢她的时候，便同她说笑；他恼怒时便骂她，母亲渐渐也怕起父亲来。

母亲也不是穷人，也不是老人，也不是孩子，怎么也怕起父亲来呢？我到邻家去看看，邻家的女人也是怕男人。我到舅家去，舅母也是怕舅父。

我懂得的尽是些偏僻的人生，我想世间死了祖父，就没有再同情我的人了，世间死了祖父，剩下的尽是些凶残的人了。

我饮了酒，回想，幻想……

以后我必须不要家，到广大的人群中去，但我在玫瑰树下颤怵①了，人群中没有我的祖父。

所以我哭着，整个祖父死的时候我哭着。

① 颤怵：因惊恐而颤抖。

# 初 冬

初冬，我走在清凉的街道上，遇见了我的弟弟。

"莹姐，你走到哪里去？"

"随便走走吧！"

"我们去吃一杯咖啡，好不好，莹姐？"

咖啡店的窗子在帘幕下挂着苍白的霜层。我把领口脱着毛的外衣搭在衣架上。

我们开始搅着杯子铃啷地响了。

"天冷了吧！并且也太孤寂了，你还是回家的好。"弟弟的眼睛是深黑色的。

我摇了头，我说："你们学校的篮球队近来怎么样？还活跃吗？你还很热心吗？"

"我掷筐掷得更进步，可惜你总也没到我们球场上来了。你这样不畅快是不行的。"

我仍搅着杯子，也许漂流久了的心情，就和离了岸的海水一般，若非遇到大风是不会翻起的。我开始弄着手帕。弟弟再向我说什么我已不去听清他，仿佛自己是沉坠在深远的幻想的井里。

我不记得咖啡怎样被我吃干了杯了。茶匙在搅着空的杯子时，弟弟说："再来一杯吧！"

女侍者带着欢笑一般飞起的头发来到我们桌边，她又用很响亮的脚步摇摇地走了去。

也许因为清早或天寒，再没有人走进这咖啡店。在弟弟默默看着我的时候，在我的思想凝寂得玻璃一般平的时候，壁间暖气管小小嘶鸣的声音都听得到了。

"天冷了，还是回家好，心情这样不畅快，长久了是无益的。"

"怎么！"

"太坏的心情与你有什么好处呢？"

"为什么要说我的心情不好呢？"

我们又都搅着杯子。有外国人走进来，那响着嗓子的、嘴不住在说的女人，就坐在我们的近边。她离得我越近，我越嗅到她满衣的香气，那使我感到她离得我更辽远，也感到全人类离得我更辽远。也许她那安闲而幸福的态度与我一点联系也没有。

我们搅着杯子，杯子不能像起初搅得发响了。街车好像渐渐多了起来，闪在窗子上的人影，迅速而且繁多了。隔着窗子，可以听到喑哑的笑声和喑哑的踏在人行道上的鞋子的声音。

"莹姐，"弟弟的眼睛是深黑色的，"天冷了，再不能漂流下去，回家去吧！"弟弟说："你的头发这样长了，怎么不到理发店去一次呢？"我不知道为什么被他这话所激动了。

也许要熄灭的灯火在我心中复燃起来，热力和光明鼓荡着我：

"那样的家我是不想回去的。"

"那么漂流着，就这样漂流着？"弟弟的眼睛是深黑色的。他的杯子留在左手里边，另一只手在桌面上，手心向上翻张了开来，要在空间摸索着什么似的。最后，他是捉住自己的领巾。我看着他在抖动的嘴唇。"莹姐，我真担心你这个女浪人！"他牙齿好像更白了些，更大些，而且有力了，而且充满热情了。为热情而波动，他的嘴唇是那样地褪去了颜色，并且他的全人有些近乎狂人，然而安静，完全被热情侵占着。

出了咖啡店，我们在结着薄碎的冰的雪上面踏着脚。

初冬，早晨的红日扑着我们的头发，这样的红光使我感到欣快和寂寞。弟弟不住地在手下摇着帽子，肩头耸起了又落下了；心脏也是高了又低了。

渺小的同情者和被同情者离开了市街。

停在一个荒败的枣树园的前面时，他突然把很厚的手伸给了我，这是我们要告别了。

"我到学校去上课！"他脱开我的手，向着与我相反的方向背转过去。可是走了几步，又转回来：

"莹姐，我看你还是回家的好！"

"那样的家我是不能回去的，我不愿意受和我站在两极端的父亲的豢养……"

"那么你要钱用吗？"

"不要的。"

"那么，你就这个样子吗？你瘦了！你快要生病了！你的衣服也太薄啊！"弟弟的眼睛是深黑色的，充满着祈祷和愿望。我们又握过手，分别向不同的方向走去。

太阳在我的脸面上闪闪耀耀。仍和未遇见弟弟以前一样，我穿过街头，我无目的地走。寒风，刺着喉头，时时要发作小小的咳嗽。

弟弟留给我的是深黑色的眼睛，这在我散漫与孤独的流荡 ① 人的心板上，怎能不微温了一个时刻？

---

① 流荡：流浪、漂泊。

第四辑 在日本

# 孤独的生活

蓝色的电灯，好像通夜也没有关，所以我醒来一次看看墙壁是发蓝的，再醒来一次，也是发蓝的。天明之前，我听到蚊虫在帐子外面嗡嗡嗡嗡地叫着，我想，我该起来了，蚊虫都吵得这样热闹了。

收拾了房间之后，想要做点什么事情，这点，日本与我们中国不同。街上虽然已经响着木屐的声音，但家屋仍和睡着一般安静。我拿起笔来，想要写点什么，在未写之前必得要先想，可是这一想，就把所想的忘了！

为什么这样静呢？我反倒对着这安静不安起来。

于是出去，在街上走走，这街也不和我们中国的一样，也是太静了，也好像正在睡觉似的。

于是又回到了房间，我仍要想我所想的。在席子上面走着，抽一根香烟，喝一杯冷水，觉得已经差不多了，坐下来吧！写吧！

刚刚坐下来，太阳又照满了我的桌子。又把桌子换了位置，放在墙角去，墙角又没有风，所以满头流汗了。

再站起来走走，觉得所要写的，越想越不应该写，好，再另计划别的。

好像疲乏了似的，就在席子上面躺下来，偏偏帘子上有一个蜂子飞来，怕它蜇着我，起来把它打跑了。刚一躺下，树上又有一个蝉开头叫起。蝉叫倒也不算奇怪，但只一个，听来那声音就特别大。我把头从窗子伸出去，想看看，到底是在那一棵树上？可是邻人拍手的声音，比蝉声更大，他们在笑了。我是在看蝉，他们一定以为我是在看他们。

　　于是穿起衣裳来，去吃中饭。经过华的门前，她们不在家，两双拖鞋摆在木箱上面。她们的女房东，向我说了一些什么，我一个字也不懂，大概也就是说她们不在家的意思。日本食堂之类，自己不敢去，怕人看成个阿墨林。所以去的是中国饭馆，一进门那个戴白帽子的就说："伊拉瞎伊麻丝……"

　　这我倒懂得，就是"来啦"的意思。既然坐下之后，他仍说的是日本话，于是我跑到厨房去，对厨子说了：要吃什么，要吃什么。

　　回来又到华的门前看看，还没有回来，两双拖鞋仍摆在木箱上。她们的房东又不知向我说了些什么！

　　晚饭时候，我没有去寻她们，出去买了东西回到家里来吃，照例买的面包和火腿。

　　吃了这些东西之后，着实是寂寞了。外面打着雷，天阴沉沉的了。想要出去走走，又怕下雨，不然，又是比日里还要长的夜，又把我留在房间里了。终于拿了雨衣，走出去了，想要逛逛夜市，也怕下雨，还是去看华吧！一边带着失望一边向前走着，结果，她们仍是没有回来，仍是看到了两双拖鞋，仍是听到了那房东说了些我所不懂的话语。

　　假若，再有别的朋友或熟人，就是冒着雨，我也要去找他们，但实际是没有的。只好照着原路又走回来了。

　　现在是下着雨，桌子上面的书，除掉《水浒传》之外，还有一本胡风译的《山灵》。《水浒传》我连翻也不想翻，至于《山灵》，就是抱着我这一种心情来读，有意义的书也读坏了。

　　雨一停下来，穿着街灯的树叶好像萤火似的发光，过了一些时候，我再看树叶时那就完全漆黑了。

　　雨又开始了，但我的周围仍是静的，关起了窗子，只听到屋瓦滴滴答答地响着。

我放下了帐子，打开蓝色的电灯，并不是准备睡觉，是准备看书了。

读完了《山灵》上《声》的那篇，雨不知道已经停了多久了。那已经哑了的权龙八，他对他自己的不幸，并不正面去惋惜，他正为着铲除这种不幸才来干这样的事情的。

已经哑了的丈夫，他的妻来探视他的时候，他只把手放在嘴唇前面摆来摆去，接着他的脸就红了。当他脸红的时候，我不晓得那是什么心情激动了他。还有，他在监房里读着速成国语读本的时候，他的伙伴都想要说："你话都不会说，还学日文干什么！"

在他读的时候，他只是听到像是蒸气从喉咙漏出来的一样。恐怖立刻浸着了他，他慌忙地按了监房里的报知机，等他把人喊了来，他又不说什么，只是在嘴的前面摇着手。所以看守骂他："为什么什么也不说呢？混蛋！"

医生说他是"声带破裂"，他才晓得自己一生也不会说话了。

我感到了蓝色灯光的不足，于是开了那只白灯泡，准备再把《山灵》读下去。我的四面虽然更静了，等到我把自己也忘掉了时，好像我的周围也动荡了起来。

天还未明，我又读了三篇。

# 失眠之夜

为什么要失眠呢！烦躁，恶心，心跳，胆小，并且想要哭泣。我想想，也许就是故乡的思虑罢。

窗子外面的天空高远了，和白棉一样绵软的云彩低近了，吹来的风好像带点草原的气味，这就是说已经是秋天了。

在家乡那边，秋天最可爱。

蓝天蓝得有点发黑，白云就像银子做成的一样，就像白色的大花朵似的点缀在天上；就又像沉重得快要脱离开天空而坠了下来似的，而那天空就越显得高了，高得再没有那么高的。

昨天我到朋友们的地方走了一遭，听来了好多的心愿（那许多心愿综合起来，又都是一个心愿）。这回若真的打回满洲去，有的说，煮一锅高粱米粥喝；有的说，咱家那地豆多么大！说着就用手比量着，碗这么大；珍珠米，老的一煮就开了花的，一尺来长的；还有的说，高粱米粥，咸盐豆。还有的说，若真的打回满洲去，三天两夜不吃饭，打着大旗往家跑。跑到家去自然也免不了先吃高粱米粥或咸盐豆。

比方高粱米那东西，平常我就不愿吃，很硬，有点发涩（也许因为我有胃病的关系），可是经他们这一说，也觉得非吃不可了。

但是什么时候吃呢？那我就不知道了。而况我到底是不怎样热烈的，所以关于这一方面，我终究不怎样亲切。

但我想我们那门前的蒿草，我想我们那后园里开着的茄子的紫色的小花，黄瓜爬上了架。而那清早，朝阳带着露珠一齐来了！

　　我一说到蒿草或黄瓜，三郎就向我摆手或摇头："不，我们家，门前是两棵柳树，树荫交织着做成门形。再前面是菜园，过了菜园就是山。那金字塔形的山峰正向着我们家的门口，而两边像蝙蝠的翅膀似的向着村子的东方和西方伸展开去。而后园黄瓜、茄子也种着，最好看的是牵牛花在石头墙的缝隙爬遍了，早晨带着露水牵牛花开了……"

　　"我们家就不这样，没有高山，也没有柳树……只有……"我常常这样打断他。

　　有时候，他也不等我说完，他就接下去。我们讲的故事，彼此都好像是讲给自己听，而不是为着对方。

　　只有那么一天，他买来了一张《东北富源图》挂在墙上了，染着黄色的平原上站着小马，小羊，还有骆驼，还有牵着骆驼的小人；海上就是些小鱼，大鱼，黄色的鱼，红色的好像小瓶似的大肚的鱼，还有黑色的大鲸鱼；而兴安岭和辽宁一带画着许多海涛似的绿色的山脉。

　　他的家就在离着渤海不远的山脉中，他的指甲在山脉上爬着："这是大凌河……这是小凌河……哼……没有，这个地图是个不完全的，是个略图……"

　　"好哇！天天说凌河，哪有凌河呢！"我不知为什么一提到家乡，常常愿意给他扫兴一点。

　　"你不相信！我给你看。"他去翻他的书橱去了，"这不是大凌河……小凌河……小孩的时候在凌河沿上捉小鱼，拿到山上去，在石头上用火烤着吃……这边就是沈家台，离我们家二里路……"因为是把地图摊在地板上看的缘故，一面说着，他一面用手扫着他已经垂在前额的发梢。

　　《东北富源图》就挂在床头，所以第二天早晨，我一张开了眼睛，他就抓住了我的手："我想将来我回家的时候，先买两头驴，一头你骑着，一头我骑着……先到我姑姑家，再到我姐姐家……顺便也许看看我的舅舅去……我姐姐很爱我……她出嫁以后，每回来一次就哭一次，姐姐一哭，我也哭……这有七八年不见了！也都老了。"

那地图上的小鱼，红的，黑的，都能够看清，我一边看着，一边听着，这一次我没有打断他，或给他扫一点兴。

"买黑色的驴，挂着铃子，走起来……当嘟嘟当嘟嘟嘟"他形容着铃音的时候，就像他的嘴里边含着铃子似的在响。

"我带你到沈家台去赶集。那赶集的日子，热闹！驴身上挂着烧酒瓶……我们那边，羊肉非常便宜……羊肉炖片粉……真有味道！哎呀！这有多少年没吃那羊肉啦！"他的眉毛和额头上起着很多皱纹。

我在大镜子里边看了他，他的手从我的手上抽回去，放在他自己的胸上，而后又背着放在枕头下面去，但很快地又抽出来。只理一理他自己的发梢又放在枕头上去。

而我，我想："你们家对于外来的所谓'媳妇'也一样吗？"我想着这样说了。

这失眠大概也许不是因为这个。但买驴子的买驴子，吃咸盐豆的吃咸盐豆，而我呢？坐在驴子上，所去的仍是生疏的地方，我停着的仍然是别人的家乡。

家乡这个观念，在我本不甚切实的，但当别人说起来的时候，我也就心慌了！虽然那块土地在没有被日本侵占之前，"家"在我就等于没有了。

这失眠一直继续到黎明之前，在高射炮声中，我也听到了一声声和家乡一样的震抖在原野上的鸡鸣。

# 鲁迅先生记（一）

鲁迅先生家里的花瓶，好像画上所见的西洋女子用以取水的瓶子，灰蓝色，有点从瓷釉而自然堆起的纹痕，瓶口的两边，还有两个瓶耳，瓶里种的是几棵万年青。

我第一次看到这花的时候，我就问过：

"这叫什么名字？屋里不生火炉，也不冻死？"

第一次，走进鲁迅家里去，那是近黄昏的时节，而且是个冬天，所以那楼下室稍微有一点暗，同时鲁迅先生的纸烟，当它离开嘴边而停在桌角的地方，那烟纹的卷痕一直升腾到他有一些白丝的发梢那么高。而且再升腾就看不见了。

"这花，叫'万年青'，永久这样！"他在花瓶旁边的烟灰盒中，抖掉了纸烟上的灰烬，那红的烟火，就越红了，好像一朵小红花似的和他的袖口相距离着。

"这花不怕冻？"以后，我又问过，记不得是在什么时候了。

许先生说："不怕的，最耐久！"而且她还拿着瓶口给我摇着。

我还看到了那花瓶的底边是一些圆石子，以后，因为熟识了的缘故，我就自己动手看过一两次，又加上这花瓶是常常摆在客厅的黑色长桌上；又加上自己是来自寒带的北方，对于这在四季里都不凋零的植物，总带着一点惊奇。

而现在这"万年青"依旧活着，每次到许先生家去，看到那花，有时仍站在那黑色的长桌子上，有时站在鲁迅先生照相的前面。

花瓶是换了，用一个玻璃瓶装着，看得到淡黄色的须根，站在瓶底。

有时候许先生一面和我们谈论着，一面检查着房中所有的花草。看一看叶子是不是黄了，该剪掉的剪掉，该洒水的洒水，因为不停地动作是她的习惯。有时候就检查着这"万年青"，有时候就谈鲁迅先生，就在他的照相前面谈着，但那感觉，却像谈着古人那么悠远了。

至于那花瓶呢？站在墓地的青草上面去了，而且瓶底已经丢失，虽然丢失了却仍就让它空空地站在墓边。我所看到的是从春天一直站在秋天；它一直站到邻旁墓头的石榴树开了花而后结成了石榴。

从开炮以后，只有许先生绕道去过一次，别人就没有去过。当然那墓草是长得很高了，而且荒了，还说什么花瓶，恐怕鲁迅先生的瓷半身像也要被荒了的草埋没到他的胸口。

我们在这边，只能写纪念鲁迅先生的文章，而谁去努力剪齐墓上的荒草？我们是越去越远了，但无论多么远，那荒草是总要记在心上的。

# 鲁迅先生记（二）

　　在我住所的北边，有一带小高坡，那上面种的或是松树，或是柏树。它们在雨天里，就像同在夜雾里一样，是那么朦胧而且又那么宁静！好像飞在枝间的鸟雀羽翼的音响我都能够听到。

　　但我真的听得到的，却还是我自己脚步的声音，间或从人家墙头的枝叶落到雨伞上的大水点特别地响着。

　　那天，我走在道上，我看着伞翅上不住地滴水。

　　"鲁迅是死了吗？"

　　于是心跳了起来，不能把"死"和"鲁迅先生"这样的字眼相连接，所以左右反复着的是那个饭馆里下女的金牙齿，那些吃早餐的人的眼镜、雨伞，他们好像小型木凳似的雨鞋；最后我还想起了那张贴在厨房边的大画，一个女人，抱着一个举着小旗的很胖的孩子，小旗上面就写着"富国强兵"；所以以后，一想到鲁迅的死，就想到那个很胖的孩子。

　　我已经打开了房东的格子门，可是我无论如何也走不进来，我气恼着：我怎么忽然变大了？

　　女房东正在瓦斯炉旁斩断一根萝卜，她抓住了她白色的围裙开始好像鸽子似的在笑："伞……伞……"

　　原来我好像要撑着伞走上楼去。

　　她的肥胖的脚掌和男人一样，并且那金牙齿也和那饭馆里下女的金牙齿一样。日本女人多半镶了金牙齿。

　　我看到有一张报纸上的标题是《鲁迅的"偲"》。这个"偲"字，我翻了字典，在我们中国的字典上没有这个字。而文章里"逝世，逝世"这字眼有过好几个，到底是谁逝世了呢？因为是日文报纸看不懂之故。

第二天早晨，我又在那个饭馆里在什么报的文艺篇幅上看到了"逝世，逝世"，再看下去，就看到"损失"或"陨星"之类。这回，我难过了，我的饭吃了一半，我就回家了。一走上楼，那空虚的心脏，像铃子似的闹着，而前房里的老太婆在打扫着窗棂和席子的噼啪声，好像在打着我的衣裳那么使我感到沉重。在我看来，虽是早晨，窗外的太阳好像正午一样大了。

我赶快乘了电车，去看××。我在东京的时候，朋友和熟人，只有她。车子向着东中野市郊开去，车上本不拥挤，但我是站着。"逝世，逝世"，逝世的就是鲁迅？路上看了不少的山、树和人家，它们却是那么平安、温暖和愉快！我的脸几乎是贴在玻璃上，为的是躲避车上的烦扰，但又有谁知道，那从玻璃吸收来的车轮声和机械声，会疑心这车子是从山崖上滚下来了。

××在走廊边上，刷着一双鞋子，她的扁桃腺炎还没有全好，看见了我，颈子有些不会转弯地向我说：

"啊！你来得这样早！"

我把我来的事情告诉她，她说她不相信。因为这事情我也不愿意它是真的，于是找了一张报纸来读。

"这些日子病得连报也不订，也不看了。"她一边翻那长桌上的报纸，一边用手在抚摸着颈间的药布。

而后，她查了查日文字典，她说那个"偲"字是个"印象"的意思，是"面影"的意思。她说一定是有人到上海访问了鲁迅回来写的。

我问她："那么为什么有'逝世'在文章中呢？"我又想起来了，好像那文章上又说：鲁迅的房子有枪弹穿进来，而安静的鲁迅，竟坐在摇椅上摇着。或者鲁迅是被枪打死的？日本水兵被杀事件，在电影上都看到了，北四川路又是戒严，又是搬家，鲁迅先生又是住在北四川路。

但她给我的解释，在阿Q心理上非常圆满，她说："逝世"是从鲁迅的口中谈到别人的逝世，"枪弹"是鲁迅谈到"一二·八"时的枪弹，至于"坐在摇椅上"，她说谈过去的事情，自然不用惊慌，安静地坐在摇椅上又有什么稀奇。

出来送我走的时候，她还说：

"你这个人啊！不要神经质了！最近在《作家》上、《中流》上他都写了文章，他的身体可见是在复原期间……"

她说我好像慌张得有点傻，但是我愿意听。于是在阿Q心理上我回来了。

我知道鲁迅先生是死了，那是二十二日，正是靖国神社开庙会的时节。我还未起来的时候，那天天空开裂的爆竹，发着白烟，一个跟着一个在升起来。隔壁的老太婆呼喊了几次，她阿拉阿拉地向着那爆竹升起来的天空呼喊，她的头发上开始束了一条红绳。楼下，房东的孩子上楼来送我一块撒着米粒的糕点，我说谢谢他们，但我不知道在那孩子脸上接受了我怎样的眼睛。因为才到五岁的孩子，他带小碟下楼时，那碟沿还不时地在楼梯上磕碰着。他大概是害怕我。

靖国神社的庙会一直闹了三天，教员们讲些下女在庙会时节的故事，神的故事，和日本人拜神的故事，而学生们在哄堂大笑，好像世界上并不知道鲁迅死了这回事。

有一天，一个眼睛好像金鱼眼睛的人，在黑板上写着：鲁迅先生大骂徐懋庸引起了文坛一场风波……茅盾起来讲和……

这字样一直没有擦掉。那卷发的，小小的，和中国人差不多的教员，他下课以后常常被人围聚着，谈些个两国不同的习惯和风俗。他的北京话说得很好，中国的旧文章和诗也读过一些。他讲话常常把眼睛从下往上看着：

"鲁迅这个人，你觉得怎么样？"我很奇怪，又像很害怕，为什么他向我说？结果晓得不是向我说。在我旁边那个位置上的人站起来了，有的教员点名的时候问过他："你多大岁数？"他说他三十多岁。教员说："我看你好像五十多岁的样子……"因为他的头发白了一半。

他作旧诗作得很多，秋天，中秋游日光，游浅草，而且还加上谱调读着。有一天他还让我看看，我说我不懂，别的同学有的借他的诗本去抄录。我听过几次，有人问他："你没再作诗吗？"他答："没有，喝酒呢。"

他听到有人问他，他就站起来了：

"我说……先生……鲁迅，这个人没有什么，没有什么了不起的，他的文章就是一个骂，而且人格上也不好，尖酸刻薄。"

他的黄色的小鼻子歪了一下。我想用手替他扭正过来。

一个大个子，戴着四角帽子，他是"满洲国"的留学生，听说话的口音，还是我的同乡。

"听说鲁迅不是反对'满洲国'的吗？"那个日本教员，抬一抬肩膀，笑了一下："嗯！"

过了几天，日华学会开鲁迅追悼会了。我们这一班中四十几个人，去追悼鲁迅先生的只有一位小姐。她回来的时候，全班的人都笑她，她的脸红了，打开门，用脚尖向前走着，走得越轻越慢，而那鞋跟就越响。她穿的衣裳颜色一点也不调配，有时是一件红裙子绿上衣，有时是一件黄裙子红上衣。

这就是我在东京看到的这些不调配的人，以及鲁迅的死对他们激起怎样不调配的反应。

第五辑　乱世书简

# "九一八"致弟弟书

可弟<sup>①</sup>：

小战士，你也做了战士了，这是我想不到的。

世事恍恍惚惚地就过了；记得这十年中只有那么一个短促的时间是与你相处的，那时间短到如何程度，现在想起就像连你的面孔还没有来得及记住，而你就去了。

记得当我们都是小孩子的时候，当我离开家的时候，那一天的早晨你还在大门外和一群孩子玩着，那时你才是十三四岁的孩子，你什么也不懂，你看着我离开家向南大道上奔去，向着那白银似的满铺着雪的无边的大地奔去。你连招呼都不招呼，你恋着玩，对于我的出走，你连看我也不看。

而事隔六七年，你也就长大了，有时写信给我，因为我的漂流不定，信有时收到，有时收不到。但在收到信中我读了之后，竟看不见你，不是因为那信不是你写的，而是在那信里边你所说的话，都不像是你说的。这个不怪你，都只怪我的记忆力顽强，我就总记着，那顽皮的孩子是你，会写了这样的信的，会说了这样的话的，哪能够是你。比方说——生活在这边，前途是没有希望，等等。

这是什么人给我的信，我看了非常地生疏，又非常地新鲜，但心里边都不表示什么同情，因为我总有一个印象，你晓得什么？你是个小孩子。所以我回你的信的时候，总是愿意说一些空话，问一问家里的樱桃树这几

---

① 可弟：萧红的弟弟名叫张秀珂，为尊重作者的原文原意，未将"可弟"改为"珂弟"。

年结樱桃多少，红玫瑰依旧开花否，或者是看门的大白狗怎样了。关于你的回信，说祖父的坟头上长了一棵小树，在这样的话里，我才体味到这信是弟弟写给我的。

但是没有读过你的几封这样的信，我又走了。越走越离得你远了，从前是离着你几百里远，那以后就是几千里了。

而后你追到我最先住的那地方，去找我，看门的人说，我已不在了。

而后婉转地你又来了信，说为着我在那地方，才转学也到那地方来念书。可是你扑空了，我已经从海上走了。

可弟，我们都是自幼没有见过海的孩子，可是要沿着海往南下去了，海是生疏的，我们怕，但是也就上了海船，漂漂荡荡的，前边没有什么一定的目的，也就往前走了。

那时到海上来的，还没有你们，而我是最初的。我想起来一个笑话，我们小的时候，祖父常讲给我们听：我们本是山东人，我们的曾祖，担着担子逃荒到关东的。而我们又将是那个未来的曾祖了，我们的后代也许会在那里说着，从前他们也有一个曾祖，坐着渔船，逃荒到南方的。

我来到南方，你就不再有信来。一年多又不知道你那方面的情形了。

不知多久，忽然又有信来，是来自东京的，说你是在那边念书了。恰巧那年我也要到东京去看看。立刻我写了一封信给你，你说暑假要回家的，我写信问你，是不是想看看我，我大概七月下旬可到。

我想这一次可以看到你了。这是多么出奇的一个奇遇，因为想也想不到，会在这样一个地方相遇的。

我一到东京就写信给你，你住的是神田町，多少多少番。本来你那地方是很近的，我可以请朋友带了我去找你；但是因为我们已经不是一个国度的人了，姐姐是另一国的人，弟弟又是另一国的人。直接地找你，怕与你有什么不便。信写去了，约的是第三天的下午六点在某某饭馆等我。

那天，我特别穿了一件红衣裳，使你很容易地可以看见我。我五点钟就等在那里，因为我在猜想，你如果来，你一定要早来的。我想你看到了我，你多少喜欢。而我也想到了，假如到了六点钟不来，那大概就是已经不在了。

一直到了六点钟，没有人来，我又多等了一刻钟，我又多等了半点钟，我想或者你有事情会来晚了的。到最后的几分钟，竟想到，大概你来过了，或者已经不认识我，因为始终看不见你。第二天，我想还是到你住的地方看一趟，你那小房是很小的。有一个老婆婆，穿着灰色大袖子衣裳，她说你已经在月初走了，离开了东京了，但你那房子里还下着竹帘子呢。帘子里头静悄悄的，好像你在里边睡午觉的。

半年之后，我还没有回上海，不知怎么的，你又来了信，这信是来自上海的，说你已经到了上海，是到上海找我的。

我想这可糟了，又来了一个小吉卜赛。

这流浪的生活，怕你过不惯，也怕你受不住。

但你说："你可以过得惯，为什么我过不惯？"

于是你就在上海住下了。

等我一回到上海，你每天到我的住处来，有时我不在家，你就在楼廊等着，你就睡在楼廊的椅子上，我看见了你的黑黑的人影，我的心里充满了慌乱。我想这些流浪的年轻人，都将流浪到哪里去？常常在街上碰到你们的一伙，你们都是年轻的，都是北方的粗直的青年，内心充满了力量。你们是被逼着来到这人地生疏的地方，你们都怀着万分的勇敢，只有向前，没有回头。但是你们都充满了饥饿，所以每天到处找工作。你们是可怕的一群，在街上落叶似的被秋风卷着，寒冷来的时候，只有弯着腰，抱着膀，打着寒战。肚里饿着的时候，我猜得到，你们彼此地乱跑，到处看看，谁有可吃的东西。

　　在这种情形之下，从家跑来的人，还是一天一天地增加，这自然都说是以往，而并非是现在。现在我们已经抗战四年了，在世界上还有谁不知我们中国的英勇，自然而今你们都是战士了。

　　不过在那时候，因此我就有许多不安。我想将来你到什么地方去，并且做什么？

　　那时你不知我心里的忧郁，你总是早上来笑着，晚上来笑着，似乎不知道为什么你已经得到了无限的安慰了。似乎是你所存在的地方，已经绝对地安然了。进到我屋子来，看到可吃的就吃，看到书就翻，累了，躺在床上就休息。

　　你那种傻里傻气的样子，我看了，有的时候，觉得讨厌，有的时候也觉得喜欢，虽是欢喜了，但还是心口不一地说："快起来吧，看这么懒。"

　　不多时就七七事变，很快你就决定了，到西北去，做抗日军去。

　　你走的那天晚上，满天都是星，就像幼年我们在黄瓜架下捉着虫子的那样的夜，那样黑黑的夜，那样飞着萤虫的夜。

　　你走了，你的眼睛不大看我，我也没有同你讲什么话。我送你到了台阶上，到了院里，你就走了。那时我心里不知道想什么，不知道愿意让你走，还是不愿意。只觉得恍恍惚惚的，把过去的许多年的生活都翻了一个新，事事都显得特别真切，又都显得特别模糊，真所谓有如梦寐了。

　　可弟，你从小就苍白，不健康，而今虽然长得很高了，仍旧是苍白不健康，看你的读书，行路，一切都是勉强支持。精神是好的，体力是坏的，我很怕你走到别的地方去，支持不住，可是我又不能劝你回家，因为你的心里充满了诱惑，你的眼里充满了禁果。

　　恰巧在抗战不久，我也到山西去，有人告诉我你在洪洞的前线，离着我很近，我转给你一封信，我想没有两天就可看到你了。那时我心里可开心极了，因为我看到不少和你那样年轻的孩子们，他们快乐而活泼，他们跑着跳着，当工作的时候嘴里唱着歌。这一群快乐的小战士，胜利一定属于你们的。你们也拿枪，你们也担水，中国有你们，中国是不会亡的。因此我的心里充满了微笑。虽然我给你的信，你没有收到，我也没能看见你，但我不知为什么竟很放心，就像见到了你一样。因为你也是他们之中的一个，于是我就把你忘了。

但是从那以后，你的音信一点也没有的。至今已经四年了，你到底没有信来。

我本来不常想你，不过现在想起你来了，你为什么不来信？

于是我想，这都是我的不好，我在前边引诱了你。

今天又快到"九一八"了，写了以上这些，以遣胸中的忧闷。

愿你在远方快乐和健康。

# 寄东北流亡者

沦落在异地的东北同胞们：

当每个秋天的月亮快圆的时候，你们的心总被悲哀装满。想起高粱油绿的叶子，想起白发的母亲或幼年的亲眷。

你们的希望曾随着秋天的满月，在幻想中赊取了七次，而每次都是月亮如期地圆了，而你们的希望却随着高粱叶子萎落。但是自从"八一三"之后，上海的炮火响了，中国政府积极抗战揭开，"九一八"的成了习惯的暗淡与愁惨却在炮火的交响里换成了激动、兴奋和感激。这时，你们一定也流泪了。这是感激的泪，兴奋的泪，激动的泪。

记得抗战以后，第一个"九一八"是怎样纪念的呢？

中国飞行员在这天做了突击的工作，他们对于出云舰的袭击做了出色的功绩。

那夜里，日本神经质的高射炮手，浪费地用红色的绿色的淡蓝色的炮弹把天空染红了。但是我们的飞行员仍然以精确的技巧和沉毅的态度来攻击这摧毁文化、摧毁和平的法西斯魔手。几百万市民都仰起头来寻觅，其实他们是什么也看不见的，但是他们一定要看。在那黑黝黝的天空里仿佛什么都找不到，而这里就隐藏着我们抗战的活动的每个角度。

第一个煽惑起东北同胞的思想的是："我们就要回家去了！"

是的，家是可以回去的，而且家也是好的，土地是宽阔的，米粮是富足的。

是的，人类是何等地对着故乡寄注了强烈的怀念呵！黑人对着迪斯的痛苦的向往，爱尔兰的诗人夏芝①想回到那有"蜂房一窠，菜畦九畴"的斯莱戈，做过水手的约翰·曼殊斐儿狂热地愿意回到海上。

但是等待了七年的同胞们，单纯的心急是没用的，感情的焦躁不但无价值，而且常常是理智的降低。要把急切的心情放在工作的表现上才对。我们的位置就是永远站在别人的前边的那个位置。我们应该是第一个打开了门而最末走进去的人。

抗战到现在已经遭遇到最艰苦的阶段，而且也就是最后胜利接近的阶段。美国贾克·伦敦②在所写的一篇短篇小说中，描写两个拳师在拳击的斗争里，只系于最后的一拳。而那个可怜的（老拳师）失败的原因，也只在少吃了一块"牛扒"。假若事先他能在肚里装进一块"牛扒"，胜利一定属于他的。

东北流亡的同胞们，我们的地大物博，决定了我们的沉着勇毅，正与敌人的急功切进相反，所以最后的一拳一定是谁最沉着就是谁打得最有力。我们应该献身给祖国做前卫的工作，就如我们应该把失地收复一样。这是无可怀疑的。

东北流亡的同胞们，为了失去的土地上的高粱、谷子，努力吧；为了失去的土地上的年老的母亲，努力吧；为了失去的地面上的痛心的一切的记忆，努力吧！

而且我们要竭力克服残存的那种"小地主"意识和官僚主义的余毒，赶快地加入到生产的机构里，因为"九一八"以后的社会变更，已经使你们失去了大片土地的依存，要还是固守从前的生活方式，坐吃山空，那样

---

① 夏芝：威廉·巴特勒·叶芝（1865—1939），亦译作"夏芝""叶慈"等。爱尔兰诗人、剧作家和散文家，1923年获得诺贝尔文学奖。代表作有《钟楼》《盘旋的楼梯》《驶向拜占庭》等。

② 贾克·伦敦：杰克·伦敦（1876—1916），美国现实主义作家，主要作品有小说集《狼的儿子》，中篇小说《热爱生命》《野性的呼唤》，长篇小说《海狼》《铁蹄》等。

你们的资产只剩了哀愁和苦闷。做个商人去，做个工人去，做一个能生产的人比做一个在幻想上满足自己的流浪人，要对国家有利得多。

幻想不能泛滥，现实在残酷地抨击你的时候，逃避只会得到更坏的暗袭。

时值流亡在异乡的故友们，敬希珍重，拥护这个抗战和加强这个抗战，向前走去。

# 致萧军（节选）

## 第二信

### 日本东京—中国上海

### （1936 年 7 月 21 日发，7 月 27 日到）

均：

你的身体这几天怎么样？吃得舒服吗？睡得也好？当我搬房子的时候，我想：你没有来，假若你也来，你一定看到这样的席子就要先在上面打一个滚，是很好的，像住在画的房子里面似的。

你来信寄到许的地方就好，因为她的房东熟一些。

海滨，许不去，以后再看，或者我自己去。

一张桌和一个椅子都是借的，屋子里面也很规整，只是感到寂寞了一点，总好像少了一点什么！住下几天就好了。

外面我听到蝉叫，听到嗒嗒的奇怪的鞋声，不想写了！也许快到她们来叫我出去吃饭的时候了！

你的药不要忘记吃，饭少吃些，可以到游泳池去游泳两次，假若身体太弱，到海上去游泳更不能够了。祝好！

别的朋友也都祝好！

莹

七月二十一日

# 第三信

## 日本东京—中国上海
（1936 年 7 月 26 日发，7 月 31 日到）

均：

现在我很难过，很想哭。想要写信钢笔里面的墨水没有了，可是怎样也装不进来，抽进来的墨水一压又随着压出来了。

华起来就到图书馆去了，我本来也可以去，我留在家里想写一点什么，但哪里写得下去？因为我听不到你那噔噔上楼的声音了。

这里的天气也算很热，并且讲一句话的人也没有，看的书也没有，报也没有，心情非常坏，想到街上去走走，路又不认识，话也不会讲。

昨天到神保町的书铺去了一次，但那书铺好像与我一点关系也没有，这里太生疏了，满街响着木屐的声音，我一点也听不惯这声音。这样一天一天的我不晓得怎样过下去，真是好像充军西伯利亚一样。

比我们起初来到上海的时候更感到无聊，也许慢慢地就好了，但这要一个长的时间，怕是我忍耐不了。不知道你现在准备要走了没有，我已经来了五六天了，不知为什么你还没有信来。

珂已经在十六号起身回去了。

不写了，我要出去吃饭，或者乱走走。

吟上

七月廿日十时半

# 第五信

## 日本东京—中国青岛
## （1936 年 8 月 17 日发）

均：

今天我才是第一次自己出去走个远路，其实我看也不过三五里，但也算了，去的是神保町，那地方的书局很多，也很热闹，但自己走起来也总觉得没什么趣味。想买点什么，也没有买，又沿路走回来了。觉得很生疏，街路和风景都不同，但有黑色的河，那和徐家汇一样。上面是有破船的，船上也有女人，孩子，也是穿着破皮衣裳，并且那黑水的气味也一样。像这样的河巴黎也会有！

你的小伤风既然伤了许多日子也应该管他，吃点阿司匹林吧！一吃就好。

现在我庄严地告诉你一件事情，在你看到之后一定要在回信上写明！就是第一件你要买个软枕头，看过我的信就去买！硬枕头使脑神经很坏。你若不买，来信也告诉我一声，我在这边买两个给你寄去，不贵，并且很软。第二件你要买一张当作被子来用的有毛的那种单子，就像我带来的那样的，不过更该厚点。你若懒得买，来信也告诉我，也为你寄去。还有，不要忘了夜里不要（吃）东西。没有了。以上就是所有的这封信上的重要事情。

照相机现在你也有用了，再寄一些照片来。我在这里多少有点苦寂，不过也没什么，多写些东西也就填补起来了。

旧地重游是很有趣的，并且有那样可爱的海！你现在一定洗海澡去了好几次了，但怕你没有脱衣裳的房子。

你再来信说你这样好那样好，我可说不定也去，我的稿费也可以够了。你怕不怕？我是和（你）开玩笑，也许是假玩笑。

你随手有什么我没看过的书也寄一本两本来！实在没有书读，越寂寞就越想读书，一天到晚不说话，再加上一天到晚也不看一个字，我觉得很残忍，又像我从（前）在旅馆一个人住着的那个样子。但有钱，有钱除掉吃饭也买不到别的趣味。

祝好。

萧上

八月十七日

# 第六信

## 日本东京—中国青岛
### （1936 年 8 月 22 日发）

军：

现在正和你所说的相反，烟也不吃了，房间也整整齐齐的。但今天却又吃上了半支烟，天又下雨，你又总也不来信，又加上华要回去了！又加上近几天整天发烧，也怕是肺病的（样）子，但自己晓得，绝不是肺病。可是又为什么发烧呢？烧得骨节都酸了！本来刚到这里不久夜里就开（始）不舒服，口干、胃胀……近来才晓（得）是有热度的关系，明天也许跟华到她的朋友地方去，因为那个朋友是个女医学生，让她带我到医生的地方去检查一下，很便宜，两元钱即可。不然华（过）几天走了，我自己去看医生是不行的，连华也不行，医学上的话她也不会说。大概你还

239

不知道，黄的父亲病重，经济不够了，所以她必得回去。大概二十七号起身。

她走了之后，他妈的，再就没有熟人了，虽然和她同住的那位女士倒很好，但她的父亲来了，父女都生病，住到很远的朋友家去了。

假若精神和身体稍微好一点，我总就要工作的，因为除了工作再没有别的事情可做的。可是今天是坏之极，好像中暑似的，疲乏、头痛和不能支持。

不写了，心脏过量地跳，全身的血液在冲击着。

祝好！

吟

八月廿二日夜雨时

你还是买一部唐诗给我寄来。

# 第七信

## 日本东京—中国青岛

### （1936 年 8 月 27 日发）

均：

我和房东的孩子很熟了，那孩子很可爱，黑的、好看的大眼睛，只有五岁的样子，但能教我单词了。

这里的蚊子非常大，几乎是我从来没有见过（的）。

那回在游泳池里，我手上受的那块小伤，到现在还没有好。肿一小块，一触即痛。现在我每日二食，早食一毛钱，晚食两毛或一毛五，中午吃面包或饼干。或者以后我还要吃得好点，不过，我一个人连吃也不想吃，玩也不想玩，花钱也不愿花。你看，这里的任何公园我还没有去过一个，银座大概是漂亮的地方，我也没有去过。等着吧，将来日语学好了再到处去走走。

你说我快乐地玩吧！但那只有你，我就不行了。我只有工作、睡觉、吃饭，这样是好的，我希望我的工作多一点；但也觉得不好，这并不是正常的生活，有点类似放逐，有点类似隐居。你说不是吗？若把我这种生活换给别人，那不是天国了吗？其实在我也和天国差不多了。

你近来怎么样呢？信很少，海水还是那样蓝么？透明吗？

浪大吗？崂山也倒真好？问得太多了。

可是，六号的信，我接到即回你，怎么你还没有接到？这文章没有写出，信倒写了这许多。但你，除掉你刚到青岛的一封信，后来十六号的（一）封，再就没有了，今天已经是二十六日，我来到这里一个月零六天了。

现在放下，明天想起什么来再写。

今天同时接到你从崂山回来的两封信，想不到那小照相机还照得这样好！真清楚极了，什么全看得清，就等于我也逛了崂山一样。

说真话，逛崂山没有我同去，你想不到吗？

那大张的单人像，我倒不敢佩服，你看那大眼睛，大得我从来都没有看见过。

两片红叶子（已）经干干的了，我记得我初认识你的时候，你也是弄了两张叶子给我，但记不得那是什么叶子了。

孟有信来，并有两本《作家》来。他这样好改字换句的，也真是个毛病。

"瓶子很大，是朱色，调配起来，也很新鲜，只是……"

这"只是"是什么意思呢？我不懂。

花皮球走气，这真是很可笑，你一定又是把它压坏的。

还有可笑的，怎么你也变了主意呢？你是根据什么呢？那么说，我把写作放在第一位始终是对的。

我也没有胖也没有瘦，在洗澡的地方天天过磅。

对了，今天整整是二十七号，一个月零七天了。

西瓜不好那样多吃，一气吃完是不好的，放下一会儿再吃。

你说我滚回去，你想我了吗？我可不想你呢，我要在日本住十年。

我没有给淑奇去信，因为我把她的地址忘了，商铺街十号还是十五号，还是内十五号呢？正想问你，下一（封）信里告诉我吧！

那么周走了之后，我再给你（写）信，就不要写"周转"了？

我本打算在二十五号之前再有一个短篇产生，但是没能够，现在要开始一个三万字的短篇了，给《作家》十月号。完了就是童话了。我这样童话来，童话去的，将来写不出，可应该觉得不好意思了。

东亚还不开学，只会说几个单字，成句的话，不会。房东还不错，总算比中国房东好。

你等着吧！说不定哪一个月，或哪一天，我可真要滚回去的。到那时候，我就说你让我回来的。

不写了。

祝好。

你的信封上带一个小花我可很喜欢，起初我是用手去掀的。

吟

八月廿七晚七时

东京　町区富士见町，二丁目九一五中村方

# 第十一信

## 日本东京—中国青岛
### （1936 年 9 月 4 日发）

三郎：

五十一页就算完了。自己觉得写得不错，所以很高兴。孟写信来说："可不要和《作家》疏远啊！"这回大概不会说了。

你怎么总也不写信呢？我写五次你才写一次。

肚痛好了。发烧还是发。

我自己觉得满足，一个半月的工夫写了三万字。

补习学校还没有开学。这里又热了几天，今天很凉爽。一开学，我就要上学的，生活太单纯，与精神方面不很好。

昨天我出去，看到一个穿中国衣裳的中国女人，在街上喊住了一个汽车，她拿了一个纸条给了车夫，但没拉她。街上的人都看着她笑，她也一定和我似的是个新飞来的鸟。

到现在，我自己没坐过任何一种车子，走也只走过神保町。

冰淇淋吃得顶少，因为不愿意吃。西瓜还吃，也不如你吃得多。也是不愿意吃。影戏一共看过三次。任何公园没有去过。一天廿四小时三顿饭，一觉，除此即是在椅子上坐着。

但也快活。

祝好。

吟

九月四日

## 第十二信

**日本东京—中国青岛**

（1936 年 9 月 6 日发，9 月 13 日收到）

均：

你总是用那样使我有点感动的称呼叫着我。

但我不是迟疑，我不回去的，既然来了，并且来的时候是打算住到一年，现在还是照着做，学校开学，我就要上学的。

但身体不大好，将来或者治一治。那天的肚痛，到现在还不大好。你是很健康的了，多么黑！好像个体育棒子！不然也像一匹小马！你健壮我是第一高兴的。

黎的刊物怎么样？没有人告诉我。

黄来信说《十年》一册也要写稿，你答应了吗？但那东西是个什么呢？

上海那三个孩子怎么样？

你没有请王关石吃一顿饭？

我想起王关石，我就想起你打他的那块石头！袁泰见过？

还有那个张？

唐诗我是要看的，快请寄来！精神上的粮食太缺乏！所以也会有病！

不多写了！明年见吧！

莹

九月六日

# 第十三信

## 日本东京—中国青岛

（1936 年 9 月 9 日发，9 月 15 日收到）

三郎：

稿子既已交出，这两天没有事做，所以做了一张小手帕，送给你吧！

《八》①既已五版，但没有印花的。销路总算不错。现在你在写什么？

崂山我也不想去，不过开个玩笑就是了，吓你一跳。我腿细不细的，你也就不用骂！

临别时，我不让你写信，是指的啰里啰唆的信。

黄来信，说有书寄来，但等了三天，还不到。《江上》也有，《商市街》也有，还有《译文》之类。我是渴想着书的，一天二十四小时，既不烧饭，又不谈天，所以一休息下来就觉得天长得很。你靠着电柱读的是什么书呢？普通一类，都可以寄来的，并不用挂号，太费钱，丢是不常丢的。唐诗也快寄来，读读何妨？我就是怎样一个庄严的人，也不至于每天每月庄严到底呀！尤其是诗，读一读就像唱歌似的，情感方面也愉悦一下，不然，这不和白痴过的生活一样吗？写当然我是写的，但一个人若让他一点点也不间断下来，总是想和写，我想是办不到。用功是该用功的，但也要有一点娱乐，不然就像住姑子庵了，所以说来说去，唐诗还是快点寄来。

胃还是坏，程度又好像深了一些，饮食我是非（常）注意，但还不好，总是一天要痛几回。可是回去，我是不回去，来一次不容易，一定要

① 《八》：指萧军创作的长篇小说《八月的乡村》。首次出版于 1935 年。

把日文学到可以看书的时候，才回去。这里书真是多得很，住上一年，不用功也差不了。黄来信，说你十月底回上海，那么北平不去了吗？

祝好！

莹

九月九日

东亚补习学校，昨天我又跑去看了一次，但看不懂，那招生的广告我到底不知道是招的什么生，过两天再去看。

# 第十四信

## 日本东京—中国青岛

（1936 年 9 月 10 日发，9 月 15 日收到）

三郎：

我也给你画张图看看，但这是全屋的半面。我的全屋就是六张席子。你的那图，别的我倒没有什么，只是那两个小西瓜，非常可爱，你怎么也把它们两个画上了呢？假如有我，我就不是把它吃掉了吗？

尽胡说，修炼什么？没有什么好修炼的。一年之后，才可看书。

今天早晨，发了一信，但不到下午就有书来，也有信来。

唐诗，读两首倒也觉不出什么好，别的夜来读。

如若在日本住上一年，我想一定没什么长进，死水似的过一年。我也许过不到一年或几个月就不在这里了。

日文我是不大喜欢学，想学俄文，但日语是要学的。

以上是昨天写的。

今天我去交了学费，买了书，十四号上课，十二点四十分起，四个钟头止，多是相当多，课本就有五六本。全是中国人，那个学校就是给中国人预备的。可不知珂来了没有？

三个月连书在一起二十一二块钱，本来五号就开课了，但我是错过了的。

现在我打算给奇她们写信，所以不多写了。

祝好。

吟

九月十日

# 第十六信

## 日本东京—中国青岛

### （1936 年 9 月 14 日发，9 月 21 日到）

均：

你的照片像个小偷。你的信也是两封一齐到（七日九日两封）。

你开口就说我混账东西，好，你真不佩服我？十天写了五十七页稿纸。

你既然不再北去，那也很好，一个人本来也没有更多的趣味。牛奶我没有吃，力弗肝也没有买，因为不知道外国名字，又不知道卖西洋药的药房，这里对于西洋货排斥得很，不容易买到。肚子痛打止痛针也是不行，一句话不会说，并且这里的医生要钱很多。我想买一瓶凡拉蒙预备着下次肚痛，但不知到哪里去买，想问问是无人可问的。

秋天的衣裳，没有买，这里的天气还一点用不着。

我临走时说要给你买一件皮外套的，回上海后，你就要替我买给你自己。四十元左右。我的一些零碎的收入，不要他们寄来，直接你去取好了。

心情又闹坏了，睡觉也不好起来，想来想去，他妈的，再来麻烦，我可就不受了。

我给萧乾的文章，黄也一并交给黎了，你将来见到萧时，说一声对不住。

关于信封，你就一连串写下来好了，不必加点号。

荣子

九月十四日

## 第十八信

### 日本东京—中国青岛

（1936 年 9 月 19 日发，9 月 26 日到）

均：

前一封信，我怕你不懂，"健康"二字非作本意来解。

学校我每天去上课，现在我一面喝牛奶一面写信给你，你十三（日）和十四（日）发来的信，一齐接到，这次的信非常快，只要四五天。

我的房东很好，她还常常送我一些礼物，比（如）方糖、花生、饼干、苹果、葡萄之类，还有一盆花，就摆在窗台上。

我给你的书签也不谢，真可恶！以后什么也不给你。

我告诉你，我的期限是一个月，童话终了为止，也就是十月十五前。

来信尽管写些家常话。医生我是不能去看的，你将来问华就知道这边的情形了。

上海常常有刊物寄来，现在我已经不再要了。这一个月，什么事也不管，只要努力（写）童话。

小花叶我把它放到箱子里去。

祝好。

小鹅

九月十九日

# 第十九信

## 日本东京—中国青岛

## （1936 年 9 月 21 日发）

均：

昨天和今天都是下雨，我上课回来是遇着毛毛雨，所以淋得不很湿。现在我有雨鞋了，但，是男人的样子，所以走在街上有许多人笑。这个地方就是如此守旧的地方，假若衣裳你不和她们穿得同样，谁都要笑你。日本女人穿西装，啰里啰唆，但你也必得和她一样啰唆，假若整齐一些，或是她们没有见过的，人们就要笑。

上课的时间真是够多的，整个下半天就为着日语消费了去。今天上到第三堂（课）的时候，我的胃就很痛，勉强支持过来了。

这几天很凉了，我买了一件小毛衣（二元五），将来再冷，我就把大毛衣穿上。我想我的衣裳一定可以支持到下月半。

我很爱夜，这里的夜，非常沉静。每夜我要醒几次的，每醒来总是立刻又昏昏地睡去，特别安静，又特别舒适。早晨也是好的，阳光还没晒到我的窗上，我就起来了，想想什么，或是吃点什么。这三两天之内，我的心又安然下来了。什么人什么命，吓了一下，不在乎。

孟有信来，说我回去吧！在这住有什么意思呢？

现在我一个人搭了几次高架电车，很快，并且还钻洞，我觉得很好玩，不是说好玩，而（是）说有意思。因为你说过，女人这个也好玩那个也好玩。上回把我丢了，因为不到站我就下来了，走出了车站看看不对，那么往哪里走呢？我自己也不知道，瞎走吧，反正我记住了我的住址。可笑的是华在的时候，告诉我空中飞着的大气球是什么商店的广告，那商店就离学校不远，我一看到那大球，就奔着去了。于是总算没有丢。

虹没有信来，你告诉他也不要来信了，别人也告诉不要来信了。

这是你在青岛我给你的末一封信。再写信就是上海了。船上买一点水果带着，但不要吃鸡子，那东西不（好）消化。饼干是可以带的。

祝好。

小鹅

九月二十一日

# 第二十二信

## 日本东京—中国上海

### （1936 年 10 月 20 日发）

均：

我这里很平安，绝对不回去了。胃病已好了大半，头痛的次数也减少。至于意外我想是不会有的了。因为我的生活非常简单，每天的出入是有次数的，大概被"跟"了些日子，后来也就不跟了。本来在未来这里之前也就想到了这层，现在依然是照着初来的意思，住到明年。

现在我的钱用到不够二十元了，觉得没有浪费，但用的也不算少数。希望月底把钱寄来，在国外没有归国的路费在手里是觉得没有把握的，而且没有熟人。

今天少上了一课，一进门就在席子上面躺着一封信，起初我以为是珂来的，因为你的字真是有点像珂。此句我懂了。（但你的文法，我是不大明白的："同来的有之明，奇现在天津，暂时不来。"我照原句抄下的。你看看吧。）（以上括弧内句子写上又抹掉了，在上面加上一句"此句我懂了"，大概起始没有看懂，后来又懂了，所以抹了。——萧军注）

六元钱买了一套洋装（裙与上衣），毛线的。还买了草褥，五元。我的房间收拾得非常整齐，好像等待着客人的到来一样。草褥折起来当作沙发，还有一个小圆桌，桌上还站着一瓶红色的酒。酒瓶下面站着一对金酒杯。大概在一个地方住得久了一点，也总是开心些的。因为我感觉到我的心情好像开始要管到一些在我身外的装点，虽然房间里边挂起一张小画片来不算什么，是平常的，但，那需要多么大的热情来做这一点小事呢？非亲身感到是不知道的。我刚来的时候，就是前半个月吧，我也没有这样的要求。

日语教得非常多，大概要通通记得住非整天的工夫不可，我是不肯，而且我的时（间）也不够用。总是好坐下来想想。

报上说是 L 来这里了？……

我去洗澡去，不写了。

明，我在这里和你握手了。

吟

十月廿日

# 第二十三信

## 日本东京—中国上海

### （1936 年 10 月 21 日发，10 月 26 日到）

均：

昨天发的信，但现在一空下来就又想写点了。你们找的房子在哪里？多么大？好不好？这些问题虽然现在是和我无关了，但总禁不住要想。真是不巧，若不然我们和明他们在一起住上几个日子。

明，他也可以给我写点关于他新生活的愿望吗？因为我什么也不知道。小奇什么样？好教人喜欢的孩子吗？均，你是什么都看到了，我是什么也没看到。

均，你看我什么时候总好欠个小账，昨天在夜市的一个小摊子上欠了六分钱，写完了这一页纸就要去还的。

前些日子我还买了一本画册打算送给 L，但现在这画册只得留着自己来看了。我是非常爱这画册，若不然我想寄给你，但你也一定不怎么喜欢，所以这念头就打消了。

下了三昼夜没有断的小雨，今天晴了，心情也新鲜了一些。小沙发对于我简直是一个客人，在我的生活上简直是一件重大的事情，它给我减去了不少的孤独之感，总是坐在墙角在陪着我。

奇什么时候南来呢？

祝好。

吟

十月廿一日

# 第二十四信 [①]

## 日本东京—中国上海

（1936 年 10 月 24 日发）

军：

关于周先生的死，二十一日的报上，我就渺渺茫茫知道一点，但我不相信自己是对的，我跑去问了那唯一的熟人，她说："你是不懂日文的，你看错了。"我很希望我是看错，所以很安心地回来了，虽然去的时候是流着眼泪。

昨夜，我是不能不哭了。我看到一张中国报上清清楚楚登着他的照片，而且是那么痛苦的一刻。可惜我的哭声不能和你们的哭声混在一道。

现在他已经是离开我们五天了，不知现在他睡到哪里去了。虽然在三个月前向他告别的时候，他是坐在藤椅上，而且说："每到码头，就有验病的上来，不要怕，中国人就专会吓唬中国人，茶房就会说：验病的来啦！来啦！……"

我等着你的信来。

可怕的是许女士的悲痛，想个法子，好好安慰着她，最好是使她不要静下来，多多地和她来往。过了这一个最难忍的痛苦的初期，以后总是比开头容易平伏下来。还有那孩子，我真不能够想象了。我想一步踏了回来，这想象的时间，在一个完全孤独了的人是多么可怕！

最后你替我去送一个花圈或是什么。

告诉许女士：看在孩子的面上，不要太多哭。

红

十月二十四日

---

[①] 此信当时在《中流》发表，冠以标题：《海外的悲悼》。

# 第二十五信

### 日本东京—中国上海

（1936 年 10 月 29 日发，11 月 3 日到）

均：

挂号信收到。四十一元二角五的汇票，明天去领。二十号给你一信，二十四（号）又一信，大概也都收到了吧？

你的房子虽然贵一点，但也不要紧，过过冬再说吧，外国人家的房子，大半不坏，冬天装起火炉来，暖烘烘地住上三两月再说。房钱虽贵，我主张你是不必再搬的。一个人，还不比两个人，若冷清清地过着冬夜，那赶上上冰山一样了。也许你不然，我就不行，我总是这么没出息，虽然是三个月不见了，但没出息还是没出息。不过回去我是不回去的。奇来了时，你和明他们在一道也很热闹了。

钱到手就要没有的，要去买件外套，这几天就很冷了。余下的钱，我想在十一月一个整月就要不够。一百元不知能弄到不能？请你下一封信回我。总要有路费留在手里才放心。

这几天，火上得不小，嘴唇又全烧破了。其实一个人的死是必然的，但知道那道理是道理，情感上就总不行。我们刚来到上海的时候，另外不认识更多的一个人了。在冷清清的亭子间里读着他的信，只有他，安慰着两个漂泊的灵魂！

……写到这里鼻子就酸了。

均：童话未能开始，我也不做那计划了，太难，我的民间生活不够用的。现在开始一个两万字的，大约下月五号完毕。之后，就要来一个十万字的了，在十二月以内可以使你读到原稿。

日语懂了一些了。

日本乐器"筝"在我的邻居家里响着。不敢说是思乡，也不敢说是思什么，但就总想哭。

什么也不再写下去了。

河清，我向你问好。

吟

十月廿九日

# 第二十六信

## 日本东京—中国上海
## （1936 年 11 月 2 日发）

三郎：

廿四日的信，早接到了，汇票今天才来。

郁达夫的讲演今天听过了。会场不大，差一点没把门挤下来，我虽然是买了票的，但也和没有买票的一样，没有得到位置，是被压在了门口，还好，看人还不讨厌。

近来水果吃得很多，因为大便不通的缘故，每次大便必要流血。

东亚学校，十二月二十三日第一期终了，第二期我打算到一个私人教授的地方去读，一方面是读读小说，一方面可以少费一些时间，这两个月什么也没有写，大概也许太忙了的缘故。

寄来那张译的原稿也读过了，很不错，文章刚发表就有人注意到了。

这里的天气还不算冷，房间里生了火盆，它就像一个伙伴似的陪着我。花，不买了，酒也不想喝，对于一切都不大有趣味。夜里看着窗棂和空空的四壁，对于一个年轻的有热情的人，这是绝大的残酷，但对于我还好，人到了中年总是能熬住一点火焰的。

珂要来就来吧！可能照理他的地方，照理他一点，不能的地方就让他自己找路走，至于"被迫"，我也想不出来被什么所迫。

奇她们已经安定下来了吧？两三年的工夫，就都兵荒马乱起来了，"牵牛房"的那些朋友们，都东流西散了。

许女士也是命苦的人，小时候就死去了父母，她读书的时候，也是勉强挣扎着读的。她为人家做过家庭教师，还在课余替人家抄写过什么纸张，她被传染了猩红热的时候是在朋友的父亲家里养好的。这可见她过去的孤零①，可是现在又孤零了。孩子还小，还不能懂得母亲。既然住得很近，你可替我多跑两趟。别的朋友也可约同他们常到他家去玩，L. 没完成的事业，我们是接受下来了，但他的爱人，留给谁了呢？

不写了，祝好。

荣子

十一月二日

# 第二十七信

## 日本东京—中国上海

### （1936 年 11 月 6 日发）

均：

《第三代》写得不错，虽然没有读到多少。

---

① 孤零：孤单，孤独。

《为了爱的缘故》也读过了，你真是还记得很清楚，我把那些小节都模糊了去。

不知为什么，又来了四十元的汇票，是从邮局寄来的，也许你怕上次的没有接到？

我每天还是四点的功课，自己以为日语懂了一些，但找一本书一读还是什么也不知道。还不行，大概再有两月许是将就着可以读了吧？但愿自己是这样。

奇来了没有？

你的房子还是不要搬，我的意思是如此。

在那《爱……》(《为了爱的缘故》)的文章里面，芹简直和幽灵差不多了，读了使自己感到了战栗，因为自己也不认识自己了。我想我们吵嘴之类，也都是因为了那样的根源——就是为一个人的打算，还是为多数人打算。从此我可就不愿再那样妨害你了。你有你的自由了。

祝好。

吟

十一月六日

手套我还没有寄出，因为我还要给河清买一副。

# 第二十九信

## 日本东京—中国上海
### （1936 年 11 月 19 日发）

均：

因为夜里发烧，一个月来，就是嘴唇，这一块那一块地破着，精神也烦躁得很，所以一直把工作停了下来。想了些无用的和辽远的想头。文章一时寄不去。

买了三张画，东墙上一张，北墙上一张，一张是一男一女在长廊上相会，廊口处站着一个弹琴的女人。还有一张是关于战争的，在一个破屋子里把花瓶打碎了，因为喝了酒，军人穿着绿裤子就跳舞。我最喜欢的是第三张，一个小孩睡在檐下了，在椅子上，靠着软枕。旁边来了的大概是她的母亲，在栅栏外肩着大镰刀的大概是她的父亲。那檐下方块石头的廊道，那远处微红的晚天，那茅草的屋檐，檐下开着的格窗，那孩子双双的垂着的两条小腿，真是好。不瞒你说，因为看到了那女孩好像看到了自己似的，我小的时候就是那样，所以我很爱她。投主称王，这是要费一些心思的，但也不必太费，反正自己最重要的是工作——为大体着想，也是工作。一方面聚合能工作的，有个团体，力量可能充足，（另一方面）我想主要的特色是在人上，自己来罢，投什么主！谁配做主？去他妈的。

说到这里，不能不伤心，我们的老将去了还不几天啊！

关于周先生的全集，能不能很快地集起来呢？我想中国人集中国人的文章总比日本集他的方便，这里，在十一月里他的全集就要出版，这真可佩服。我想找胡、聂、黄等人，立刻就商量起来。

《商市街》被人家喜欢，也很感谢。

莉有信来，孩子死了，那孩子的命不大好，活着尽生病。

这里没有书看，有时候自己很生气。看看《水浒传》吧，看着看着就睡着了。夜半里的头痛和噩梦对于我是非常坏。前夜就是那样醒来的，而不敢再睡了。

我的那瓶红色的酒，到现在还是多半瓶。前天我偶然借了房东的锅子烧了点菜，就在火盆上烧的（对了，我还没告诉你，我已经买了火盆，前天是星期日，我来试试）。小桌子，摆好了，但吃起来不是滋味，于是反受了感触。我虽不是什么多情的人，但也有些感触，于是把房东的孩子唤来，对面吃了。

地震，真是骇人。小的没有什么，上次震得可不小，两三分钟，房子咯咯地响着，表在墙上摇着。天还未明，我开了灯，也被震灭了。我梦里梦中懵里懵懂地穿着短衣裳跑下楼去，房东也起来了，他们好像要逃的样子。隔壁的老太婆叫唤着我，开着门，人却没有应声，等她看到我是在楼下，大家大笑了一场。

纸烟向来不抽了，可是近几天忽然又挂在嘴上。

胃很好，很能吃，就好像我们在顶穷的时候那样，就连块面包皮也是喜欢的。点心之类，不敢买，买了就放不下。也许因为日本饭没有油水的关系，早饭一毛钱，晚饭两毛钱，中午两片面包一瓶牛奶。越能吃，我越节制着它，我想胃病好了也就是这原因。闲饥难忍，这是不错的，但就把自己布置到这里了，精神上的不能忍也忍了下去，何况这一个饥呢？

又收到了五十元的汇票，不少了。你的费用也不小，再有钱就留下你用吧，明年一月末，照预算是够了的。

前些日子，总梦想着今冬要去滑冰，这里的别的东西都贵，只有滑冰鞋又好又便宜，旧货店门口，挂着的崭新的，简直看不出是旧货，鞋和刀子都好，十一元；还有八九元的也好。但滑冰场一点钟的门票五角，还离得很远，车钱不算，我合计了一下，这干不得。我又打算随时买一点旧画，中国是没处买的，一方面留着带回国去，一方面围着火炉看一看，消消寂寞。

均：你是还没过过这样的生活，和蛹一样，自己被卷在茧里去了。希望固然有，目的也固然有，但是都那么远和那么大。人尽靠着远的和大的来生活是不行的，虽然生活是为着将来而不是为着现在。

窗上洒满着白月的当儿，我愿意关了灯，坐下来沉默一些时候。就在这沉默中，忽然像有警钟似的来到我的心上："这不就是我的黄金时代吗？此刻。"于是我摸着桌布，回身摸着藤椅的边沿，而后把手举到面前，模模糊糊的，但确认这是自己的手，而后再看到那单细的窗棍上去。是的，自己就在日本。自由和舒适，平静和安闲，经济一点也不压迫，这真是黄金时代，是在笼子（里）过的。从此我又想到了别的，什么事来到我这里就不对了，也不是时候了。对于自己的平安，显然是有些不惯，所以又爱这平安，又怕这平安。

均：上面又写了一些怕又引起你误解的一些话，因为一向你看得我很弱。

前天我还给奇一信。这信就给她看吧！

许君处，替我问候。

吟

十一月十九日

# 第三十信

## 日本东京—中国上海

### （1936 年 11 月 24 日发）

三郎：

我忽（然）想起来了，姚克不是在电影方面活动吗？那个《弃儿》的脚本①，我想一想很够一个影戏的格式，不好再修改和整理一下给他去上演吗？得进一步就进一步，除开文章的领域，再另外抓到一个启发人们灵魂的境界。况且在现时代影戏也是一大部分传达情感的好工具。

---

① 脚本：表演戏剧、曲艺，摄制影视剧等所依据的本子，里面记载台词、故事情节等。

这里，明天我去听一个日本人的讲演，是一个政治上的命题。我已经买了票，五角钱，听两次，下一次还有郁达夫，听一听试试。

近两天来头痛了多次，有药吃，也总不要紧，但心情不好，这也没什么，过两天就好了。

《桥》也出版了？那么《绿叶的故事》也出版了吧？关于这两本书我的兴味都不高。

现在我所高兴的就是日文进步很快，一本《文学案内》翻来翻去，读懂了一些。是不错，大半都懂了，两个多月的工夫，这成绩，在我就很知足了。倒是日语容易得很，别国的文字，读上两年也没有这成绩。

许的信，还没写，不知道说什么好，我怕目的是想安慰她，相反的，又要引起她的悲哀来。你见着她家的那两个老娘姨也说我问她们好。

你一定要去买一个软一点的枕头，否则使我不放心，因为我一睡到这枕头上，我就想起来了，很硬，头痛与枕头大有关系。

我对于绘画总是很有趣味，我想将来我一定要在那上面用功夫的。我有一个到法国去研究画的欲望，听人说，一个月只要一百元。在这个地方也要五十元的。况且在法国可以随时找点工作。

现在我随时记下来一些短句，我不寄给你，打算寄给河清，因为你一看，就非成了"寂寂寞寞"不可，生人看看，或者有点新的趣味。

到墓地去烧刊物，这真是"洋迷信""洋乡愚"。说来又伤心，写好的原稿也烧去让他改改，回头再发表罢！烧刊物虽愚蠢，但情感是深刻的。

这又是深夜，并且躺着写信。现在不到十二点，我是睡不下的，不怪说，做了"太太"就愚蠢了，从此看来，大半是愚蠢的。

祝好。

荣子

十一月廿四日

# 第三十二信

## 日本东京—中国上海
## （1936 年 12 月 15 日发）

三郎：

我没有迟疑过，我一直是没有回去的意思，那不过偶尔说着玩的。至于有一次真想回去，那是外来的原因，而不（是）我自己的自动。

大概你又忘了，夜里又吃东西了吧？夜里在外国酒店喝酒，同时也要吃点下酒的东西的，是不是？不要吃，夜里吃东西在你很不合适。

你的被子比我的还薄，不用说是不合用的了，连我的夜里也是凉凉的。你自己用三块钱去买一张棉花，把你的被子带到淑奇家去，请她替你把棉花加进去。如若手头有钱，就到外国店铺买一张被子，免得烦劳人。

我告诉你的话，你一样也不做，虽然（是）小事，你就总使我不安心。

身体是不很佳，自己也说不出有什么毛病，沈女士近来一见到就说我的面孔是膨胀的，并且苍白。我也相信，也不大相信，因为一向是这个样子，就没（啥）稀奇了。

前天又重头痛一次，这虽然不能怎样很重地打击了我（因为痛惯了的缘故），但当时那种切实的痛苦无论如何也是真切地感到。算来头痛已经四五年了，这四五年中，头痛药不知吃了多少。当痛楚一来到时，也想赶快把它医好吧，但一停止了痛楚，又总是不必了。因为头痛不至于死，现在是有钱了，连这样的小病也不得了起来，不是连吃饭的钱也刚刚不成问题吗？所以还是不回去。

人们都说我身（体）不好，其实我的身（体）是很好的，若换一个人，给他四五年间不断地头痛，不知道他的身体还好不好？所以我相信我自己是健康的。

周先生的画片，我是连看也不愿意看的，看了就难过。海婴想爸爸不想？

对于这地方，我是一点留恋也没有，若回去就不用想再来了，所以莫如一气多住些日子。

现在很多的话，都可以懂了，即使找找房子，与房东办办交涉也差不多行了。大概这因为东亚学校钟点太多，先生在课堂上多半也是说日本话的。现在想起初来日本的时候，华走了以后的时候，那真是困难到极点了，几乎是熬不住。

珂，既然家（里）有信来，还是要好好替他打算一下，把利害说给他，取决当然在于他自己了。我离得这样远，关于他的情形，我总不能十分知道。上次你的信是问我的意见，当时我也不知为什么他来到了上海。他已经有信来，大半是为了找我们。固然他有他的痛苦，可是找到了我们，能知道他接着就不又有新的痛苦吗？虽然他给我的信上说着"我并不忧于流浪"，而且又说，他将来要找一点事做，以维持生活。我是知道的，上海找事，哪里找去？我是总怕他的生活成问题。又年轻，精神方面又敏感，若一下子挣扎不好，就要失掉了永久的力量。我看既然与家庭没有断掉关系，可以到北平去读书，若不愿意重来这里的话。

这里短时间住住则可，把日语学学，长了是熬不住的。若留学，这里我也不赞成，日本比我们中国还病态，还干苦（枯），这里没有健康的灵魂，不是生活。中国人的灵魂在全世（界）中说起来，就是病态的灵魂，到了日本，日本比我们更病态。既是中国人，就更不应该来到日本留学。他们人民的生活，一点自由也没有，一天到晚，连一点声音也听不到，所有的住宅都像空着，而且没有住人的样子。一天到晚歌声是没有的，哭笑声也都没有。夜里从窗子往外看去，家屋就都黑了，灯光也都被关于板窗里面。日本人民的生活，真是可怜。只有工作，工作得和鬼一样，所以他们的生活完全是阴森的。中国人有一种民族的病态，我们想改正它还来不及，再到这个地方和日本人学习，这是一种病态上再加上病态。我说的不是日本没有可学的，所差的只是他的不健康处也正是我们的不健康处，为着健康起见，好处也只得丢开了。

再说另一件事，明年春天，你可以自己再到自己所愿的地方去逍遥一趟。我就只逍遥在这里了。

礼拜六夜（即十二日）我是住在沈女士住所的，早晨天还未明，就读到了报纸，这样的大变动使我们惊慌了一天，上海究竟怎么样，只有等着你的来信。

新年好。

荣子

十二月十五日

"日本东京　町区"只要如此写，不必加标点。

# 第三十六信

## 北京—上海

（1936 年 4 月 25 日发，4 月 29 日到）

军：

现在是下午两点，火车摇得很厉害，几乎写不成字。

火车已经过了黄河桥，但我的心好像仍然在悬空着，一路上看些被砍折的秃树，白色的鸭鹅和一些从西安回来的东北军。马匹就在铁道旁吃草，也有的成排地站在运货的车厢里边，马的背脊成了一条线，好像鱼的背脊一样，而车厢上则写着"津浦"。

我带的苹果吃了一个，纸烟只吃了三两棵（根）。一切欲望好像都不怎样大，只觉得厌烦，厌烦。

这是第三天的上午九时，车停在一个小站，这时候我坐在会客室里，窗外平地上净是些坟墓，远处并且飞着乌鸦和别的大鸟。从昨夜已经是来在了北方。今晨起得很早，因为天晴太阳好，贪看一些野景。

不知你正在思索一些什么。

方才经过了两片梨树地，很好看的，在朝雾里边它们隐隐约约地发着白色。

东北军从并行的一条铁道上被运过去那么许多，不仅是一两辆车，我看见的就有三四次了。他们都弄得和泥猴一样，他们和马匹一样在冒着小雨，他们的欢喜不知是从哪里得来，还闹着笑着。

车一开起来，字就写不好了。

唐官一带的土地，还保持着土地原来的颜色。有的正在下种，有的黑牛或白马在上面拉着犁杖。

这信本想昨天就寄，但没找到邮筒，写着看吧！

刚一到来，我就到了迎贤公寓，不好。于是就到了中央饭店住下，一天两块钱。

立刻我就去找周的家，这真是怪事，哪里有？洋车跑到宣外，问了警察也说太平桥只在宣内，宣外另有个别的桥，究竟是个什么桥，我也不知道。于是跑到宣内的太平桥，二十五号是找到了，但没有姓周的，无论姓什么的也没有，只是一家粮米铺。于是我游了我的旧居，那已经改成一家公寓了。我又找了姓胡的旧同学，门房说是胡小姐已经不在，那意思大概是出嫁了。

北平的尘土几乎是把我的眼睛眯住，使我真是恼丧，那种破落的滋味立刻浮上心头。

于是我跑到李镜之七年前他在那里做事的学校去，真是七年间相同一日，他仍在那里做事，听差告诉我，他的家就住在学校的旁边，当时实在使我难以相信。我跑到他家里去，看到了儿女一大群。于是又知道了李洁吾，他也有一个小孩了，晚饭就吃在他家里，他太太烧的面条。饭后谈了一些时候，关于我的消息，知道得不少，有的是从文章上得知，有的是从传言。九时许他送出胡同来，替我叫了洋车，我自归来就寝，总算不错，到底有个熟人。

明天他们替我看房子，旅馆不能多住的，明天就有了决定。

并且我还要到宣外去找那个什么桥，一定是你把地址弄错，不然绝不会找不到的。

祝你饮食和起居一切平安。

珂同此。

荣子

四月二十五日夜一时

## 第三十七信

### 北京—上海

### （1937 年 4 月 27 日发）

均：

前天下午搬到洁吾家来住，我自己占据了一间房。二三日内我就搬到北辰宫去住下，这里一个人找房子很难，而且一时不容易找到。北辰宫是个公寓，比较阔气，房租每月二十四也或者三十元，因为一间空房没有，

266

所以暂且等待两天。前天为了房子的事，我很着急。思索了半天才下了决心，住吧！或者能够做点事，有点代价就什么都有了。

现在他们夫妇都出去了，在院心我替他们看管孩子。院心种着两棵梨树，正开着白花。公园或者北海，我还没有去过，坐在家里和他们闲谈了两天，知道他们夫妇彼此各有痛苦。我真奇怪，谁家都是这样，这真是发疯的社会。可笑的是我竟成了老大哥一样给他们说着道理。

淑奇这两天来没有来？你的精神怎么样？珂的事情决定了没有？我本想寄航空信给你，但邮政总局离得太远，你一定等信等得很急。

"八月"（《八月的乡村》）和"生"（《生死场》）这地方老早就已买不到了，不知是什么原因，至于翻版更不得见。请各寄两本来，送送朋友。洁吾关于我们的生活从文字上知道的。差不多我们的文章他全读过，就连《大连丸》他也读过。他常常想着你的长相如何，等看到了照相看了好多时候。他说你是很厉害的人物，并且有魄力。我听了很替你高兴。他说从《第三代》上就能看得出来。

虽然来到了四五天，还没有安心，等搬了一定的住处就好了。

你喝酒多少？

我很想念我的小屋，花盆浇水了没有？

昨天夜里就搬到北辰宫来，房间不算好，每月二十四元。

住着看，也许住上五天六天的，在这期间我自己出去观看民房。

到今天已是一个礼拜了，还是安不下心来，人这动物，真不是好动物。

周家我暂时不去了，等你来信再说。

写信请寄到北平东城北池子头条七号李家即可。

你的那篇东西做出来没有？

荣子

四月廿七日

# 第三十九信

## 北京—上海

### （1937 年 5 月 4 日发）

军：

昨天又寄了一信，我总觉我的信都寄得那么慢，不然为什么已经这些天了还没能知道一点你的消息？其实是我个人性急而不推想一下邮便所必须费去的日子。

连这封信，是第四封了。我想那时候我真是为别离所慌乱了，不然为什么写错了一个号数？就连昨天寄的信，也写的是那个错的号数，不知可能不丢么？

我虽写信并不写什么痛苦的字眼，说话也尽是欢乐的话语，但我的心就像被浸在毒汁里那么黑暗，浸得久了，或者我的心会被淹死的。我知道这是不对的，我时时在批判着自己，但这是情感，我批判不了。我知道炎暑是并不长久的，过了炎暑大概就可以来了秋凉，但明明是知道，明明又做不到。正在口渴的那一刹，觉得口渴那个真理，就是世界上顶高的真理。

既然那样我看你还是搬个家的好。

关于珂，我主张既然能够去江西，还是去江西的好。我们的生活也没有一定，他也跟着跑来跑去，还不如让他去安定一个时期，或者上冬①，我们有一定了，再让他来。年轻人吃点苦好，总比有苦留着后来吃强。

昨天我又去找周家一次，这次是宣武门外的那个桥，达智桥，二十五号也找到了，巧得很，也是个粮米店，并没有任何住户。

---

① 上冬：一般指孟冬，又称小阳春，是指每年冬季的第一个月，对应农历的十月。

这几天我又恢复了夜里骇怕①的毛病，并且在梦中常常生起死的那个观念。痛苦的人生啊！服毒的人生啊！

我常常怀疑自己或者我怕是忍耐不住了吧？我的神经或者比丝线还细了吧？

我是多么替自己避免着这种想头，但还有比正在经验着的还更真切的吗？我现在就正在经验着。

我哭，我也是不能哭。不允许我哭，失掉了哭的自由了。我不知为什么把自己弄得这样，连精神都给自己上了枷锁了。

这回的心情还不比去日本的心情，什么能救了我呀！上帝！什么能救了我呀！我一定要用那只曾经把我建设起来的手把自己来打碎吗？

祝好！

荣子

五月四日

所有我们的书，

若有精装（本）请各寄一本来。

# 第四十信

## 北京—上海

（1937 年 5 月 9 日发，5 月 12 日到）

军：

我今天接到你的信就跑回来写信的，但没有寄，心情不好，我想你读

---

① 骇怕：害怕。

了也不好，因为我是哭着写的，接你两封信，哭了两回。

这几天也还是天天到李家去，不过待不多久。

我在东安市场吃饭，每顿不到两毛，味极佳。羊肉面一毛钱一碗。再加两个花卷，或者再来个炒素菜，一共才是两角。可惜我对着这样的好饭菜，没能喝上一盅，抱歉。

六号那天也是写了一信，也是没寄。你的饮食我想还是照旧，饼干买了没有？多吃点水果。

你来信说每天看天一小时会变成美人，这个是办不到的。说起来很伤心，我自幼就喜欢看天，一直看到现在还是喜欢看，但我并没变成美人，若是真是，我又何必东西奔波呢？可见美人自有美人在。（这个话开玩笑也）

奇是不可靠的，黑人来李家找我，这是她之所嘱。和李太太、我，三个人逛了北海。我已经是离开上海半月多了，心绪仍是乱绞，我想我这是走的败路，但我不愿意多说。

《海上述林》读毕，并请把《安娜·卡列尼娜》寄来一读。还有《冰岛渔夫》，还有《猎人笔记》。这书寄来给洁吾读。不必挂号。若有什么可读的书，就请随（时）寄来，存在李家不会丢失，等离上海时也方便。

我的长篇并没有计画①，但此时我并不过于自责"为了恋爱，而忘掉了人民，女人的性格啊！自私啊"！从前，我也这样想，可是现在我不了，因为我看见男子为了并不值得爱的女子，不但忘了人民，而且忘了性命。何况我还没有忘了性命，就是忘了性命也是值得呀！在人生的路上，总算有一个时期在我的脚迹②旁边，也踏着他的脚迹。（总算两个灵魂和两根琴弦似的互相调谐过）（这几句话在原信上写了又用笔划了，但还看得出来，

---

① 计画：计虑，谋划。

② 脚迹：脚印。

所以我仍把它照录在这里——萧军附注，一九七八年九月十七日）（这一句似乎有点特别高攀，故涂去。）（这是萧红原来的附注——萧军）

笔墨都买了，要写大字，但房子有是有，和人家就一个院不方便。至于立合同，等你来时再说吧！

祝你好！上帝给你健康！

荣子

五月九日

# 致许先生

许先生：

  还是在十二月里，我听说霞飞坊着火，而被烧的是先生的家。这谣传很久了，不过我是十二月听到的。看到你的信，我才知道，晓得那件事已经很晚了，那还是十月里的事情。但这次来得很好，因为关心这件事情的人太多，延安和成都，都有人来信问过。再说二周年祭，重庆也开了会，可是那时候我不能去参加，那理由你也晓得的。你说叫我收集一些当时的报纸，现在算起，过了两个月了，但怕你的贴报簿仍没有重庆的篇幅，所以我还是在收集，以后挂号寄上。因为过时之故，所以不能收集得快，而且也怕不全。这都是我这样的年轻人做事不留心的缘故，不然何必现在收集呢？不是本来应该留起的吗？

  名叫《鲁迅》的刊物，至今尚未出。替转的那几张信，谢谢你。你交了白卷，我不生气（因为我不敢），所以我也不小气，打算给你写文的。不知现在时间已过你要不要？

  《鲁迅》那刊物不该打算出得那样急，为的是赶二周年。因为周先生去世之后，算算自己做的事情太少，就心急起来。心急是不行的，周先生说过，这心急要拉得长，所以这刊物我始终计算着，有机会就要出的。年底看，在这一年中，各种方法我都想，想法收集稿子，想法弄出版关系，即最后还想自己弄钱。这三条都是要紧的，尤其是关于稿子。这刊物要名实合一，要外表也漂亮，因为导师喜欢好的装修①（漂亮书），因为导师的

---

① 装修：这里指装帧设计。

名字不敢侮辱，要选极好极好的作品。做编辑的要铁面无私，要宁缺毋滥，所以不出月刊，不出定期刊，有钱有稿就出一本，不管春夏秋冬，不管三月五月，整理好就出一本，本头要厚，出一本就是一本。载一长篇，三两篇短篇，散文一篇，诗有好的要一篇，没有好的不要。关于周先生，要每期都有关于他的文章。研究，传记……所以先想请你做传记的工作（就是写回忆文），这很对不起，我不应该就这样指定，我的意思不是指定，就是请你具体地赞同。还请茅盾先生，台静农先生……若赞同就是写稿。但这稿也并不收在我手里（登出一期，再写信讨来一段），因为内地警报多，怕烧毁。文章越长越好，研究我们的导师非长文不够用。在这一年之中，大概你总可写出几万字的，就是这刊物不管怎样努力也不能出的话，那时就请你出单行本吧，我们都是要读的。导师的长处，我们知道得太少了，想做好人是难的。其实导师的文章就够了，绞了那么多心血给我们还不够吗？但是我们这一群年轻人非常笨，笨得就像一块石，假若看了导师怎样对朋友，怎样谈闲天，怎样看电影，怎样包一本书，怎样用剪子连包书的麻绳都剪得整整齐齐，那或者帮助我们做成一个人更快一点，因为我们连吃饭走路都得根本学习的，我代表青年们向你呼求，向你要索。

我们在这里一谈起话来就是导师导师，不称周先生也不称鲁迅先生，你或者还没有机会听到，这声音是到处响着的，好像街上的车轮，好像檐前的滴水。（下略）

萧红上

3月14日

# 致华岗

## （一）一九四〇年六月二十四日

西园先生：

你多久没有来信了？你到别的地去了吗？或者你身体不大好？甚念。

我来到香港还是第一次写信给你，在这几个月中，你都写了些什么了？你一向住到乡下就没有回来？到底是隔得太远了，不然我会到大田湾去看你一次的。

我们虽然住在香港，香港是比重庆舒服得多，房子吃的都不坏，但是天天想回重庆，住在外边，尤其是我，好像是离不开自己的国土的。香港的朋友不多，生活又贵。所好的是文章到底写出来了，只为了写文章还打算再住一段时期。端木和我各写了一长篇，都交《生活》出版去了。端木现在写《论鲁迅》。今年八月三日为鲁迅先生六十生辰，他在做文纪念。我也打算做一文章的，题目尚未定，不知关于这纪念日你要做文章否？若有，请寄《文艺阵地》，上海方面要扩大纪念，很欢迎大家多把放在心里的理论和感情发挥出来。我想这也是对的，我们中国人，是真正的纯粹的东方情感，不大好的，"有话放在心里，何必说呢？""有痛苦，不要哭。""有快乐，不要笑。"比方两个朋友五六年不见了，本来一见之下，很难过，又很高兴，是应该立刻就站起来，互相热烈地握手。但是我们中国人是不然的，故意压制着，装作若无其事的样子，装作莫测高深的样子，好像他这朋友不但不表现五年不见，看来根本就像没有离开过一样。你说我说得对不对？我可真是借机发挥了议论了。

我来到了香港，身体不大好，不知为什么，写几天文章，就要病几天。大概是自己体内的精神不对，或者是外边的气候不对。端木甚好。下次再谈吧！希望你来信。

沈山婴大概在地上跑着玩了吧？沈先生沈夫人一并都好。

萧红

六月二十四日

（重庆这样轰炸，也许沈家搬了家了。这信我寄交通部）

# （二）一九四〇年七月七日

园兄：

七月一日信，六日收到。

《民族史》至今尚未印出，听说上海纸贵，出版商都在观望，等便宜时才买纸来印，可不知何时纸才便宜。

正如兄所说，香港亦非安居之地。近几天正打算走路，昆明不好走，广州湾不好走，大概要去沪转宁波回内地。不知沪上风云如何，正在考虑。离港时必专函奉告，勿念。

胡风有信给上海迅夫人，说我秘密飞港，行止诡秘。他倒很老实，当我离渝时，我并未通知他，我欲去港，既离渝之后，也未通知他，说我已来港，这倒也难怪他说我怎样怎样。我想他大概不是存心诬陷。但是这话说出来，对人家是否有好处呢？绝对地没有，而且有害的。中国人就是这样随便说话，不管这话轻重，说出来是否有害于人。假若因此害了人，他不负责任，他说他是随便说说呀！中国人这种随便，这种自由自在的随便，是损人而不利己的。我以为是不大好的。专此敬祝健康。

萧

七月七日

并附两信，烦一齐转文艺协会。

# （三）一九四〇年七月二十八日

园兄：

七月廿日来信，前两天收到，所附之信皆为转去，甚感。香港似又可住一时了，您的关切，我们都一一考虑了。远在万里之外，故人仍为故人计，是铭心感切的。

《民族史》一事，我已函托上海某书店之一熟人代为考察去了，此书不但您想见到，我也想很快地看到。不久当有回信来，那时当再奉告。

关于胡之乱语，他自己不去撤销，似乎别人去谏一点意，他也要不以为然的，那就是他不是糊涂人，不是糊涂人说出来的话，还会不正确的吗？他自己一定是以为很正确。假若有人去解释，我怕连那去解释的人也要受到他心灵上的反感。那还是随他去吧！

想当年胡兄也受到过人家的诬陷，那时是还活着的周先生把那诬陷者给击退了。现在事情也不过三五年，他就出来用同样的手法对待他的同伙了。呜呼哀哉！

世界是可怕的，但是以前还没有自身经历过，也不过从周先生的文章上看过，现在却不了，是实实在在来到自己的身上了。当我晓得了这事时，我坐立不安地度过了两个钟头，那心情是很痛苦的。过后一想，才觉得可笑，未免太小孩子气了。开初是因为我不能相信，纳闷，奇怪，想不明白。这样说似乎是后来想明白了的样子，可也并没有想明白，因为我也不想这些了。若是越想越不可解，岂不想出毛病来了吗？

您想要替我解释，我是衷心地感激，但话不要了。

今天我是发了一大套牢骚，好像不是在写信，而是像对面坐着在讲话的样子。不讲这套了。再说这八月份的工作计划。在这一个月中，我打算写完一长篇小说，内容是写我的一个同学，因为追求革命，而把恋爱牺牲了。那对方的男子，本也是革命者，就因为彼此都对革命起着过高的热情的浪潮，而彼此又都把握不了那革命，所以那悲剧在一开头就已经注定的了。但是乍看起来他们在精神上是无时不在幸福之中。但是那种幸福就像薄纱一样，轻轻地就被风吹走了。结果是一个东，一个西，不通音信，男婚女嫁。在那默默的一年一月的时间中，有的时候，某一方面听到了传闻，那哀感是仍会升起来的，不过不怎么具体罢了。就像听到了海上的难船的呼救似的，辽远，空阔，似有似无。同时那种惊惧的感情，我要把它写出来。假若人的心上可以放一块砖头的话，那么这块砖头再过十年去翻动它，那滋味就绝不相同于去翻动一块放在墙角的砖头。

写到这里，我想起那次您在饺子馆讲的那故事来了。您说奇怪不奇怪？

专此敬祝

安好。

　　　　　　　　　　　　　　　　　　　　　　　　　　萧

　　　　　　　　　　　　　　　　　　　　　七月廿八日

附上所写稿《马伯乐》长篇小说的最前的一章，请读一读，看看马伯乐这人是否可笑！因有副稿，读后，请转中苏文化交曹靖华先生。

# （四）一九四〇年八月二十八日

（此信内共附二张文章，三张信，除了姚先生的信请转去外，其余的都没有用了）

华兄：

《民族史》出版了，为你道贺。

你十三日的信早已收到，只等上海你的书寄来，好再作复信，不知为何，等了又等，至今未到。我已写信再问去了，并请那人直接寄你一本。因近来香港不收寄到重庆去的包裹和书籍，就是我前些日子所寄的《马伯乐》的一稿你也不能收到，因为那稿我竟贴了邮票就丢进信箱里去的。

现在又得那书出版的广告，一并寄上，因为背面有鲁迅纪念生辰的文章，所以不剪下来，一并寄上看看，在乡间大概甚为寂寞的。

你十三日的信，我看了，而且理解了，是实在的，真是那种情形，可不知道哪一天会好。新贵？我看还没怎样地贵，也许真贵了就好了。前些日子的那些牢骚，看了你的信也就更消尽了，勿念。正在写文章，写得比较快，等你下一封信来，怕是就写完了。不在一地，不能够拿到桌子共看，真是扫兴。你这一年来身体好否？为何来信不提？现在又写什么了？专此匆匆不尽。

祝好。

萧上

八月廿八日

信未发又来了上海的信，顺便也寄上看一看吧。哪年能看到书真是天晓得！寄我的那本，我至今也未收到，已经二十天了。等我再去信问吧。

## （五）一九四一年一月二十九日

园兄：

好久没给您（写）信了。前次端兄有一信给您，内中并托您转一信，不知可收到没有？

我那稿子，是没有用的了，看过就请撕毁好了，因为不久即有书出版的。

《民族史》第二部正在读。想重庆未必有也。

香港旧年很热闹，想去年此时，刚来不久，现已一年了，不知何时可回重庆，在外久居，未免地就要思念家园。香港天气正好，出外野游的人渐渐地多了。不知重庆大雾还依旧否？专此祝好。

萧

一月廿九日

请转信，至感。

## （六）一九四一年二月十四日

园兄：

最近之来信收到。因近年搬家，所以迟复了。寄书事，必要寄的，就是不寄，也要托人带去，日内定要照办，因自己的文章，若不能先睹，则不舒服也。

香江并不似重庆那么大的雾，所以气候很好，又加住此渐久，一切熟习，若兄亦能来此，旅行，畅谈，甚有趣也。

端兄所编之刊物，余从旁观之，四月一日定要出版，兄如有稿可寄下，因虽为文艺刊物，但有理论那一部门，而且你的文章又写得太好了，就是专设一部门为着刊你的文章也是应该的。第二部我在读，写得实在好。中国无有第二人也。

专此

祝好。

萧上

二月十四日

（三月二十号发稿，有稿在二十号前寄下最好）